諾桑覺寺

Northanger Abbey

珍・奧斯汀（Jane Austen）

關於珍．奧斯汀

珍．奧斯汀（一七七五年至一八一七年）出生在英國漢普郡斯蒂文頓鎮的一個鄉村牧師家庭，一家人過著和睦且殷實的生活。喬治．奧斯汀夫婦生育了八個小孩，珍．奧斯汀排行第六。她從來沒有進過正規的學校，九歲時曾被送往姊姊的學校陪讀。她的姊姊卡珊朵拉和她一樣終身未嫁，是她一生中最好的朋友。奧斯汀的啟蒙教育大多來自於她的父親。在父母的指導下，她充分利用家裡五百卷藏書的書房，閱讀了大量古典文學作品和當代流行小說，漸漸和文學結下了不解之緣。她酷愛閱讀、寫作，在十一、二歲時就已經開始寫作。她總是把家人當作自己的第一個讀者，在家裡誦讀她的作品。成年後的奧斯汀多次隨全家搬遷到各地。一八一七年時，珍．奧斯汀的健康出現了問題，為了方便求醫，最後一次舉家搬到曼徹斯特，在兩個多月後她就去世了。珍．奧斯汀終身未嫁，逝世時年僅四十二歲。

奧斯汀創作的小說幾乎都經過長時間的反覆修改才完成。她分別於一八一一年出版第一部小說是《理性與感性》，一八一三年出版第二部作品《傲慢與偏見》，這兩部作品及她去世後於一八一八年出版的《諾桑覺寺》，都寫於十八世紀的九〇年代，通常被認定是她的早期作品。而一八一四年出版的《曼斯菲爾莊園》、一八一六年出版的《艾瑪》和一八一八年出版的《勸導》均寫於十九世紀，算是她後期的作品。

珍．奧斯汀被稱為是「第一個現實地描繪日常平凡生活中平凡人物的小說家」。她的作品反映了當時英國中產階級生活的悲喜，顯示了家庭文學豐富的內涵。她多次探索年輕女主角從戀愛到結婚中自我發現的過程，相較於當時其他小說家的作品，她的文章更注重分析人物個性及女主角和社會之間的緊張關係，而且更貼近現代的生活。而正是這種現代性，加上她機智和風趣的寫作風格，豐富的內心情感，巧妙的故事結構，讓她的小說受到讀者的喜愛。十九世紀初流行的誇張的戲劇性浪漫小說，已被人們所厭倦，奧斯汀樸素的現實主義就像炎炎夏日裡的一拂輕風，受到讀者的歡迎。她嚴肅地分析了當時社會的特性和文化內涵，記錄了舊社會邁向現代社會的發展歷程，完全展現了當時人們的生活場景。現代評論家也讚佩奧斯汀小說高超的組織結構，以及她能在平凡狹窄有限的情節裡技巧精湛的揭示出生活的喜怒哀樂。

作品導讀

《諾桑覺寺》屬於珍．奧斯汀前期的作品，初稿寫於一七九八年到一七九九年間，最初命名為《蘇珊》。一八〇三年，在修改之後賣給一個倫敦出版商，但不知何故，小說並沒有出版。直至作者去世後的第二年（一八一八年），經亨利・奧斯汀的斡旋，此書才得以出版。

和奧斯汀的其他幾部作品一樣，《諾桑覺寺》也是一本愛情小說，作者文筆犀利，語言充滿了嘲諷，情節跌宕起伏，是一本值得一看的好書。

本書女主角凱薩琳是一個出自小康家庭的牧師女兒，家裡兄弟姐妹眾多，父母崇尚讓孩子的天性自由發展的教育理念，在這樣的家庭環境中，凱薩琳健康快樂地成長著。在她十七歲時，跟隨鄰居艾倫夫婦到巴思，在那裡，她遇到了今生的伴侶亨利．蒂爾尼，也遇到了艾倫夫人的老朋友索普夫人一家。巧的是，索普家的大哥約翰和凱薩琳的哥哥詹姆斯也是好友，而且都在牛津上學，而詹姆斯愛上了索普家的大小姐伊莎貝拉，而約翰也有意於凱薩琳。可是，凱薩琳和亨利互相傾心。在和蒂爾尼兄妹倆成為好朋友後，凱薩琳受到蒂爾尼將軍的邀請，到他們家——諾桑覺寺去做客，在那裡，凱薩琳所閱讀過的那些傳奇小說發揮了作用，促使她開始了一連串的探險活動，直到亨利阻止了她。就在凱薩琳在諾桑覺寺過得最快樂時，將軍的態度發生了極大的轉變，把她趕出了門……

在這樣的情況下，凱薩琳和亨利還有機會嗎？到底是什麼原因讓將軍把凱薩琳趕出諾桑覺寺的呢？此書都將有明確的答案。

此書呈現的是一個愛情故事，但是書中卻不乏對人性的剖析，對不同人物深入細緻的描寫也是一大看點。約翰·索普的自吹自擂，伊莎貝拉·索普的工於心計，艾倫夫人的愛慕虛榮，艾莉諾·蒂爾尼的真誠善良及蒂爾尼上尉的花花公子形象……就讓讀者在閱讀此書之後再來對這些人物做出評價吧……

名著正文

上卷

凡是在凱薩琳．莫蘭（Catherine Morland）小時候見過她的人，沒有一個會認為她會成為命中註定的女主角。她的家庭、父母的個性、外貌或性格……所有這一切對她而言都不是有利因素。她父親是一名牧師，不會被大家所忽略，也不是很貧困，是一個很受人尊敬的人，雖然他的名字很普通——「理查（Richard）」，而且長得也不好看。他除了有兩份優厚的牧師俸祿之外，還有一筆相當可觀的獨立資產。他不喜歡太溺愛女兒，不想把女兒關在家裡。凱薩琳的母親是一個能幹卻平凡的女人，脾氣好，而且身體很健康。在生凱薩琳之前就生了三個男孩。在她生凱薩琳時，所有人都認為她會死，但她卻活了過來，之後還生了六個，她看著孩子們長大，身體也一直非常健康。一個擁有十個小孩的家庭，而且孩子還一個個頭腦聰明、四肢健全，通常都會被認為是一個很好的家庭，但莫蘭家的情形卻不一樣，因為他們都太平凡了，凱薩琳在她生命的很多年中也一直像其他小孩一樣平凡。她面黃肌瘦又笨拙，頭髮稀疏，五官線條一點都不柔和，外貌極為普通，智商似乎也不適合成為女主角。她非常喜歡所有男孩子玩的遊戲，她最喜歡的是板球，而不是布娃娃。而那些更多適合女生玩的愛好，比如養一隻睡鼠、餵一隻金絲雀、澆澆玫瑰花什麼的，她都不喜歡。事實上，她對花園一點也不感興趣。偶爾採幾朵花，多半是因為淘氣（至少別人是這麼推測的），因為她專採那些不允許採的花。這就是她的個性，而她的能力也非常的「與眾不同」。在有人教她之前，她是絕對不會主動學習的，而有時候，即使就是教過了，她也學不會，因為她常心不在焉，有時候還顯得很愚蠢。她的母親曾經花了三個月時間，只是在反覆教她《乞丐請願歌》（Beggar's Petition），最後還是她最大的妹妹莎莉（Sally）念得比她好。不過，凱薩琳絕不是事事愚蠢的。她學《兔子和它的朋友們》（The Hare and Many Friends）這個寓言時，就像英格蘭其他的女孩子一樣快。她母親希望她能學習音樂，而凱薩琳也認為自己會喜歡音樂，因為她很喜歡去彈那架被遺棄的舊鋼琴。所以，她在八歲時就開始學音樂，但只學了一年就受不了了。而莫蘭夫人對於她的女兒不喜歡或不在行的娛樂項目從來不會勉強，所以就允許她放棄了。辭退音樂老師的那一天，是凱薩琳一生中少數最快樂的幾天之一。她並不特別喜歡畫畫，不過，每當從母親那裡要來一個信封，或隨便抓到一張什麼稀奇古怪的小紙片，她就拿起筆畫了起來，房子啦、樹啦、母雞和小雞啦，畫來畫去都一模一樣。父親教她寫字和算術，母親教她法語，但她沒有一樣是精通的，她總是想辦法蹺課。這是一個多麼奇怪，多麼缺乏責任心的人啊！才十歲大就這樣不受教，可是她心地不壞，脾氣也還好，不倔強，也很少和人爭吵，對比她小的孩子都很好，和善可親一點都不兇。而且她喜歡吵鬧和撒野，不想被關在家裡，不愛乾淨，在這個世界上她最喜歡做的事情，就是躺在屋後的綠坡上往下滾。

這些都是凱薩琳．莫蘭十歲時候的事。在她十五歲時，外貌開始有了改變。她的長髮微微捲了起來，也開始對舞會感興趣了。她的膚色變好了，臉蛋也豐腴了一些，五官線條顯得非常柔和。她的眼睛炯炯有神，身材也惹人注目了。她不再像以前那樣喜歡髒兮兮，開始喜歡華麗服飾，她變得乾淨、漂亮了！父母還會開心地誇她愈來愈漂亮了。「凱薩琳變漂亮了！今天她很漂亮！」她常常聽到這些讚美的聲音，她好高興啊！一個女孩，在她一生中的前十五年裡，都被認為是相貌平平，所以她聽到這些讚美，要比那些從一出生就很漂亮的女孩高興得多了。

莫蘭夫人是一個非常賢慧的女人，她希望孩子們個個都很有出息。可惜她的時間全被懷孕生產和撫養幼小的孩子占據了，自然顧不到幾個大女兒，只能讓她們自己照顧自己，也就難怪凱薩琳成了一個沒有女主角氣質的人，在十四歲時居然寧願玩板球、棒球、騎馬和四處亂跑，也不喜歡看書，至少不喜歡看那些知識性書籍。如果書裡不包含任何有用知識，全都是故事情節，不需任何思考，這樣的書她倒不排斥。不過，她從十五歲到十七歲時，開始培養自己成為女主角。如果要成為女主角，就必須大量閱讀，記住書裡的良言美句，在生活中靈活應用，或用來自我安慰，而凱薩琳也把這些書全部都讀過了。

他從蒲柏（Pope，一六八八年至一七四四年，英國詩人）那裡學會了指責那些「到處裝出一副假悲傷樣子」的人。從格雷（Gray，一七一六年至一七七一年，英國詩人）那裡學到了「花開未見紅」和「它們的芳香被浪費在荒漠裡了」。從湯普森（Thompson）那裡學到了「欣賞年輕人的思想，是一件讓人高興的事。」

而從莎士比亞那裡，她也獲得了許多知識，包括「像風一樣輕的瑣事」、「對於那些嫉妒的人，也會變成像聖經一樣強而有力的證據」，還有「被我們踐踏的一隻可憐甲蟲，牠肉體上所承受的疼痛，和一個巨人臨死時感到的疼痛並無兩樣」、「一個陷入愛裡的年輕女孩，看起來總是在墓碑上刻著『忍耐』，對著悲傷微笑」。

她不僅在這方面有了非常大的進步，在其他方面也長進不少。她雖然不會寫十四行詩，但她會大量閱讀。雖然她看起來無法在大家面前演奏一首自編的鋼琴序曲，讓全場的人為之欣喜若狂，但她卻可以不知疲倦地傾聽別人的演奏。她最大的不足就在筆上，她對畫畫可說是一點概念都沒有，甚至不想幫自己的愛人畫一幅側面肖像。她在這方面實在可憐，還達不到一個真正女主角的水準。此時的她，還意識不到自己的缺欠，因為她沒有情人可以畫。她已經十七歲，還沒有遇見一個可以讓她為之動情的可愛年輕人，也沒有讓別人為她傾心過，除了一些很有限、很短暫的羨慕之外，還沒有讓人對她萌發過任何傾慕之心。這真是太奇怪了，但就算是再奇怪的事情，只要找對了真正的原因，仍舊可看出其中究竟。原來是因為附近沒有一個勳爵，甚至沒半個準男爵。在她們認識的家庭當中，沒有一家撫養過一個偶然在家門口揀到的棄嬰，也沒有一個出身不明的年輕人，因為凱薩琳的父親沒有被保護人，而教區裡的鄉紳又無兒無女。

但是，當一個年輕的女孩要成為一個女主角時，即使附近有四十戶人家從中作梗也攔不住她。事情的發展一定會給她送來一位男主角。

莫蘭一家住在威爾特郡（Wiltshire）的富勒頓村（Fullerton），村鎮一帶的產業大部分都歸艾倫（Allen）先生所有。醫生建議艾倫，若要治好痛風，最好到巴思（Bath）去調養。而他的妻子對人親切，也非常喜歡莫蘭小姐，她認為這個年輕女孩在自己的村子裡很難有什麼奇遇，於是便邀她同行。莫蘭夫婦都表示同意，凱薩琳也很開心。

我們已經介紹過凱薩琳．莫蘭的容貌和資質了。而她的容貌和資質，在即將於巴思展開的六個星期生活當中，一定會遇到很多困難和危險，為了讓讀者對她有個比較明確的認識，以免愈看愈糊塗，也許還要說明一下：凱薩琳為人熱情，活潑開朗，沒有絲毫的自負和做作，她的舉止才褪去了少女的笨拙和羞澀。她很討人喜歡，當她氣色好時，看起來也很漂亮，但和大多數十七歲的其他女孩子一樣，還是很無知的。

出發的時間就要到了，身為母親的莫蘭夫人對她的擔心，很自然地與日俱增。她親愛的凱薩琳，就要這樣令人擔心地離開了，她心裡有一千個不祥預感，擔憂壓迫著她，讓她心生悲痛，在出發前一、兩天裡，她們一直在掉眼淚。當她們關著門在她房裡談話時，她應該憑著自己的老練世故，向女兒提出很多非常重要且實用的忠告，像是要當心提防一些貴族和準男爵，因為他們會把年輕小姐拉到偏僻的鄉村小屋裡，如果莫蘭太太這時能告誡女兒提防這些人的醜惡行為，她滿心的擔憂就一定會減輕一些。誰說不是呢？可是莫蘭夫人對那些勳爵和準男爵瞭解得太少了，對他們的惡作劇一無所知，所以她完全不擔心女兒會遭到他們的暗算。她的叮囑只限制在這幾點：「我請求妳，凱薩琳，當妳晚上從房間裡出去時，一定要記得用圍巾把喉嚨圍住保暖。我希望妳試著把所有花費都記下來，我會給妳一個小本子記帳。」

莎莉，最好是叫莎拉（Sarah）（因為普通紳士家的年輕小姐到了十六歲，有哪個不會想辦法改改名字呢？），依據這個時候的各種情況來看，她成了她姊姊最親密的朋友和知己。不過，值得注意的是，她既沒有堅持要凱薩琳每天都寫信給她，也沒要她答應把每一個新朋友的個性都寫信來說一說，或把有可能在巴思發生的每一件趣事都詳細地來信介紹一下。莫蘭一家人冷靜且適度地處理了和這次重要旅行有關的每一件事。這種態度倒是非常符合日常生活中的一般需求，但並不符合優雅的、多愁善感的情緒，也不符合一位第一次離開家出遠門的女主角，理所應當激起的纏綿柔情。她父親不但沒給她開一張可以在他的銀行無限制使用的支票，也沒把一張一百鎊的鈔票塞進她手裡，只給了她十個幾尼（英國舊時貨幣，值一鎊一先令），答應當她需要時再給。

在這樣慘澹的資助下，凱薩琳告別了家人，開始了旅程。一路上一帆風順，平安無事，既沒碰上強盜，也沒遇上風暴，更沒有因為翻車而「幸運地」遇到一個男主角。只有一次，艾倫太太以為把木屐丟在旅店裡了，後來才發現只是一場虛驚。除此之外，沒再發生讓人擔心的事。

他們到了巴思。凱薩琳非常心急也非常高興。她們的車子愈來愈接近著名的市郊了，當駛過通往旅館的幾條街道時，她四處張望。她來這裡就是為了尋求快樂，而她現在已經感覺到快樂了。

他們很快就住進了普爾蒂尼街（Pulteney Street）一幢舒適的房子。

現在應該要先介紹一下艾倫夫人，才能對她之後的行為做出最佳判斷，以了解到底她是怎樣造成書裡提到的那些煩惱，是怎樣讓可憐的凱薩琳陷入狼狽不堪的境地——不管是因為輕率、粗俗、妒忌，還是因為她中途攔截了凱薩琳的信件，詆毀了她的人格，或把她趕出了門。

當你和某些女人來往時，你會感到納悶，居然會有男人喜愛她們，甚至還會娶她們為妻，而艾倫夫人就是眾多此類女人當中的一個。其實她並不漂亮，沒有天賦、沒有才幹，而且還沒風度。像艾倫先生這樣一個洞達世故、通曉情理的人之所以看上她這樣的人，完全是因為她有上流社會的淑女氣質、性情嫻靜敦厚，還喜歡開開玩笑。她和那些年輕的小姐一樣，喜歡到處走一走，到處看一看，她非常合適當一個年輕小姐進入公眾場合的介紹人。她有一個幾乎沒有什麼危害的喜好，就是喜歡打扮漂亮。她花了三、四天時間打聽到什麼衣服是最流行的，並且還買到一身非常時尚的衣服，然後才領著我們的女主角踏進社交界。凱薩琳也給自己買了一些東西。而當所有的事情都已經安排好之後，那個事關重大的夜晚來臨了，她就要被帶進上舞廳了。頂尖的理髮師幫她修剪了頭髮，她再仔仔細細地穿好衣服，艾倫夫人和她的僕人都說她看起來非常好看。受到了這樣的鼓勵，凱薩琳希望在她穿過人群時，至少可以不用受到責難。至於讚賞嘛，若有讚賞，她會很開心的，但她並不抱太大希望。

艾倫夫人花了很長的時間打扮，所以很晚才進舞廳。而現在正是舞會的旺季，房間裡擠滿了人，這兩位女士於是用力擠了進去。至於艾倫先生，則直接進入橋牌室，讓兩位女士在人群中自己找快樂。艾倫夫人過分關注和保護她的新衣服，所以忘記關心她的被保護人是不是感到舒服。艾倫夫人從大門口穿過人群時，小心謹慎地走得很快，幸好凱薩琳緊緊地靠在她身邊，緊緊地挽著她朋友的手臂，才沒被推擠的人群沖散。但讓她更為驚訝的是，她發現從大廳裡穿過絕不是擺脫重圍的辦法，似乎愈走愈擁擠。她本以為只要一進門，就能很容易地找到座位，然後舒服地坐下來看別人跳舞。可是事情完全不是這樣，她們雖然經過孜孜不懈的努力終於擠到了大廳的盡頭，可是情況和剛才完全一樣，她們除了看見一些女人頭上高聳的羽毛，根本看不到任何跳舞的人。於是，她們繼續向前走，好不容易看到一個視線好一點的地方，憑著力氣和靈巧，經過一番努力，終於來到最高一排長凳後的通道上，這裡比之前那裡的擁擠程度要稍好一些，所以莫蘭小姐可以看到下面的人群，也可以看一下她剛才穿過來時的危險。那真是一個壯觀景象！她剛開始感覺到，而這也是她今天晚上第一次感覺到，自己是在舞會上啊！她很想跳舞，但沒有一個她認識的人。此時，艾倫夫人做了她在這種情況下唯一能做的事，她常常溫和地說：「親愛的孩子，我真希望妳可以跳跳舞，我希望妳能找到一個舞伴。」有時候，她年輕的朋友會感謝她的好意，可是她們重複了很多次，而且完全沒作用，最後凱薩琳也覺得累了，也就不再感謝她了。

她們好不容易擠了進去，享受了短暫的安寧，可是好景不長，因為所有人都擠去喝茶了，而她們也必須像其他人一樣擠過去。凱薩琳開始覺得有點失望，因為她討厭被人擠來擠去，而這些人的臉也引不起她的興趣，再說她和這些人素不相識，所以也不能和哪位難友交談一兩句以減輕身陷困境的煩惱。最後她們終於到了茶室，她們根本看不到艾倫先生，讓她更煩惱的是完全找不到夥伴、看不到熟人、沒有紳士幫一下忙。她們看了一下四周，確定找不到更合適的位置後，只好在最末尾的一張桌子邊坐了下來，而桌子前面早就已經坐了一大群人，她們坐在那裡無所事事，沒有人可以說話，只能和對方說說話。

當她們一坐下來，艾倫夫人就慶幸自己保護得好，沒有把新衣服弄壞。「如果弄壞了，可就太糟糕了，這是一種很精緻的薄棉布。我敢說，在這整個房間裡，我還沒有見到有其他的東西可以讓我這樣喜歡呢！」

「真是太難受了，這裡一個熟人也沒有。」凱薩琳小聲說。

艾倫夫人非常平靜地回答說：「哦，親愛的，真是太讓人難受了。」

「我們應該做點什麼呢？和我們同桌的那些先生和夫人都很奇怪地看著我們，一副不知我們為何要到這裡來的樣子，我們看起來好像是強行擠到他們的聚會來的。」

「真難受！我真希望能有一大群熟人。」

「哪怕只有幾個都好，總可以有點事做。」

「沒錯，親愛的。如果這裡有我們認識的人，我們可以直接加入他們。斯金納一家去年在這裡，我真希望他們現在也在啊！」

「既然這樣，離開這裡不是更好嗎？你看，這裡都沒有給我們的茶具。」

「還真的是沒有。太讓人生氣了！我想我們還是應該坐在這裡，這麼多人一定會把妳擠倒的。我的頭髮看起來怎樣？剛才有人推了我一下，我擔心弄亂了。」

「沒有，看起來非常漂亮。親愛的艾倫夫人，這麼多人裡面，妳確定妳一個人也不認識嗎？我想妳一定認識一些人吧！」

「說實話，我都不認識，我倒希望我能認識幾個。我衷心希望這裡有一大群我認識的人，然後我可以找一個給妳當舞伴。當妳去跳舞時我會非常高興的。那邊走過來一個看起來很奇怪的女人！她穿了一件好奇怪的禮服啊！太過時了！妳看她背後！」

過了一會兒，鄰座請她們喝茶，她們滿懷感激地接受了，順便和那位先生寒暄了幾句，而這是整個晚上別人和她們唯一的一次搭訕。直到舞會結束，艾倫先生才過來找她們。

他開口就說：「哦，莫蘭小姐，我希望妳度過了一個愉快的舞會。」

「真的非常高興。」莫蘭小姐回答說，儘管她想憋著，但還是打了一個大呵欠。

他的妻子說：「我希望她可以跳一下舞，我真希望我們可以幫她找到一個舞伴。我剛才還在說，如果斯金納一家是今年冬天而不是去年冬天在這裡就好了。或如果帕里一家真的像他們所說的那樣在這裡的話，她至少可以和喬治・帕里（George Parry）跳舞啊！她一個舞伴都沒有，我真不好意思。」

「我希望下一次晚會時情況會好一些。」艾倫先生安慰說。

舞會結束時，人群開始解散了，空間變得寬敞起來，足夠讓留下的人可以舒服地走動了。而現在就是女主角出風頭的時間了，她之前整個晚上一直沒有好好表現一下，而此刻她獲得了大家的注意和稱讚。隨著人群的漸漸減少，每五分鐘她就可以進一步地展示自己的魅力。在她前面有一段距離的地方，有一些男人現在正在看她。不過，大家看歸看，並沒人為之驚喜若狂，整個大廳裡也聽不到熱情的低聲詢問聲，也聽不到有人稱她是仙女下凡。不過，凱薩琳真的非常好看，如果你見過她三年前的樣子，一定會覺得她現在非常好看。

不過，確實也有人帶著讚美之情看著她。她聽到有兩個男人稱讚她是一個漂亮的女孩。這些話馬上就發揮了效果，莫蘭小姐立刻就覺得那天晚上比她之前度過的任何一個晚上都愉快，卑微的虛榮心得到了滿足，她十分感激那兩個年輕人對她發出簡短的讚語，連一個名符其實的女主角，聽說有人寫了十五首歌頌她美貌的十四行詩時，也不會像她這樣感激不盡的。她去坐馬車時，態度神色十分自在和氣，她因自己受到那一點眾人的注目感到非常驕傲。

現在，每一天早上都有一些固定的事情要做，至少去逛一逛商店、去城裡的一些新鮮地方看一看、到礦泉廳去轉一個小時左右，看一看這個人、望一望那個人，可是卻搭不上話。艾倫

太太仍熱切希望她在巴思能有很多熟人，但是當每天上午都證明她完全不認識任何人時，她就會重複一遍這個希望。

他們出現在下舞廳，我們的女主角在這裡還是很幸運的。典禮的主人幫她介紹了一個舉止很高雅的年輕人做舞伴，他的名字叫蒂爾尼（Tilney）。他看起來大概二十四、五歲，個子非常高，有一張很討人喜歡的臉，一雙非常機靈、活潑的眼睛，還不算很英俊，但也差強人意了。他談吐優雅，凱薩琳覺得自己非常走運。他們在跳舞時，幾乎沒時間說話，可是當他們坐下來喝茶時，她發現他幾乎就像她所想的那樣，非常和藹可親。他談吐自然、有熱情，還帶有幾分調皮和詼諧，凱薩琳雖然無法完全明白他的意思，但卻很感興趣。周圍的事物自然成為他們的話題，談了一陣子之後，蒂爾尼先生突然對她說：「小姐，我是一個不怎麼稱職的舞伴，都沒有關心我的舞伴。我還沒有問妳來巴思多久了，妳以前來過嗎？妳去過上舞廳、劇院和音樂廳了嗎？是不是很喜歡這個地方？是我太疏忽了！不知道妳現在是不是有空來回答這些問題？妳如果有空，我馬上就開始問了。」

「先生，你不需要給自己找麻煩。」

「我一點都不麻煩，小姐。」然後，他做出一副微笑的樣子，特意以柔和的聲音補充說：「小姐，妳在巴思待很久了嗎？」

「大概一個星期，先生。」凱薩琳強忍著笑，回答說。

「真的嗎？」這話的確引起了驚訝的效果。

「你為什麼會這樣驚訝呢？先生。」

蒂爾尼用很自然的語氣說：「為什麼驚訝？說真的，妳的回答似乎總會激起我某種反應，而驚訝是最容易表現的，也最合情合理了。好了，我們繼續話題吧！小姐，妳以前來過嗎？」

「從來沒有，先生。」

「真的嗎？那妳去過上舞廳嗎？」

「我上個星期一去過。」

「妳去過劇院嗎？」

「我去過，我是星期二到劇院去的。」

「那麼，音樂會呢？」

「先生，是星期三去的。」

「那麼，妳非常喜歡巴思嗎？」

「是的，我非常喜歡巴思。」

「那麼，現在我必須要傻笑一下，然後我們再恢復理智。」凱薩琳轉過頭去，不知道她是不是應該貿然地笑一下。

「我知道妳是怎麼看我的，明天我在妳的日記裡就會成為一個可憐的傢伙了。」蒂爾尼嚴肅地說。

「我的日記？」

「是的，我很清楚，妳會說：『星期五，到下舞廳；身上穿著帶小樹枝圖案鑲著藍色花邊的薄紗裙，腳上穿一雙純黑的鞋子，非常漂亮，不過非常奇怪，被一個傻里傻氣的奇怪傢伙纏擾了半天，非要我陪他跳舞，聽他胡說八道。』」

「我不會這樣說。」

「那麼，我可以告訴妳應該怎麼說嗎？」

「非常樂意。」

「在金先生的介紹下，我和一位非常討人喜歡的小伙子跳舞，也和他聊了很多，他看起來就像是一個非常奇怪的天才，我希望能多瞭解他。小姐，這就是我想要妳說的話。」

「可是，我沒有寫日記。」

「也許妳還沒有坐在這個屋子裡呢！也許我還沒有坐在妳旁邊呢！這兩點同樣可能引起懷疑吧！沒有寫日記！沒有日記，那妳在其他地方生活的表姐妹怎麼知道妳在巴思的生活點滴呢？每天有那麼多的寒暄問候，要是晚上不記到日記裡，怎麼如實地告訴別人呢？如果妳不經常翻閱日記，怎麼記住各式各樣的衣服？怎麼向人描繪妳那各種膚色、各式的捲髮樣式呢？我親愛的小姐，我對於像妳這樣的年輕小姐的生活方式，也不像妳想像的那樣無知。女人通常都會因文筆流暢而出名，這都得歸功於寫日記的良好習慣。大家都這樣認為的，能寫出令人賞心悅目的書信是女人所特有的才能。天賦雖然有一定的作用，但是我敢肯定主要還是受益於多寫日記。」

凱薩琳有些懷疑地說：「我有時候在想，女士們寫信的能力是不是真的比先生們要好。也就是說，我並不認為我們總是比男人優秀。」

「從我曾經見過的事情來判斷，我認為女人們寫信的方式通常都沒有什麼差錯，除了三點。」

「哪三點？」

「通常都缺乏內容，完全忽視標點停頓，而且語法經常發生錯誤。」

「說實話，我不必擔心拒絕你的恭維。這樣看來，你並沒有把我們看得很高明。」

「我不能一概而論地認為女人寫信的本事比男人好，就像不能一概認為女人唱二重唱比男人唱得好，風景畫比男人畫得好一樣。在以情趣為基礎的各種能力上，男女雙方是同樣優秀的。」

他們的對話被艾倫夫人打斷了。她說：「親愛的凱薩琳，幫我把袖子上的大頭針取下來，我真擔心它已經把我的袖子弄出一個洞了，如果真是那樣就太糟糕了，這是我最喜歡的一件禮服，雖然一碼布價值只值九個先令（Shilling，是英國的舊輔幣單位，英國是最早使用先令的國家。一英鎊等於十二先令。）」

「我猜它也正好值那個價錢，夫人。」蒂爾尼先生看著那布料說。

「你瞭解布料嗎？」

「非常瞭解。我總是自己買領帶，大家都說我是一個很厲害的行家，我妹妹還常託我替她選購長裙呢！幾天前，我替她買了一件，每一個女士看到了都說太便宜了。一碼只花五先令，而且是貨真價實的印度細洋紗。」

艾倫夫人對他的本事感到非常驚訝，她說：「男人通常很少注意這些事情，我絕不指望艾倫先生分得清楚我的禮服。你妹妹一定非常滿意吧？先生。」

「我希望是，夫人。」

「請問先生，你認為，莫蘭小姐的禮服怎麼樣？」

他仔細地檢查了一下，說：「非常漂亮，夫人，可是我擔心這個料子不耐洗，會被弄破的。」

「你怎麼這樣……」凱薩琳笑著說，她幾乎要說出一個「奇怪」了。

「我非常贊成你的看法。莫蘭小姐買它時我就是這樣告訴她的。」艾倫夫人認同地說。

「夫人，你知道的，細紗布有不少用途。莫蘭小姐可以用它來做一條手帕，一頂軟帽或一件斗篷。細紗布用途廣，可以說一點都不浪費。每當我妹妹粗心地買了太多布，或漫不經心地把布剪壞了，就要叨念浪費細紗布了，我已經聽過幾十次了。」

「先生，巴思真是一個迷人的地方，這裡有好多商店。真可惜我們是住在鄉下的。索爾茲伯里倒是有幾家很好的商店，可是太遠了，八英里是一段很遠的路程。艾倫先生說是九英里，可是我確定不會超過八英里。要跑一趟可真是辛苦啊！我回來時都累得快死了。再看看這裡，出門五分鐘就可以買到東西。」

蒂爾尼先生倒是非常客氣，似乎對她說的話還挺感興趣的。艾倫太太抓住細紗布這個話題不停地和他聊著，直到跳舞又再次開始。凱薩琳聽他們談話時有一點擔心，他認為蒂爾尼先生太愛指責別人的缺點。

當他們走回舞廳時，他問：「妳這麼認真在想什麼？我希望妳不是在想妳的舞伴！因為從妳想搖頭就可以看出來，妳想的事情不怎麼讓妳滿意。」

凱薩琳臉紅了，她說：「我什麼也沒想。」

「妳的回答真是又巧妙又深奧啊！我倒希望直接聽妳說。」

「哦，那麼，我不願意告訴你。」

「謝謝你。因為我們很快就可以成為好朋友了，以後我們只要一見面，我都有權利拿這件事來和妳開玩笑，開玩笑最容易促進友誼了。」

他們又開始跳舞了。舞會結束，他們分手了，至少在女士們這一邊來說，她是非常希望能夠繼續來往的。她喝著溫熱的攙水葡萄酒，準備上床的時候，是不是還一直想著他，以至於入睡之後還夢見他，就沒有人知道了。不過我希望，她只不過是昏昏欲睡，或最多只是在早晨打盹時夢見他。有一位著名的作家認為，在男人沒有向女人表達愛意之前，女人是不應該愛上男人的。如果確實是這樣，那麼，一個年輕小姐在還不知道男方有沒有先夢見她之前，居然就先夢到了這個男人，那當然是很不得體的事。但是，蒂爾尼先生作為一個夢中人或情人究竟是否得體，艾倫先生也許還沒考慮過，不過，經過打聽後，他並不反對蒂爾尼和他的年輕保護人作普通朋友，因為當天傍晚他就費心地調查了凱薩琳舞伴的情況，瞭解到的結果是，蒂爾尼先生是一個牧師，出生在格洛斯特郡（Gloucestershire）一個體面的人家。

4

第二天，當凱薩琳懷著比平常更急切的心情趕到礦泉廳時，她認為一定能在中午前見到蒂爾尼先生，正準備在遇到他時以笑臉相迎。誰知道她根本用不著露出笑臉，因為蒂爾尼先生並沒出現，只有他沒出現。在最熱鬧時，巴思的每一個人都陸陸續續地出現在礦泉廳，隨時都有擁擠的人群進進出出、上上下下，但都是一些沒有人會在意、沒有人會期待見到的人。「巴思可真是一個讓人愉快的地方。」艾倫夫人說。這時，兩位女士在大廳裡逛累了，就在大鐘旁坐了下來。「如果可以在這裡遇到熟人，那該多好啊！」

對於這樣的情況，艾倫夫人不知道感歎過多少次了，可是都沒有用，所以她沒有特殊理由認為這次會有好運氣。但我們經常說「凡事不要灰心」或「孜孜不倦地努力就能達到目的」，艾倫太太每天都孜孜不倦地抱著這個希望，最後這個希望變成了事實。她坐下不到十分鐘，就看到旁邊坐著一位和她年紀差不多的女人，而這女人已盯著她看了好一會兒了。於是彬彬有禮地和她搭訕：「夫人，我想我應該沒有認錯，我已經很久沒見到妳了，妳是不是艾倫夫人？」艾倫太太趕緊回答，那位夫人說她姓索普（Thorpe）。艾倫太太一看那面孔，馬上就認出她是以前的同窗摯友，結婚後只見過一次，而且還是很多年前的事。這次的相逢讓她們非常高興，因為她們至少有十五年沒有對方的消息了。兩個人剛開始時互相把對方的容貌稱讚了一番，然後說起上次分別後時間過得真快，怎麼也沒想到會在巴思相遇，老朋友重逢有多高興啊之類的話。之後她們又談論了家人的情況，關於姊姊妹妹啊，表兄表妹啊，她們持續說著，但兩人都是想說不想聽，結果誰也沒聽見對方說了些什麼。不過，作為一個說話者來說，索普夫人要比艾倫夫人有優勢，因為她家裡有一大群孩子。她不斷地說著兒子們的才能、女兒們的美貌，他們現在的情況和職業，約翰在牛津，愛德華讀商學院，威廉從事航海事業，他們都在不同的崗位上受人喜愛和尊敬，而且出類拔萃。艾倫夫人就沒有同樣的事情可以說，沒有同樣驕傲的事情可以灌輸到她朋友的耳朵裡，因此她的朋友也不用很勉強、很懷疑地聽她說。所以艾倫夫人不得不坐在那裡，看起來像是一字不漏地靜靜聽著她那做母親的嘮叨。但讓她聊以安慰的是，她那敏銳的眼睛很快就發現，索普太太那件長裙上的花邊不及她的一半漂亮。

「我可愛的女兒過來了。」索普太太一邊大聲喊著，一邊指著三個模樣俏麗的女孩，她們正手挽著手，朝索普太太走來。

「親愛的艾倫夫人，我正希望介紹她們呢！她們一定也會非常高興見到你。最高的那個叫伊莎貝拉，是我的大女兒。她是個漂亮的小姑娘吧？其他兩個也很受人稱讚，可是我認為伊莎貝拉最好看。」

索普小姐們就這樣被介紹了。而剛才暫時被遺忘的莫蘭小姐也同樣被介紹了一下。索普一家一聽到這個名字都嚇了一跳。那位大小姐彬彬有禮地和她交談了幾句後，就大聲地對其他人說：「莫蘭小姐真的太像她哥哥了！」

「真的太像了！」那位母親也喊著，而且她們所有人都重複了兩、三次：「不管莫蘭小姐走到哪裡，我都知道她就是他妹妹。」這個時候，輪到凱薩琳驚訝了。當索普夫人和她的女兒才講起她們和詹姆斯．莫蘭（James．Morland）先生認識的經過，她就猛然想起來，她大哥最近和一個姓索普的同學來往很密切，他這次耶誕假期的最後一週，就是在他們位於倫敦附近的家裡度過的。

在經過解釋後，三位索普家的小姐說了很多親切的話，希望能和莫蘭小姐進一步交往，也希望看在她們哥哥之間已經建立起友誼的份上，彼此能一見如故。凱薩琳很高興聽到這些話，而她也用她所能說的所有漂亮字句給了回答。而為了第一次證明友誼，索普大小姐馬上邀請莫蘭小姐挽著她的手臂，在礦泉廳裡兜了一圈。凱薩琳很高興能在巴思多幾個認識的人，所以在和索普小組聊天時，差一點兒忘了蒂爾尼先生。友誼無疑是情場失意時最好的安慰劑啊！

一般能促使兩位年輕小姐驟然形成的友誼日臻完善的話題，多半是衣服啊、舞會啊、調情啊、嬉戲啊，在這些話題上她們可以自由地暢所欲言，不過，索普小姐比莫蘭小姐要大四歲，至少比她要多四年的見識，所以談論起這些話題來有一定的優勢。她可以把巴思的舞會和坦布里奇（Tunbridge）的舞會做一個比較，又把巴思和倫敦的流行時尚做一個比較，也可以糾正她這位新朋友對許多時髦服裝的看法，可以從任何一對男女之間簡單的一笑當中，發現兒女私情，可以透過擁擠的人群指出誰和誰在嬉鬧。這些本事對於凱薩琳來說完全是陌生的，所以打從心裡很佩服她。這種自然而然產生的敬佩之情，差一點兒讓凱薩琳有些敬而遠之，幸好索普小姐個性活潑，談吐大方，一再表示認識她很高興，才讓她消除了所有敬畏的感覺，剩下的只是一片深厚的感情。兩人談得愈來愈投機，在礦泉廳轉了五、六圈之後，仍難分難捨，索普小姐乾脆送莫蘭小姐到艾倫先生家的門口。當她們得知晚上還會在劇院見面，第二天早晨還要到同一個教堂做禮拜時，倆人才稍感欣慰，親膩地握了很長時間的手依依不捨地告別。然後，凱薩琳直接跑上了樓，從客廳窗戶望著索普小姐沿著街道離去，對她那優雅步伐、婀娜體態和時尚裝扮羨慕不已。能認識這樣一位朋友，她當然覺得非常幸運。

索普夫人是一個寡婦，家境並不富裕，脾氣好，也很善良，而且是一個對子女非常寬容的母親。她最大的女兒長得非常漂亮，而她那兩個小女兒，也打扮得和她們的姊姊一樣漂亮，模仿她的氣質，學著和她一樣的打扮，看起來也很不錯。

我們之所以要對這一家人做一個簡要介紹，為的是不必讓索普太太自己囉哩囉嗦地說個沒完沒了。她過去的那些經歷和遭遇，仔細說起來要占掉三、四章的篇幅，那樣一來，就一定要詳細地說那些王公貴族及代理人的卑劣行徑，詳細地複述二十年前的一些談話內容。

晚上在劇院時，凱薩琳非常忙碌，她要不停地回應索普小姐對她的點頭和微笑。但她沒有顧此失彼，沒有忘記左顧右盼，朝著她能看到的每個包廂尋找蒂爾尼先生，可惜始終沒找到，因為蒂爾尼先生看戲的興趣並不比去礦泉廳的興趣大。她希望在第二天她能更幸運一點。當她祈求第二天是一個好天氣的願望得到應驗時，她認為自己就要走好運了，因為在巴思，星期天天氣一好，家家戶戶都會出來玩。這時候，就好像全鎮的人都在到處散步，看到認識的人就會說：今天天氣多好啊！

當禮拜一結束，索普一家人和艾倫一家人就著急地走到了一起。大家先到礦泉廳玩了一會兒，發現裡面人太多，完全看不到一副優雅的面孔。大家發現，在這樣的季節，只要一到星期天就會是這樣的情形。於是就趕緊到新月街（Crescent），去呼吸一下更上層階級的空氣。在這裡，凱薩琳和伊莎貝拉手挽著手，無拘無束地暢談著，再一次品嘗著甜蜜的友誼。她們談了很多，而且興致高昂，但凱薩琳再一次見到她的舞伴的希望又落空了。不管在什麼地方都遇不到他，不管怎麼找他都找不到人，早晨的散步也好，晚上的舞會也好，根本不見人影。無論在上舞廳，還是下舞廳，無論在化妝舞會上，還是在便裝舞會上，都見不到他，在早晨散步、騎馬或趕車的人群中也看不見他。礦泉廳的來賓簿上也沒有他的名字，好奇心怎麼也得不到滿足啊！他一定離開巴思了，可是他並沒有說過他只會在這裡待這麼短的時間啊！在凱薩琳的想像中，男主角總是行蹤神祕，這種神祕感給蒂爾尼的容貌和舉止增添了一層新魅力，讓她更迫切地想要進一步瞭解他。從索普一家那裡，她也聽不到半點消息，因為在遇到艾倫夫人之前，她們也才剛剛到巴思兩天。不過，這就是她經常和她的漂亮朋友談到的話題。她的朋友努力地鼓勵她，要她不要忘掉蒂爾尼先生，因此蒂爾尼先生給她留下的印象一直沒有減弱。伊莎貝拉可以肯定他一定是一個很迷人的年輕人，她也相信，他一定也非常喜歡她親愛的凱薩琳，所以會很快回來的。她還因為他是一個牧師，就更加喜歡他。「因為說實話，我自己非常喜歡這個職業。」她說完這些話後，又不由自主地歎了一口氣。也許凱薩琳應該問一問她為什麼要輕歎，可是她對於那些玩弄愛情的手段和對友誼的責任顯得很沒有經驗，根本不知道什麼時候需要巧妙地開一開玩笑，什麼時候應讓對方不得不說出什麼話來。

艾倫夫人現在過得非常快樂，而且對巴思非常滿意。她終於在這裡遇見了一些熟人，而且還非常幸運地發現，她們原來是她非常可敬的老朋友一家人。還讓她感到非常幸運的是，她發現她這些朋友的穿著並沒有她那麼昂貴，她每天說的話不再是「我真希望在巴思能夠遇到一些熟人啊」，現在變成了「遇到了索普夫人，我真高興啊！」她就像她年輕的被保護人和伊莎貝拉一樣，迫不及待地要增加兩家人之間的來往。一天當中，如果她沒有花大部分時間和索普夫人待在一起，就絕不會感到滿意的。她們在一起，照她們的說法是聊聊天，可是她們幾乎從來不交換意見，也很少談論類似的話題，因為索普太太主要談自己的孩子，艾倫太太主則談論自己的禮服。

凱薩琳和伊莎貝拉之間的來往從一開始就很熱絡，進展速度也很快。兩人一步步地愈來愈親密，不久之後，無論她們的朋友還是她們自己，都看不到有什麼進一步發展的餘地了。她們相互稱呼對方的教名，走路時總是挽著手，跳舞時也互相幫對方照顧好長裙，而且一定不能被安排分開跳。如果某一天早上下雨，讓她們沒有辦法進行其他的娛樂活動，她們也會不顧雨水和泥濘，堅持聚在一起，關在屋裡看小說。是的，小說！因為我不想採取小說家通常會採取的那種卑鄙而愚蠢的行為，明明自己也在寫小說，卻要用輕蔑的態度詆毀小說——和他們最大的敵人一起，對這些作品進行惡意的中傷，從不允許自己作品中的女主角看小說。如果偶爾有一個女主角撿起一本小說，那麼，這本書一定非常乏味，女主角一定是懷著憎惡的心情在翻閱的。唉！如果一本小說的女主角不能從另一部小說的女主角那裡得到庇護，那她又能指望從什麼地方得到保護和尊重呢？我可不同意這樣的做法。讓那些評論家在無聊時盡情地咒罵那些洋溢著豐富想像力的作品吧！讓他們用那些現在報紙不滿的種種陳腔濫調去談論每一本新小說吧！我們不要再互相嫌棄對方，我們都受到傷害了。雖然我們的作品帶給大家的樂趣比這個世界上的任何其他一種文學形式都更真摯、更廣泛，但我們的作品，卻受到其他任何一種文學作品都沒有受到過的那麼多譴責。由於傲慢、無知或時尚的原因，我們的敵人幾乎和我們的讀者一樣多。有人有能力把《英國歷史》（History of England）縮寫成百分之九，有人把彌爾頓（Milton）、蒲柏和普賴爾（Prior）的幾十行詩、《旁觀者》（Spectator）的一篇雜文，以及斯特恩（Sterne）作品裡的某一章，拼湊成一個專輯出版，這樣的能力受到了上千人的讚頌，但人們總是詆毀小說家的才能，貶低小說家的努力成果，蔑視那些具有天才、智慧且很值得推薦的作品。「我不是一個小說讀者，我很少看小說，你可不要以為我經常看小說。這對於一本小說來講，這已經不錯的了。」這就是人們通常會說的話。「你在看什麼呢？XX小姐。」那個年輕的女士回答說：「哦，不過是一本小說。」然後假裝毫不感興趣地放下書，或立刻顯出害羞的神情，「這只是一本《賽西里亞》（Cecilia）或《卡蜜拉》（Camilla）或《貝琳娜》（Belinda）。」總而言之，只是一些像這樣的作品。但在這些作品中，偉大的智慧得到了最完全的施展，充滿了對人性的最透徹的理解，對人類的千姿百態有細緻的描述，字裡行間洋溢的機智幽默，所有這一切都以最精湛的語言展現出來。如果那位小姐是在看一本《旁觀者》雜誌，那麼她會非常驕傲地介紹這本書，大聲地說出書名。不過，別看那厚厚的一本，這位小姐不管在讀哪一篇，它的內容和文體都不可能不讓一位情趣高雅的年輕人覺得厭煩。這些作品的要害，往往在於描寫了一些不可能發生的事件，矯揉造作的人物，以及和真實的人類毫無關係的話題，而且語言非常粗俗，讓人對於能容忍這種語言的時代產生不良印象。

6

接下來的這一段對話，發生在某一天早上，這兩位朋友一起出現在礦泉廳時，而這是在她們認識的八、九天後，完全可以顯現出她們之間的熱烈情感，彼此間的敏感、審慎和獨出心裁，以及高雅的文學情趣。這一切顯示了她們熱烈的感情是多麼的合情合理。

她們約好了，而伊莎貝拉差不多比她的朋友早到了五分鐘，所以她很自然地先說：「我親愛的小傢伙，是什麼事情讓妳這麼晚才到呢？我已經等妳至少一個世紀了。」

「妳真的等很久了啊！非常抱歉，我還以為我很準時呢！才一點鐘，我希望妳沒有等很久。」

「哦，真的很久了。應該有半個小時了。現在我們先到大廳那邊坐下來休息一下吧！我有太多話要告訴妳。我今天早上出門時還擔心快下雨了呢！看起來真像要下雨的樣子，差一點把我急死了。我剛才在米爾薩姆街一家商店的櫥窗裡看到一頂漂亮得超出妳想像的帽子，跟妳的那一頂很像，只是綢帶是橙紅色的，不是綠色的。我當時真想買啊！親愛的凱薩琳，今天一早妳都在幹什麼？是不是又看《尤多爾弗》（Udolpho）了？」

「我從一起床就開始看了，我已經看到黑紗那裡了。」

「真的嗎？那真是太好了！哦！我可不會告訴妳那黑紗後面是什麼。妳不急著知道嗎？」

「哦，我非常想知道，是什麼呢？可是，不要告訴我，無論如何也不要告訴我。我猜那一定是一個骷髏，我知道那一定是勞倫蒂娜（Laurentina）的骷髏。哦！我太喜歡這本書了！我跟妳說，我真的願意用我的一生去讀這本書。如果不是因為要來見妳，我是不會把這本書丟開的。」

「親愛的，妳對我真好啊！當妳看完《尤多爾弗》時，我們就一起看《義大利人》。我可以列一個清單給妳，有十一、二本妳喜歡閱讀的書。」

「真的嗎？我太高興了！都是些什麼書呢？」

「我可以直接把書名念給妳聽，我都記在記事本裡！《烏爾芬巴赫城堡》（Castle of Wolfenbach）、《克萊蒙特》（Clermont）、《神祕的警告》（Mysterious Warnings）、《黑樹林的巫師》（Necromancer of the Black Forest）、《午夜鐘聲》（Midnight Bell）、《萊茵河的孤兒》（Orphan of the Rhine），以及《恐怖的奧祕》（Horrid Mysteries）。這些書夠我們看很久了。」

「太好了！但這些書都很恐怖，妳確定它們都很恐怖嗎？」

「沒錯，我非常確定。安德魯斯（Andrews）小姐是我一個很親密的朋友，一個很甜美的女孩，可以說是這個世界上最可愛的人之一，她都看了這些書。我真希望妳也能認識她，妳一定會喜歡她的。她正在為自己織一件很漂亮的斗篷。我覺得她像天使一樣美麗，讓我生氣的是，男人居然不愛慕她！我真想狠狠責罵男人。」

「責罵他們！妳因為他們不愛慕她，就要責罵他們？」

「是的，我會那樣做。我為我真心的朋友，什麼事都做得出來。我不會藏著一半的心眼去愛一個人，那不是我的個性。我的感情總是非常強烈的。我在去年冬天的一次舞會上告訴亨特（Hunt）上校，如果他一整個晚上都要和我開玩笑，我就不再和他跳舞了，除非他承認安德魯斯小姐像天使一樣美麗。妳知道，男人總認為我們女人之間沒有真正的友誼，我就決定要讓他們看一看，事實完全不是他們想的那樣。現在，如果我聽到有任何人說妳的壞話，我馬上就會發火。但這是不可能的，因為妳是男人最喜歡的那種類型。」

凱薩琳臉紅了，說：「哦，親愛的！妳怎麼這樣說呢？」

「我很瞭解妳。妳非常活潑，這正是安德魯斯小姐所需要的，而且我必須承認，她這個人有時候讓人覺得很平淡無味。我跟妳說，就在我們昨天剛剛分開時，我就看到一個年輕人非常認真的在看妳，我敢說他一定愛上妳了。」凱薩琳臉紅了，再次否認。伊莎貝拉大笑了起來。「我敢保證，是真的，可是我知道妳是除了一位先生之外，對誰的愛慕都無動於衷，我就不說出那位先生的姓名了。我不怪妳的，（她又更加嚴肅地說）妳的心情是很容易理解的。我知道，如果一個人心裡想著另外一個人，那麼她是不會在意別人的好意的。凡是和心上人無關的事情，全都令人厭倦！我完全可以理解妳的心情。」

「可是妳應該阻止我，不要老是想著蒂爾尼先生，因為，也許我永遠不會再見到他了。」

「不會再見到他了？我親愛的寶貝，不要這樣說，如果妳這樣想，妳一定會很痛苦。」

「說真的，我不會再見他了。我不會假裝說我不是很喜歡他，但當我可以看《尤多爾弗》

時，我就覺得沒有任何人可以讓我痛苦。哦！那可怕的黑紗啊！我親愛的伊莎貝拉，我敢說那後面一定是勞倫蒂娜的骷髏。」

「太奇怪了，妳以前居然沒讀過《尤多爾弗》。不過，我猜莫蘭夫人應該會反對看這些小說。」

「她不反對。她自己還常看《查理斯・格蘭迪森爵士》（Sir Charles Grandison），可是那些新書不會落到我們的手裡。」

「《查理斯・格蘭迪森爵士》！那不是一本非常恐怖、讓人討厭的書嗎？我記得安德魯斯小姐連第一卷都沒看完。」

「它和《尤多爾弗》完全不一樣，可是我認為它非常有趣。」

「真的嗎？這就讓我驚訝了！我認為它不是一本容易讀的書。可是，我最親愛的凱薩琳，妳有沒有決定今天晚上頭上戴什麼？我已經決定了，今天晚上我所有的打扮都要和妳一樣，妳是知道的，男人通常都會注意這些事情。」

「可是，就算他們注意也沒有什麼關係啊！」凱薩琳非常無知地說。

「那又意味著什麼呢！哦！我從來不會在意他們在說什麼。妳如果不對他們兇一點，讓他們識相點，他們就會亂來。」

「是嗎？我從來沒觀察到這一點，他們通常對我都很規矩。」

「哦！他們會裝出一副驕傲的樣子，自以為了不起，他們是世界上最自負的了。噢，對了，有件事我都想到一百次了，總是忘了問妳，妳覺得什麼膚色的男人最好看？妳喜歡黑的還是白的？」

「我不知道。我從來沒想過。我想，應該是介於兩者之間吧！棕色，不是很白，也不是很黑。」

「很好，凱薩琳，他剛好就是！我還沒有忘記妳對蒂爾尼先生的描述──棕色的皮膚，深黑的眼睛，烏黑的頭髮。我喜歡的樣子就不一樣了，我喜歡淺色的眼睛，至於皮膚嘛，我喜歡黃一點的。如果妳在妳的熟人中看到有這樣外形的人，千萬不要出賣我啊！」

「出賣妳？妳這話是什麼意思啊？」

「好了，不要讓我為難了。我想我已經說得太多了。我們不要再談這個話題了吧！」

凱薩琳有些驚訝地照辦了。沉默了一會兒之後，她想再提起她當時最感興趣的勞倫蒂納的骷髏，卻被她的朋友打斷了，只聽到她說：「我們離開這裡吧！那裡有兩個討厭的年輕人，盯著我看了半個小時了，讓我很難受。我們去看一看來了哪些人，我想他們應該不會跟著我們到那邊去。」

她們走到了來賓簽到處。就在伊莎貝拉一一瀏覽那些名字時，凱薩琳就負責監視那兩個討厭的年輕人的行動。

「他們沒走到這邊來吧？我希望他們不要魯莽地跟著我們。請讓我知道他們是不是過來了，我是不會抬起頭的。」

過了不久，凱薩琳帶著真摯的喜悅告訴伊莎貝拉，說她不必再不安了，因為那兩個男的剛剛離開了礦泉廳。

「他們走哪條路？」伊莎貝拉趕緊轉過身來，說：「他們其中一個長得還真好看。」

「他們朝大教堂那邊去了。」

「哦，太高興了，把他們甩掉了。那現在就陪我到愛德格大樓，去看看我的新帽子，好嗎？妳說妳想看一看。」

凱薩琳很高興地表示同意。「只不過——」她補充說：「我們也許會趕上那兩個年輕人。」

「不要在意！如果我們加快速度，很快就會超過他們了。我急著想讓妳看我的帽子呢！」

「如果我們再多等幾分鐘，就可以避免再遇到他們的危險了。」

「我才不會對他們有那麼多的顧慮，我從來都不會太尊重那些男人，那樣會寵壞他們的。」

凱薩琳無法表示反對這樣的推理，所以，為了展現索普小姐的倔強個性，她決定要滅一滅男人威風，她們立刻拔腿就走，以最快的速度去追那兩個年輕人。

7

大概過了半個小時，兩位小姐穿過礦泉廳，來到聯盟路對面的拱廊下，可是她們在這裡停了下來。凡是熟悉巴思的人都會記得，要在這個地方穿過奇普街真的很困難。那是一條非常麻煩的街道，可是卻連接著通向倫敦和牛津的大道及城裡的大旅館，所以不管哪一天，都有一群群的婦女無論是去買麵餅、女帽，還是就像現在這樣去追趕小伙子，總要在街邊被攔住，讓馬車、騎馬人或大車先過。自從伊莎貝拉到巴思來生活後，一天至少要遇到兩、三次這種倒楣事情，而且難免都要抱怨一下。而現在，她命中註定又要再一次遇到這種事，並且再抱怨一下。就在她們剛剛來到聯盟路對面，就看到那兩位紳士正在那條別有一番風味的小巷裡沿著路邊水溝穿過人群往前走。剛好就在這時，來了一輛雙輪輕便馬車，擋住了她們的去路。趕車的人非常神氣，趕著車在崎嶇的街道上猛跑，隨時都有可能危及到自己、夥伴和那匹馬的性命。

「哦，真討厭的馬車！」伊莎貝拉抬起頭來，說：「我真討厭它們！」雖然她憎惡的理由很充分，但持續的時間卻不長，因為當她再看一眼後，不禁驚叫起來：「真是太好了！是莫蘭先生和我哥哥！」

「是詹姆斯！」凱薩琳同時喊了出來。而兩位年輕人一看見她們，就猛地一下勒住了馬，馬差一點絆倒。僕人急忙趕了過來，兩位先生跳下車，把馬車交給他照料。

凱薩琳完全沒有想到會有這樣的相遇，她欣喜若狂地接待了她哥哥。而她哥哥非常和藹，也非常疼愛妹妹，所以表現得很開心。當他盡情表露自己的喜悅之情時，索普小姐那雙亮晶晶的眼睛一直朝他轉來轉去，想引起他的注意。莫蘭先生帶著快樂和困窘的神情，向索普小姐問好。如果凱薩琳能善於揣摩別人感情的發展脈絡，而不要僅僅沉湎於自己的感情之中，那她也許會意識到：和她自己一樣，她哥哥也認為她的女友十分漂亮。

在此期間，約翰．索普在安排馬的事，然後很快就加入了他們，凱薩琳馬上從他那裡得到了應有的補償，因為他一邊漫不經心地輕輕拉了拉伊莎貝拉的手，一邊笨拙地將一條腿往後一退，另一條腿一彎曲，向凱薩琳微微地鞠了一個躬。他是一個體魄健壯、中等身材的年輕人，有一張平凡的臉，行為舉止也顯得不是很討人喜歡。他似乎是在擔心自己看起來太漂亮了，所以就穿上了馬車伕的衣服，而且又深怕自己太文雅，所以就在應該講究禮貌時表現得十分隨便，在可以隨便一點時又表現得十分放肆。他掏出錶來，說：「莫蘭小姐，妳猜我們從泰特布里（Tetbury）到這裡花了多久時間？」

「我不知道是多遠的距離。」然後她哥哥告訴她是二十三英里。

索普喊著：「二十三英里！至少有二十五英里。」而莫蘭表示抗議，他搬出了旅行指南、旅店老闆和里程碑作為證據，但他的朋友完全不把這些放在眼裡，他有個測量距離更好的辦法。「我知道一定是二十五英里，我們可以根據路上的時間來計算。現在是一點半，城裡的鐘敲響十一點時，我們從泰特布裡旅館的院子裡趕車出來，全英格蘭有誰敢說我的馬套上車每小時走不到十英里，這不是剛好二十五英里嘛！」

莫蘭說：「你少說了一個小時，我們從泰特布里出發時才十點。」

「十點！我發誓，是十一點！我數了每一聲鐘響。莫蘭小姐，妳哥哥是想把我弄糊塗，妳看一看我的馬，妳見過像這樣快的馬嗎？（這時候，僕人剛剛跳上馬車，準備把馬車趕開）多純正的血統！三個半小時只能跑二十三英里！看看那匹馬，妳認為有可能嗎？」

「牠看起來很熱。」

「熱！直到沃爾考特教堂，牠都沒倒一根毛。可是妳看一看牠的前身，看一看牠的腰，只要看一看牠是怎麼走路的，妳就知道牠不可能一個鐘頭走不了十英里。就算把牠的腿捆起來，牠也能往前走。莫蘭小姐，妳覺得我這輛馬車怎麼樣？這是一輛很輕巧的馬車，彈性很好，是城裡打造的，我才買不到一個月。本來是給布賴斯特徹奇（Christchurch，紐西蘭南島東岸海港城市。）的某個人訂做的，那個人是我朋友，人很不錯。他用了幾個星期，他因為手頭不方便想把它賣了。剛好在這個時候，我想找一輛輕便馬車，雖然有雙馬拉的我也想買。上學期有一次偶然的機會，我在馬格達侖橋上遇見了他，他正趕車去牛津。他問我說：『哦！索普，你想不想買這一輛小車？在這類車裡它算是最棒的了，不過我用膩了！』我說：『我買了！多少錢？』莫蘭小姐，你猜他要多少？」

「我完全猜不出來。」

「妳看啊，完全是雙馬雙輪馬車的裝備，座墊、行李箱、劍匣、擋泥板、車燈、銀鑲線，妳看啊，應有盡有。那些鐵做的零件都跟新的一樣，甚至比新的還好，他要五十幾尼（英國的舊金幣，值一鎊一先令）。我當下就和他拍板成交，把錢一扔，這車就歸我了。」

凱薩琳說：「我對這些事情一無所知，所以我無法判斷是便宜還是貴。」

「既不便宜，也不貴。其實我可以再給少一點，但我不喜歡討價還價，而且可憐的費里曼的確需要錢。」

「你人太好了。」凱薩琳非常高興地說。

「哦，在有能力時我可以幫朋友一點忙，我討厭很小氣。」

這時，兩位先生問起兩位小姐打算到什麼地方去，問過了之後，就決定陪她們一起去愛德格（Edgar's Buildings）大樓，順便拜訪一下索普太太，由詹姆斯和伊莎貝拉在前面帶路。伊莎貝拉覺得自己非常幸運，現在這位先生既是她哥哥的朋友，又是她朋友的哥哥，因為心裡高興，所以一路上總是想辦法讓他也開心。她是那樣純潔，絲毫沒有賣弄風騷的意味，所以當他們在米爾薩姆街（Milsom Street）超過那兩個讓人討厭的年輕人時，她完全不想挑逗他們，只不過回頭看了他們三次。

約翰．索普當然和凱薩琳走在一起，而在沉默了一會兒之後，他又開始說起了他的馬車。

「莫蘭小姐，妳會發現，還是有一些人會認為我撿了便宜，因為在第二天，我可以把它多賣十個幾尼，奧里爾（Oriel）的傑克遜（Jackson）立刻出價六十幾尼，莫蘭當時也在場。」

莫蘭無意中聽到了，說：「是啊！不過你不要忘了，還包括你的馬呢！」

「哦，我的馬！哦！就算給我一百幾尼我也不會賣掉我的馬。莫蘭小姐，你喜歡敞篷馬車嗎？」

「非常喜歡。我都沒有機會坐這種馬車。不過，我還是特別喜歡它。」

「我可以每天都讓妳坐我的馬車出去。」

「謝謝你。」凱薩琳回答說。她心裡有些忐忑不安，不知道接受這樣的好意是不是妥當。

「我明天就帶你上蘭斯當山（Lansdown Hill）。」

「謝謝你。可是，你的馬不需要休息嗎？」

「休息？牠今天只走了二十三英里！沒有什麼事情對馬的傷害比休息更大，也讓馬疲乏得最快了。牠不能休息，我平均每天要讓馬運動四個鐘頭。」

「真的嗎？那就是一天四十英里啊！」凱薩琳非常認真地說。

「還可以五十呢！好，我明天就帶妳上蘭斯當山。記住，我跟妳約好了。」

「多好啊！」伊莎貝拉轉過身來喊著：「我最親愛的凱薩琳，我真羨慕妳啊！不過，哥哥，我擔心你的車子坐不下第三個人吧！」

「什麼第三個人！我可不是到巴思來載我妹妹到處轉的，那會成為一個很大的笑話！莫蘭一定會好好照顧妳的。」

那兩個人聽了這些話，互相客氣了一番，但具體說了些什麼話，最後決定怎麼樣，凱薩琳並沒有聽見。她的同伴剛才那興致勃勃的說話勁頭此刻消沉了，只有見到女人時才對她的容貌斷然地評價一下，他的話雖不多，但是褒貶分明。而凱薩琳，她帶著年輕女性的謙遜和恭敬，盡可能地洗耳恭聽，隨聲附和，深怕自己的婦人之見會讓這個充滿自信的男人尷尬，特別是關乎女性美貌的話題上。最後，她終於鼓起勇氣，改變了話題，提出了一個她一直想問的問題，那就是：「你讀過《尤多爾弗》嗎？索普先生。」

「《尤多爾弗》？天啊！我可能沒讀過。我從來不看小說，我還有其他的事要做。」

凱薩琳感覺受到了打擊，又覺得羞愧，正準備為她的這個問題表示歉意，但是他卻阻止了她，說到：「小說裡全是一些胡說八道的東西！我自從看了《湯姆・鐘斯》（Tom Jones）之後，除了《僧侶》（Monk）之外，我就再也沒看到一本像樣的小說了。我幾天前看過這本書，至於其他的小說嘛，全是一些愚蠢的東西。」

「我想，如果你看了《尤多爾弗》，一定會喜歡的，它真的非常有趣。」

「我應該不會。如果我要看，一定會看拉德克利夫（Radcliffe）夫人的作品，她的小說才夠有趣，才值得一讀，那些書當中有很多有趣的內容和對大自然的描寫。」

「《尤多爾弗》就是拉德克利夫夫人寫的。」凱薩琳有一些猶豫地說，她擔心她的話會讓他難堪。

「是嗎？絕對不可能。我想起來了，的確是。我剛才想成另外一本乏味的書了。那是一本被人們吹捧得不得了的女人寫的，她嫁給了一個法國移民。」

「我猜你說的是《加米拉》（Camilla）吧？」

「就是這本書，它是一本亂七八糟的書！一個老頭子在玩蹺蹺板！我曾經拿起這本書看了一下，只看到第一卷，就看不下去了。事實上，我還沒看到書就猜得到裡面是什麼內容了。而一當我聽說她嫁給了一個移民之後，我就可以確定我絕對不會看完這本書。」

「我沒看過這本書。」

「我向妳保證，妳沒損失。這本書無聊得超乎妳的想像。書裡什麼內容都沒有，只有一個老頭子在邋鞦韆和學拉丁文。在我看來，這本書一文不值。」

不幸的是，這一番有失公允的評論並沒對可憐的凱薩琳產生任何影響。就在他們說話時，大家來到了索普太太的家門前。索普太太在樓上就發現了他們，於是就到走廊來迎接。一看到索普太太，那位《加米拉》讀者的那些敏銳而公允的情感就消失了，取而代之的是一顆恭敬而親熱的孝子之心。「哦，母親，妳好嗎？」他一邊說著，一邊熱情地和她握著手：「妳是從什麼地方弄來這一頂古怪的帽子？它讓妳看起來像一個巫婆！現在我和莫蘭要來陪妳一些日子，所以妳要在這附近幫我們找兩張好一點的床。」做母親的聽了這話，溺愛子女的一片心意似乎得到了滿足，因為她是懷著最熱情和快樂的心來接待兒子的。索普對兩個小妹妹也表現得很親熱，一個個向她們問好，還說兩人真醜。

這樣的言行舉止是不可能取悅凱薩琳的，可是他是詹姆斯的朋友，又是伊莎貝拉的哥哥，再加上出去看帽子時，伊莎貝拉對她說，約翰認為她是這個世界上最迷人的姑娘，而在他們就要分手時，約翰又約她當天晚上要和他跳舞，所以她就改變了之前的看法。如果凱薩琳的年齡再大一點，或虛榮心再強烈一點，這樣的評價也許不會產生什麼效果，可是她是一個年輕又缺乏自信的女孩，她只有在非常堅定、理智之下，才能在被人誇是世界上最迷人的姑娘時，被人在一早就約好了做舞伴時無動於衷。最後，在莫蘭兄妹和索普一家人一起坐了一個小時後，就一起動身到艾倫先生府上去了。主人剛關上門，詹姆斯就說：「哦，凱薩琳，妳覺得我朋友索普怎麼樣？」如果她不考慮友誼，或是她沒聽到那些稱讚她的話，那麼她會回答說：「我一點也不喜歡他。」可是她卻直接回答說：「我非常喜歡他，他好像非常和藹可親。」

「他總是一副和藹可親的樣子，只不過有些多話。不過，我認為這一點倒很得妳們女人的喜愛。還有，妳喜歡那個家庭的其他人嗎？」

「非常喜歡，真的非常喜歡，尤其是伊莎貝拉。」

「我很高興聽到妳這樣說。她剛好就是我希望妳接近的那一類年輕女孩。她很理智，不矯揉造作，又和藹可親。我以前就希望妳能認識她，她看起來似乎也很喜歡妳，她對妳的評價很高。能夠受到像索普小姐那樣的女孩這樣高的評價，凱薩琳——」他充滿憐愛地握著她的手，說：「是應該感到很驕傲的。」

「我的確感到很驕傲，我也非常喜歡她，而且我也很高興你喜歡她。可是你到這裡之後，在寫給我的信中幾乎沒有提過她。」

「那是因為我認為我很快就可以見到妳了。我希望妳在巴思時妳們能待在一起，她脾氣很好，而且又非常明白事理。她家裡所有人都很喜歡她，這裡一定有很多人喜歡她吧？」

「我認為有非常多人喜歡她。艾倫先生就認為她是巴思最漂亮的女孩。」

「他的確是那樣認為的。還有誰比艾倫先生的審美觀更好呢？我親愛的凱薩琳，我沒必要問妳在這裡過得快不快樂。有一個像伊莎貝拉．索普這樣的同伴和朋友，妳不可能有另外的感覺。至於艾倫一家，他們也對妳很好，是嗎？」

「是，非常好。我從來沒有像現在這樣快樂過。現在你來了，就更讓人高興了。你真是太好了，特地從大老遠跑來看我。」

詹姆斯接受了感激，而且為了讓良心也安然地接受，就很真誠地說：「說真的，凱薩琳，我真是太愛妳了。」

他們就這樣一問一答地問起了其他兄弟姐妹的情況，還有其他的一些家務事。除了詹姆斯又簡單地誇了一下索普小姐之外，直到他們到了普爾蒂尼街，他們一直都在談論著這些事。到了普爾蒂尼街，他受到了艾倫夫婦的熱情款待，艾倫先生邀請他和他們一起吃晚餐，艾倫夫人則請他猜一猜她新買的皮手籠和披肩要多少錢，評價一下它們的優點。詹姆斯因為和愛德格大樓那邊已有約定，所以無法接受艾倫先生的邀請，只好一一滿足艾倫太太的要求，就匆匆告辭了。那兩家人在八角廳見面的時間既然已經約好了，凱薩琳就可以帶著驚恐不安的心情，展開想像的翅膀，盡情地欣賞她的《尤多爾弗》，把吃飯、換衣服之類的瑣事都拋到一邊了。艾倫太太擔心裁縫會遲到，所以也顧不得安慰她。甚至連她自己已經跟人約好晚上去跳舞這樣榮幸的事，也只能在一小時裡抽出一分鐘時間來回味一下。

儘管有《尤多爾弗》和裁縫的問題，可是普爾蒂尼街的這一家人還是很準時的出現在上舞廳。索普一家和詹姆斯・莫蘭只比他們早到兩分鐘。而伊莎貝拉也像平常一樣，一看到她的朋友來了，就滿臉笑容熱情地迎了上去，她一會兒稱讚她的禮服，一會兒又羨慕她髮型，她們跟著她們的保護人，手挽著手走進了舞廳，只要腦子裡出現了什麼念頭，就要互相耳語一番。而有一些念頭則是以輕輕捏一捏手或一個微笑來回答。

當她們坐好後幾分鐘，舞會就開始了。詹姆斯和他的妹妹一樣，很早就約好了舞伴，所以著急地催促伊莎貝拉趕緊站起來。可是約翰跑到橋牌室和他的朋友說話去了，所以伊莎貝拉說不會在她親愛的凱薩琳之前，加入到舞群當中去。她說：「我告訴你，如果你親愛的妹妹不跟著一起來，我絕不會站起來，不然我們整個晚上都要被分開了。」凱薩琳非常感激地接受了她的好意，所以他們又坐了三分鐘，而伊莎貝拉，她和坐在身旁的詹姆斯說了一會兒話後，轉過身來對他妹妹小聲說：「親愛的寶貝，我就要離開妳了，妳哥哥急著要跳舞了。我知道妳不會介意我離開的，約翰很快就會回來，那個時候妳很快就可以找到我的。」凱薩琳有一點失望，但是她脾氣很好，沒有做出任何反對的舉動，當其他人站起來時，伊莎貝拉只有在他們離開之前花了一點時間握了握她朋友的手，說：「再見！親愛的。」索普家那兩位年輕的小姐也跳舞去了，而凱薩琳只能坐在索普夫人和艾倫夫人之間。索普先生還沒出現，這讓她有點惱火。她不但渴望跳舞，而且她知道，其他人並不知道她已約好了舞伴，她就像坐在那裡的大多數沒有找到舞伴的年輕女孩一樣丟臉。像她這樣一個心地純潔、行為無辜的姑娘，當著大家面前這樣丟人現眼，實在有失顏面，而且這種情況還是因為別人的錯誤而造成的，這種情況一定也是女主角生活中的特有遭遇吧！在這種遭遇中，女主角表現得愈剛強，人格就顯得愈高尚。凱薩琳也是剛強的，雖然她心裡覺得受屈辱，但嘴裡並不抱怨。

就這樣委屈了十分鐘之後，她的激情又被喚醒了，她立刻興奮了起來，因為她看到的不是索普先生，而是蒂爾尼先生。他就站在離她們坐的地方三步遠的地方。他看起來是朝著她走來，可是他並沒有看到她，所以，凱薩琳因為他的突然出現而露出的笑容和羞澀也消失了，但這並沒有玷污她女主角的尊嚴。他看起來還是像平常那樣的英俊和充滿活力，正興致勃勃地和一個打扮得很時尚，長得很漂亮的年輕女孩說話。那個女孩挽著他的手，所以凱薩琳馬上就猜出那是他妹妹。她本來可以認為他已經結婚了，而她也就永遠地失去他了，可是她放棄了產生這想法的機會，只是從簡單的行為和可能性來判斷，她從來沒有想過蒂爾尼先生已經結婚了，因為他的行為舉止和說話方式和她之前所認識的已婚男人不一樣。他從來沒有提過他有妻子，只說過有一個妹妹。根據這些情況，她很快就斷定，在他旁邊的女生就是他說的那個妹妹。所以，凱薩琳的臉色沒有變得像死人一樣蒼白，也沒有暈倒在艾倫夫人的懷裡，她只是坐得挺直，保持著理智，只不過臉頰比平時稍微紅一點。

蒂爾尼先生和他的同伴繼續跟在一個女士身後，慢慢地朝著她走了過來，那位女士認識索普夫人，所以就在她面前停了下來和她說話。那對兄妹倆，因為是和她一起的，所以也停了下來，蒂爾尼先生一看到凱薩琳在看他，就立刻露出熟悉的微笑。她高興地回了禮，然後蒂爾尼先生向前走了幾步，和她及艾倫夫人說起了話，艾倫夫人很熱情地和他打招呼。「先生，非常高興再次見到你，我還以為你已經離開巴思了。」他感謝她的關心，然後說他的確離開了一個星期，就在他有幸見到她們的第二天早上。

「哦，你再一次回來一定不會感到失望的。這個地方真是一個年輕人的天堂啊！當然也是其他人的天堂。當艾倫先生說不喜歡這個地方時，我就告訴他，他真的不應該抱怨，因為這裡的確是一個很討人喜歡的地方。在一年中的淡季來這裡，也比待在家裡好。我告訴他，他很幸運，到這裡來對他的健康很有幫助。」

「那麼，夫人，艾倫先生如果發現這個地方對他大有好處的話，就一定會喜歡的。」

「謝謝你，我相信他會的。我們的鄰居爾斯金納博士，去年冬天時也到這裡來療養，回去時變得很健康。」

「這個情況一定有很大的鼓勵。」

「是的，先生。爾斯金納博士和他的家人在這裡待了三個月，所以我告訴艾倫先生不要急著離開這裡。」

他們的談話被索普夫人打斷了，她請艾倫夫人稍微挪動一下，好騰一個位置給休斯夫人（Hughes）和蒂爾尼小姐坐，因為她們同意加入她們。艾倫夫人服從了這樣的安排，而蒂爾尼先生仍站在她們面前。他在想了一會兒之後，就邀請凱薩琳和他一起跳舞。對於一個女士來說，這樣的敬意是很讓人開心的，可是她卻很後悔。因為她謝絕了，她說她很抱歉，剛好在這個時候索普加入了她們。他如果再早來半分鐘，他一定會認為她承受了巨大的痛苦。索普又以很隨意的方式告訴她，說讓她久等了，而他這樣的方式絲毫沒有讓她好受一點。就在他們站起來準備去跳舞時，他又詳細地談起了，他剛才離開的那位朋友的馬和狗，並說他打算和他交換一下，可是凱薩琳對此一點興趣都沒有，她不停地朝著她剛才離開蒂爾尼先生的那個地方看過去。她特別希望給伊莎貝拉指一指這位紳士，可是她根本看不到伊莎貝拉，她們在不同的舞群裡，因為她看到了她離開所有她認識的人。讓人不開心的事情果真是接踵而至啊！而她從這整個事情裡也學到了有益的東西，那就是在舞會之前事先約好舞伴，不一定是一件能增加年輕女孩尊嚴和快樂的事情。就在她正想著這個教訓時，突然覺得有人拍了拍她的肩膀，她猛地轉過頭去，發現是休斯夫人站在她背後，還有蒂爾尼小姐和另外一位先生陪著她。她說：「不好意思，莫蘭小姐，恕我冒昧，不管我怎麼找都找不到索普小姐，索普夫人說她相信妳不會介意陪這位年輕小姐的。」休斯夫人還真是找到合適的人了，在這個房間裡，再也沒有人能比凱薩琳更開心接受這個任務了。兩位小姐互相介紹了對方，蒂爾尼小姐很有禮貌地感謝了對方的好意，而莫蘭小姐出於慷慨之意，表示沒什麼。而休斯夫人，把她帶來的年輕人安頓好之後，就又回到她的夥伴當中去了。

蒂爾尼小姐有一副好身材，一張漂亮的臉，表情總是和顏悅色。她的氣質雖然不像索普小姐那樣顯得非常自命不凡和有風度，但卻更高雅。她的行為舉止表現出極高的情操和教養，她既不羞澀，又不故作大方。她看起來年輕又迷人，可是在舞會上卻不刻意吸引男人靠近她，她不會為任何一點小事誇張地表現出欣喜若狂的情緒，或難以置信地故作憂慮。由於她的外貌和她與蒂爾尼先生的關係，凱薩琳立刻就對她產生了興趣，所以就很著急地想認識她。因此只要一想到任何話題，她都很有勇氣和閒情來主動和她攀談。可是，她們不能很快地成為知己，因為常發生一些情況阻止了發展的必備條件，所以她們只能聊聊一些初識時的泛泛談話，比如說一說是不是喜歡巴思，如何喜歡這裡的建築物和周圍的鄉村，會不會畫畫、彈琴、唱歌，或喜不喜歡騎馬之類的話題。

兩支舞曲剛剛結束，凱薩琳就欣喜地發現她忠實的伊莎貝拉輕輕地抓住了她的手臂，激動地喊著：「我終於找到妳了！我親愛的寶貝，我整整找妳找了一個小時。妳知道我在那一個舞群裡跳舞，妳怎麼會跑到這邊來呢？沒有妳在身邊，我覺得很無聊。」

「我親愛的伊莎貝拉，我怎麼看得到妳呢？我都看不到妳啊！」

「我也是這樣告訴妳哥哥的，可是他不相信我。我說『快去找妳妹妹吧！莫蘭先生。』可是都沒有用，他不肯移動一步。難道不是這樣的嗎？莫蘭先生。你們男人都很懶！我一直這樣狠狠責備他。我親愛的凱薩琳，妳一定會很驚訝吧！妳知道，這種人我是不會以禮相待的。」

「妳看那個頭上戴著白色珠鍊的年輕小姐，她就是蒂爾尼先生的妹妹。」凱薩琳把她的朋友從詹姆斯身邊拉開說到。

「啊！是真的嗎？讓我多看她一會兒！好漂亮女孩啊！我從沒見過像她這麼漂亮的人，可是，她那位人見人愛的哥哥在哪裡呢？他在舞廳裡嗎？如果他在，妳馬上指出來給我看吧！我好想看看他。莫蘭先生，你沒聽到吧？我們不是在說你。」

「妳們在這裡說什麼悄悄話？發生什麼事了嗎？」

「你看吧！我就知道會這樣。你們男人總是因為好奇而坐立不安，還說女人好奇，真是的！什麼事也沒有！你放心，你不可能知道任何事情的。」

「那麼，妳認為我這樣就滿意了嗎？」

「哦，我從來沒有見過像你這樣的人。我們說的話和你有什麼關係呢？也許我們是在說你，所以我勸你最好不要聽，也許你會聽到一些很不愛聽的話。」

就這樣無聊地閒扯了一段時間之後，她們完全忘記了之前的話題。雖然凱薩琳很願意讓這個話題中斷一會兒，但她又有一點懷疑，伊莎貝拉之前很急切地想見到蒂爾尼先生，現在卻全忘了。當管弦樂隊奏響一支新舞曲時，詹姆斯又想把他漂亮的舞伴帶走，可是遭到了拒絕。她喊著：「莫蘭先生，我告訴你，我絕不會做那樣的事的。你怎麼可以戲弄人呢？只需要想一下，我親愛的凱薩琳，妳的哥哥想要我做什麼啊！他想要我再和他跳舞，雖然我告訴了他，這樣做是違反常規的。我們要是不交換一下舞伴，那會成為別人的話柄的。」

詹姆斯說：「其實在公開的舞會上，經常發生這種事。」

「胡說八道！你怎麼可以這樣？你們男人總是為達到目的不擇手段。我最親愛的凱薩琳，快幫我勸一勸妳哥哥，那樣做是不可能的，告訴他妳要是看到我做那樣的事情，會非常震驚，難道不會嗎？」

「完全不會，不過，妳如果認為是錯的，那麼，妳最好換一個舞伴。」

伊莎貝拉喊著：「你看啊，你聽到你妹妹說的了，可是你就是不照她說的做。記住，如果我們惹來巴思那些老太婆的閒言閒語，可不是我的錯。親愛的凱薩琳，看在上帝的份上，到我旁邊來吧！」然後她們就離開了，回到了剛才的地方。與此同時，約翰．索普也走開了。凱薩琳剛才受到了蒂爾尼先生的抬舉，很想再給他一個機會再次提出這樣的邀請。所以快速地朝艾倫夫人和索普夫人走去，希望能發現他仍和她們在一起，但在希望落空後，她又覺得這樣的想法實在太可笑了。

索普夫人迫不及待地想聽人稱讚她的兒子，說到：「哦，親愛的，我希望你有一個讓人愉快的舞伴。」

「非常令人愉快，夫人。」

「我很高興，約翰非常迷人，不是嗎？」

「妳遇到蒂爾尼先生了嗎？親愛的。」艾倫夫人問到。

「沒有，他在哪裡？」

「他剛才還和我們在一起，他說他已經休息夠了，決定去跳跳舞。所以我認為如果他遇到妳，有可能會邀請妳。」

「那他會在什麼地方呢？」凱薩琳說著，看了看周圍，沒多久她就看到蒂爾尼先生正領著一位年輕小姐跳舞。

「哈！他已經找到舞伴了，我還希望他能邀請妳呢！」艾倫夫人說，她停了一會兒之後，又補充說：「他真是一個非常討人喜歡的年輕人。」

索普夫人洋洋得意地笑著說：「艾倫夫人，他的確是，雖然我是他母親，可是我還是要說，在這個世界上再也沒有比他更討人喜歡的男人了。」

大多數人聽到這樣牛頭不對馬嘴的回答都會覺得很奇怪，可是艾倫夫人卻沒有被這些話迷惑，她考慮了一會兒之後，就小聲地對凱薩琳說：「我敢說，她一定以為我在說她兒子呢！」

凱薩琳又失望又氣憤，她看起來只錯過了一步，就把眼前的機會放走了。所以在那之後不久，當約翰．索普跑來對她說：「哦，莫蘭小姐，我建議我們還是再一起跳支舞吧！」時，她因為心裡滿是懊悔，所以沒好好地回答。

「哦，我非常感謝你的好意，我們已經跳過兩支舞了，而且我累了，我不想再跳舞了。」

「妳不想跳了嗎？那我們就走一走，和人開一開玩笑吧！一起走走吧！我來幫妳介紹在這個房間裡最可笑的四個人，他們是我兩個小妹妹和她們的舞伴。這半個小時裡，我一直在笑他們。」

凱薩琳再一次謝絕了。最後，索普先生只好獨自一個人走過去和他的妹妹們開玩笑，那天晚上剩下的時間裡，凱薩琳都覺得非常無聊，在喝茶時，蒂爾尼先生被人拖著離開了他的團隊，去照顧他的舞伴去了。蒂爾尼小姐雖然還和他們待在一起，但卻沒有坐得離她很近，而詹姆斯和伊莎貝拉只顧著自己說話，伊莎貝拉也完全沒有注意到她的朋友，最多只是對她笑了一下，捏捏她的手，或說一聲「我最親愛的凱薩琳」。

那天晚上發生的事情讓凱薩琳很不開心，接下來的情況是這樣的：當她還待在舞廳裡時，一開始時對周圍的每個人都不滿，但這種不滿的感覺很快就讓她覺得疲累，於是急著想回去。而當她一回到普爾蒂尼街，她又覺得非常餓，當飢餓感消失後，她又急著想上床睡覺。這讓她很傷腦筋，因為她一躺上床後就可以沉沉地睡去，而且一睡就是九小時。當她早上醒來時，她精神飽滿，興致高昂，而且又萌生了一些新希望和新計畫。她心裡的第一個希望是想要和蒂爾尼小姐加深來往，而當天中午她為了這個目的還到礦泉廳去找她，這就是她決定要做的第一件事。凡是剛到巴思的人都會在礦泉廳碰面，而且她也很清楚，在礦泉廳很適合發現女士們的優點，也很有助於女士們建立起親密關係，同時也是訴說祕密和交換心得的好地方。她完全有理由相信，在這裡她可以交到一個新朋友。她的計畫在上午就確定了，吃過早餐後，她靜靜地坐下來看書，決定待在同一個地方，看書看到一點，由於習慣，艾倫夫人的說話和喊叫並沒有對她造成影響，這位夫人心靈空虛又不善於動腦筋，從來不會說太多話，但也絕不會保持安靜。所以，當她坐下來做事時，如果找不到她的針或斷了線，如果她聽到大街上有馬車的聲音，或看到她的禮服上有一些汙點，她就一定會大叫，不管旁邊是不是有人有空理她。大概在十二點半時，她聽到一陣急促的敲門聲，於是趕緊跑到窗前查看，幾乎在同一時間，她告訴凱薩琳說，門口來了兩輛敞篷馬車，第一輛馬車裡只坐了一個僕人，而索普先生和索普小姐坐在第二輛裡面，這時，約翰．索普奔下車，喊著：「哦，莫蘭小姐，我來了，你應該沒有等太久吧？我們沒辦法早點來，那個造車的老混蛋找了半天才找到一輛稍微能坐的車，很有可能我們一走出這條街，這個車子就會解體了。艾倫夫人，妳好嗎？昨天晚上的舞會真是太好了，不是嗎？來吧！莫蘭小姐，快一點，其他人都急著離開了，他們想摔車！」

凱薩琳說：「你這話是什麼意思？你們要去哪裡？」

「要去哪裡？什麼！妳忘記我們的約定了嗎？我們不是約好今天早上要一起駕車出遊嗎？妳記性真差！我們要去克拉沃頓高地啊！」

「我記得，我們是說過這件事。」凱薩琳看著艾倫夫人，想徵求一下她的意見，說：「可是我沒想到你真的會來。」

「沒想到我會來？這真是一個好理由啊！如果我不來，妳還不知道會怎麼鬧呢！」

與此同時，凱薩琳向她的朋友使了眼色，卻完全沒作用。因為艾倫夫人從來沒有使眼色的習慣，所以也不知道別人會這樣做。而凱薩琳，她雖然希望能再一次見到蒂爾尼小姐，可是她還是覺得時間可以往後延一下，他們應該先坐車出去玩一玩。她覺得，既然伊莎貝拉可以陪詹姆斯一起出去，那她和索普先生一起出去應該也沒關係，所以她就心存感激地把話說得很清楚。「夫人，妳對此有什麼意見？妳能給我一兩個小時的自由時間嗎？我可以出去一下嗎？」

「就照妳想做的做吧！親愛的。」艾倫夫人溫和地回答說，顯然沒關係。凱薩琳接受了建議，然後就去準備了。在這短暫的時間裡，索普正帶著艾倫太太對他的馬車誇獎了一番，然後兩人又開始稱讚凱薩琳，才剛稱讚兩句，她又再次出現了。凱薩琳在接受了她朋友臨別時的祝願之後，就和索普先生兩個人急忙地下了樓。凱薩琳在上車之前，去看了一下她的朋友。伊莎貝拉喊著：「我親愛的寶貝，妳至少準備三個小時了，我還擔心妳生病了呢！昨天晚上的舞會真是太棒了！我有好多、好多事情要告訴妳。快點先上馬車吧！我已經等得不耐煩了。」

凱薩琳尊重了她的指示，剛轉過身時，她就聽到她朋友大聲地對詹姆斯喊著：「多可愛的女孩啊！我太喜歡她了！」

「莫蘭小姐，妳不要害怕，」當索普扶她上馬車時說：「如果我的馬在一開始就蹦蹦跳跳，牠很有可能會猛烈地蹦一兩下，也許會賴一會兒才會走，可是牠很快就會認出主人的。牠充滿活力，個性也很硬，但沒有什麼怪癖。」

凱薩琳一聽到他這樣描述，心裡就不怎麼想去了，但現在退縮已經晚了，加上她又年輕好勝，不願意承認自己害怕，所以只好聽天由命了，她想要看一看那個畜牲像不像牠的主人所吹噓的那樣，她平靜地坐了下來，看到索普坐在她的旁邊。所有的事情都已經被安排好了，主人以威嚴的語氣命令站在馬頭前的僕人「出發」。大家出發了，一切都很平靜，馬兒沒有跳也沒有衝，一切平靜得難以想像。凱薩琳為能這樣逃過一劫感到高興，她帶著驚喜的心情，大聲說出了心裡的喜悅。她的同伴立刻把事情說得非常簡單，他說那是因為他把韁繩拉得特別好，鞭子舉得很熟練。可是凱薩琳覺得，雖然索普能輕鬆完美地駕馭他的馬，卻還以馬的怪癖來嚇唬她，這就讓她覺得奇怪了。不過，她還是慶幸自己能遇到這樣一個優秀的馬車伕。她覺得那匹馬仍安靜地向前走著，完全看不出想要耍脾氣的樣子，而且牠每小時可以走十英里，也不代表牠的速度快得嚇人，所以她也就放心了，在這風和日麗的二月裡，盡情地呼吸著新鮮的空氣，享受著讓人愉快的旅程。在剛開始那一段簡短的對話之後，他們安靜了一會兒。索普突然打破了沉默，說：「老艾倫先生和猶太人一樣有錢吧？」凱薩琳不明白他的意思，於是他又重複了一遍他的問題，並且補充說：「老艾倫，就是和妳在一起的那個人啊！」

「哦，你的意思是艾倫先生。我想，他非常有錢。」

「他一個孩子都沒有嗎？」

「沒有。一個也沒有。」

「這對於他的繼承人來說可真是好事啊！他是妳的教父嗎？」

「我的教父？不是。」

「可是，妳總是和他們待在一起啊！」

「是的。」

「哦，我就是這個意思。他看起來是一個非常好的老傢伙，我敢說，他這一輩子都過得很不錯吧！他不會無緣無故得痛風的，他現在是不是每天都要喝一瓶啊？」

「他每天都要喝一瓶！你為什麼會這樣認為呢？他是一個飲食非常有節制的人。你不會認為他昨晚喝醉了吧？」

「妳們女人總認為男人都是醉醺醺的。妳認為一瓶酒就可以把男人弄倒嗎？我可以肯定，如果每一個人都一天喝一瓶，那麼這個世界就不會像現在這樣亂了。對我們所有人來說，都是一件好事。」

「我不信。」

「哦，天啊！那可以挽救成千上萬的人。我們王國消費的酒連應該消費的百分之一都不到。我們處在這樣多霧的氣候，是需要酒來幫忙的。」

「可是我聽說，在牛津，人們喝很多葡萄酒。」

「我敢說，現在在牛津大家都不喝酒了。在那裡，沒人喝酒了，妳很難遇到一個酒量超過四品托的人。我舉一個例子來說，我上次舉行的聚會當中，每一個人平均喝了五品托，而這已被認為是非同小可的事情了。當然，那些酒都是非常上等的酒，妳在牛津不可能經常喝到那樣的好酒，這也許是大家喝多的原因。不過，這只是讓妳對那邊的基本情況有一個概念。」

凱薩琳熱情地說：「這確實是一個概念，那也就是說，你喝的酒比我之前所想的要多很多，但我認為詹姆斯不會喝那麼多。」

這樣的話惹得索普大聲嚷了起來，可是卻聽不清楚他說的具體內容是什麼，只知道裡面夾雜著很多大喊大叫，就像是在賭咒、發誓。索普說完之後，凱薩琳就更加相信牛津酒風很盛行，同時也為哥哥的節制感到高興。

這時候，索普的思緒又回到馬車的優點上。他希望凱薩琳稱讚他的馬走得多有精神，多自在。牠的步伐和那精緻的彈簧都讓馬車的前進顯得很安然。凱薩琳努力照著他的方式來稱讚，可是要她說得比他好，甚至搶在他前面說，那是不可能的。關於這個話題，他見多識廣，而她卻一無所知，他不停地說著，而她卻顯得沒信心，因為她無法說出新鮮的讚美之詞，可是她也欣然地回應著，最後他們倆達成共識——他的馬車是全英格蘭最好的一輛，他的馬車是最乾淨的，他的馬是最能跑的，而他本人是最好的馬車伕。「索普先生，你真的認為——」過了一會兒，凱薩琳貿然以為這件事已有了定論，就想換點話題，於是說：「詹姆斯的馬車真的會解體嗎？」

「解體！哈！天啊！妳見過搖晃得比那更厲害的馬車嗎？整部車沒有一塊完整的鐵製零件，車輪也磨損了至少十年了！說實話，妳只要用手去碰一下，也會把它搖成碎片。我從來沒有見過比它更破爛的東西了。感謝上帝！我們這一輛好多了！就算是給我五萬英鎊，讓我坐著它走兩英里，我也不願意。」

凱薩琳非常害怕地喊著：「我們還是往回走吧！如果我們繼續向前走，一定會遇到麻煩。我們往回走吧！索普先生。停下來跟我哥哥說一聲，讓他知道他現在有多危險。」

「危險！噢！有什麼關係呢？就算車子散了，他們最多就是摔下來，地上有很多土，摔下來多好啊！如果一個人懂得怎麼駕馭馬車，馬車是很安全的。像這樣一輛馬車如果落到一個擅長駕馭的人手裡，即使它再破爛，也可以再用上二十年。如果有人給我五英鎊，我就願意駕著它去一趟約克角再回來，而且不會弄掉一根釘子。」

凱薩琳非常訝異地聽著這些話。她不知道為什麼同樣一件事，卻有兩種完全不一樣的說法。她沒受過專門教育，不明白有一張刀子口的人脾氣會怎樣，也不知道過分的虛榮會造就多少毫無根據的謬論和肆無忌憚的謊言。她的家人都是實實在在的普通人，很少耍弄小聰明。她父親最多只是說一些雙關語，而她母親也就是說說諺語，所以他們從來沒有說謊或刻意抬高自己身價的習慣，也不會發生自打嘴巴的情況。凱薩琳非常困惑地把這件事想了一會兒，也不只一次地想要索普先生把他對這個事情的看法說得更清楚一點，但她克制住了，因為她覺得索普也說不清楚，他不可能把之前有歧義的話解釋清楚的。除此之外，她還考慮到，索普先生既然能輕而易舉地搭救他妹妹和她的朋友，那他就不會讓她遇到危險的。凱薩琳最後斷定，索普先生一定知道那輛車子其實是絕對安全的，所以她也就不再驚慌失措了。而索普先生似乎已經把這件事完全忘記了，在他們之後的對話或他說的話當中，從頭到尾都在說他自己的事情。他告訴她，他以低價把馬買回來，又用難以置信的高價賣掉了。他談起了賽馬，說他可以準確判斷出哪匹馬是最後贏家；又說到打獵，他說他打死的鳥比他的同伴們打死的加在一起都還要多（雖然他沒有瞄得很準）。他還向凱薩琳描述了他幾天前帶著狐狸犬狩獵的出色表演，因為他有先見之明且善於指揮獵犬，還糾正許多老練的獵手所犯的錯誤；還說他騎馬時很勇敢，雖然沒有一秒鐘會威脅到他的生命，卻經常給別人帶來很多麻煩，他若無其事地斷定不少人都因此捽斷了脖子。

雖然凱薩琳並不習慣於獨立判斷，雖然她對男人的一般看法是不確定的，可是當她聽著索普滔滔不絕地自吹自擂時，她卻不得不懷疑這個人是不是真的討人喜愛。這是一個大膽的懷疑，因為索普是伊莎貝拉的哥哥，而且她聽詹姆斯說過，他的言談舉止總博得所有女人的歡心。可是，儘管如此，他們一起出遊還不到一個小時，凱薩琳就覺得非常厭煩和索普先生待在一起了，直到車子停在普爾蒂尼街，這種厭煩情緒一直不斷高漲。於是，她有點抗拒那個至高的權威，不相信索普有能力讓所有人都喜歡他。

當他們來到艾倫夫人的門口，伊莎貝拉發現時間已經不早了，他們不方便再進屋去時，她非常驚訝。「都已經過了三點了！真是太不可思議了！太難以置信了，這是不可能的！」她既不相信她自己的錶，也不相信她哥哥的錶，還不相信僕人的錶。她不願意相信別人憑著理智和事實做出的保證，直到莫蘭拿出了錶，她才弄清楚事實。這個情況下，要是再多一點懷疑，就會同樣是難以置信和不可能的了。她只能一次又一次地反駁說，過去從來沒有兩個半小時過得這麼快的，而且還要凱薩琳證明她說的是事實。可是，凱薩琳就算為了讓伊莎貝拉高興，也不能說謊，不過，伊莎貝拉並沒有等她回答，所以也就不用痛苦地聽到她朋友的反對意見了。她完全沉浸在自己的感情裡。當她發現她必須回家時，她非常難過。自從上次她們短暫地說了一會兒話之後，她還沒和她親愛的凱薩琳好好談談呢！雖然她有千言萬語要告訴她，但她們看起來似乎永遠也不會再見面了。所以，她一邊輕輕地啜泣著，一邊帶著失望的笑臉和她的朋友說再見，一邊繼續往前走。

凱薩琳發現艾倫夫人無所事事地忙了一個上午之後剛剛回來，她一看到凱薩琳，立刻就迎上去，說：「哦，我親愛的，妳在這裡啊！」對於這個事實，凱薩琳既不想，也沒能力加以反駁。「我希望妳出去兜風很愉快。」

「夫人，謝謝你，今天的天氣非常好。」

「索普夫人也是這樣說的。她很開心你們都去了。」

「那麼，妳已經見過索普夫人了？」

「你們一走，我就到礦泉廳去了，我在那裡遇到了她，我們聊了很久。她說今天在市場上買不到牛肉，那真是稀物啊！」

「妳還見到了其他熟人嗎？」

「是的，我們決定到新月街去轉一圈，在那裡，我們遇到了休斯夫人，她和蒂爾尼兄妹在一起散步。」

「真的嗎？他們和妳說話了嗎？」

「我們一起沿著新月街散步了半個小時，他們看起來都是很好相處的人，蒂爾尼小姐穿了一件非常漂亮的圓點衣，就我的觀察來看，她總是穿得非常漂亮。休斯夫人和我談了很多關於她們家的事。」

「她告訴妳關於她們的什麼事？」

「真的是說了很多，她幾乎都沒有談別的事情。」

「她有沒有告訴妳他們是格洛斯特郡什麼地方的人？」

「她說了，可是我現在想不起來了。不過他們都是很好的一家人，而且非常有錢。蒂爾尼太太以前是德拉蒙德家的小姐，曾和休斯太太一起上學。德拉蒙德小姐有一大筆財產，父親給了她兩萬英鎊，還給她五百英鎊買結婚禮服用。衣服從服裝店拿回來時，休斯太太全都看見了。」

「蒂爾尼先生和夫人都在巴思嗎？」

「我想是的，可是我不是很確定。讓我想一下，我想，他們可能都去世了，至少母親已經去世了。沒錯，我確定蒂爾尼夫人已經去世了。因為休斯夫人告訴我說，德拉蒙德先生在女兒出嫁那天送給她一串美麗的珍珠，現在就歸蒂爾尼小姐所有，因為她母親去世後，這串珠子就留給她了。」

「那我的舞伴是獨生子嗎？就是那位蒂爾尼先生。」

「親愛的，這一點我無法確定，我記得他好像是。不過，休斯夫人說他是一個非常好的年輕人，而且頗有發展潛力。」

凱薩琳不再多問了。她聽到的情況已足以讓她感覺到，艾倫夫人不可能提供更好的訊息了，更讓她感到不幸的是，她就這樣錯過一次和那兄妹倆見面的機會。如果她可以預知是這樣的情況，那無論如何也不能讓她和其他人出去。總之，她只能怪自己運氣不好，想著自己有多大的損失，直到她很清醒地意識到，今日的出遊一點也不開心，而約翰·索普也很讓人厭煩。

10

艾倫一家、索普一家和莫蘭一家每天晚上都會在劇院碰面。而凱薩琳和伊莎貝拉坐在一起，在她們分開的漫長時間裡，伊莎貝拉有一肚子的話要說，現在總算是找到機會了。「哦！我親愛的凱薩琳，我們總算在一起了。」她一看到凱薩琳走進了包廂坐到她身邊時，就說：「現在，莫蘭先生，」她又對緊靠在凱薩琳旁邊的莫蘭先生說到：「今天晚上我不會再和你說半句話，所以我勸你別指望了。我最親愛的凱薩琳，這一段時間妳過得如何？其實我不需要問妳，因為妳看起來很開心。妳的頭髮比以前更有型了！妳真是淘氣，難道妳是想吸引每一個人嗎？我向妳保證，我哥哥已經愛上妳了！至於說蒂爾尼先生嘛，那已經是確定的事了，即使妳很謙虛，也不能懷疑他現在對妳的愛意。他又回巴思來了，就是為了讓這件事明朗一點。哦！不管怎樣我都要見他一面！我很著急！我母親告訴我說，他是這個世界上最討人喜歡的男人，她今天早上見到他了。妳一定要介紹給我，他現在在劇院裡嗎？看在上帝的份上，妳找一下吧！如果不看到他，我真的快活不下去了！」

凱薩琳說：「他不在這裡，我沒看到他。」

「真討厭！難道我永遠沒辦法認識他嗎？妳覺得我的禮服怎樣？看起來沒什麼不好吧！這個袖子是我自己設計的。妳知道嗎？我在巴思玩膩了。妳哥哥和我今天早上說好了，認為在這裡玩幾個星期倒還不錯，但不管怎樣我們也不會住在這裡。我們很快就發現我們有共同的喜好，我們都喜歡鄉下。說真的，我們的想法完全一致，真是太好笑了。我們的看法完全一樣呢！說什麼我也不會讓妳在場，妳很狡猾，我怕妳會說出一些奇怪的話。」

「說真的，我不會。」

「妳會！我比妳還瞭解妳呢！妳會說，我們就像是天生的一對，或說一些這一類的場面話。那樣會讓我無地自容的，到時候我的臉頰就會像妳的玫瑰一樣紅，所以我不希望妳在旁邊！」

「事實上，妳對我太不公平了。我不會說出那樣不合適的話，而且我的頭腦裡也絕對不會有那樣的話！」

伊莎貝拉有些懷疑地笑了，而晚上剩下的時間她都在和詹姆斯說話。

第二天早上，凱薩琳下定決心要儘快再見蒂爾尼小姐一面，在平常到礦泉廳的時間到來之前，她有些害怕，擔心又會出現什麼事情阻止她。但她擔心的情況並沒有發生，沒有出現拜訪者來拖延她們的時間，他們三個人都準時出發，來到了礦泉廳。在那裡，他們像往常一樣，仍然去做那些事，說那些話。艾倫先生在喝光了一杯水後，就和幾位紳士談起當天的政事，比較一下每個人在報紙上看到的新聞。而女士們在一起散步，注意著每一張新面孔，和廳裡的每一頂新帽子。不到一刻鐘，詹姆斯．莫蘭陪著索普家的女士們在擁擠的人群中出現了，凱薩琳立刻像往常一樣向她的朋友迎了上去。詹姆斯現在是一個忠實的追隨者，仍然保持著同樣的位置，他們離開了大家。他們就照著這樣的方式走了一會兒，直到凱薩琳開始懷疑這種位置的樂趣，因為她雖然和她朋友和哥哥在一起，可是他們卻很少注意到她。他們總是忙著熱烈地討論什麼，或激動地爭論什麼，可是他們的溝通是用耳語來傳達的，而他們的活力會引起他們哈哈大笑，他們雖然經常不時地各自請求凱薩琳發表支持意見，但是凱薩琳因為沒有聽清楚他們說的任何一個字，總是無法發表任何意見。最後，她終於找到了一個離開她朋友的機會。當她高興地看到蒂爾尼小姐和休斯夫人一起走進屋時，她就說她有話要對蒂爾尼小姐說，所以就加入了她們。她熱心地決定要和蒂爾尼小姐認識一下。其實，如果她不是因為受到了前一天失望情緒的鼓勵，也許她還不會鼓起那麼大的勇氣。蒂爾尼小姐很有禮貌地招呼了她，以同樣的友好態度回報了她的善意，在她們共同的夥伴待在房間裡的時間中，兩個人一直說著話。雖然她們說的每一句話，用的每一個字，很可能在巴思的每個旺季、在這個房間裡，不知被人們用過幾千次了，但這些話語說得真摯、樸實，一點兒也沒有虛榮浮誇的感覺，這一點是很難得的。

「妳哥哥舞跳得真好啊！」在她們的談話快要結束時，凱薩琳突然大聲地說著，這立刻引來同伴的驚訝和欣喜。

她笑著回答說：「亨利，他的確跳得非常好。」

「那天晚上他看到我坐著不動，又聽我說我已經有舞伴了，一定覺得非常奇怪吧！可是我那時真的已經和索普先生約好了。」蒂爾尼小姐鞠了一個躬。「妳無法想像——」凱薩琳安靜了一會兒，之後接著說：「我再一次見到他真的吃了一驚啊！我還以為他已經走遠了呢！」

「當上次亨利有幸遇到妳時，他在巴思只逗留了短暫的兩天。他是來這裡幫我們訂房的。」

「這一點我沒想到。我四處都沒見到他，心想他一定離開了。星期一那天和他跳舞的年輕小姐是史密斯小姐嗎？」

「是，那也是休斯夫人的朋友。」

「我敢說，她一定很喜歡跳舞。妳覺得她漂亮嗎？」

「不是很漂亮。」

「我猜，他沒來過礦泉廳吧？」

「有時候會來。」

「不過，他今天早上和我父親騎馬出去了。」

這個時候，休斯夫人來到了她們中間，她問蒂爾尼小姐是否打算要離開了。凱薩琳說：

「我希望能很快再見到妳，妳明天會去參加克提林舞會嗎？」

「也許會，我想我們應該會去。」

「我很高興，那麼我們就會在那裡見面了。」對方禮貌地回答了，然後她們就分開了。這個時候蒂爾尼小姐對她新朋友的心思似乎有點瞭解了，至於凱薩琳，她倒是一點也沒意識到，因為那是她自然流露出來的。

她非常開心地回了家。今早她終於實現了她所有的願望，而明天晚上將是她此刻的期待，未來是美好的！到時候該穿什麼樣的禮服，戴什麼首飾，在此刻成了她的主要任務。其實她不應該這麼在意的，衣著打扮總是一些浮誇的事情，而過分注重往往會適得其反。凱薩琳非常清楚這一點，因為在去年耶誕節時，她的姑婆就曾經教過她這個問題。不過，在星期三的夜晚，她躺了十分鐘都還沒睡著，她反覆思考著到底是穿那條有斑點的裙子，還是穿那條繡花的裙子。如果不是因為時間來不及了，她一定會為那天傍晚買條新裙子的。而這一點將成為她最大的失算，雖然這並不常發生，但對於這樣的失算，如果是換個男人而不是女人，換個哥哥而不是姑婆，也許是會受到告誡的，因為只有男人知道男人根本不在乎新衣服。如果女人知道男人對於她們穿著的華麗、時髦有多麼無動於衷，對於細紗布的質地好壞有多麼無所謂，對於她們偏愛帶斑點、有枝葉花紋的、透明的細紗布或薄棉布有多麼難以分辨的話，她們一定會很傷心。女人講究這些只是滿足於自己，沒有男人會因此稱讚她的，也沒有女人會因此喜歡她。對男人來說，乾淨、整潔、時髦就已足夠，而對於女人來說，穿著寒酸有失體面的女人是最可愛的，但這些嚴肅的想法並沒有擾亂凱薩琳內心的平靜。

星期四晚上凱薩琳走進舞廳時，心情和星期一來時完全不一樣了。當時她因為和索普約好跳舞而欣喜，現在她最不希望見到他，免得他再邀她跳舞。雖然她不能也不敢想像蒂爾尼先生會第三次來邀請她跳舞，但她把希望和計畫全都寄託在這一點上。在這個決定性時刻，每一個年輕女孩也許都會同情女主角，因為每一個年輕女孩都會經歷像她這樣激動的時刻，都被自己害怕見到的人追逐過，或至少也自以為經歷過這種危險，也都渴望能得到心上人的青睞。索普家的人一來到她們中間，凱薩琳的苦惱就來了。她坐立不安地看到約翰・索普朝她走了過來，她努力避開他的視線，當他和她說話時，她還假裝沒聽到。克提林舞（cotillion，沙龍舞，十九世紀流行的一種舞，跳時不斷交換舞伴，穿插各種花樣的輕快交誼舞。）結束了，接著開始了鄉村舞（country-dancing，一種傳統的英國民間舞蹈），但她還是沒有看到蒂爾尼兄妹的影子。

伊莎貝拉小聲地對她說：「我親愛的凱薩琳，妳不要驚訝，我真的要和妳哥哥再跳一次舞了，我也知道這樣做不好，我也告訴他應該感到羞恥，可是妳和約翰也一定要稱讚我們啊，我親愛的寶貝，快點到我們這裡來，約翰剛剛走開，可是他過一會兒就會回來了。」

凱薩琳既沒有時間，也不想回答。那兩個人就走開了，不過約翰・索普仍在她的視線裡，為了讓自己表現得並沒有注意他，也沒有在等待他，她只好死盯著自己的扇子看。人這麼多，她居然認為可以在短時間內遇到蒂爾尼兄妹！她剛想責怪自己太傻了，可是卻突然發現蒂爾尼先生在跟她說話，再次請她跳舞。當她接受他的邀請時，眼睛爍爍發光，動作俐落地和他走進舞池，心跳急速！這些都是可以想像到的。她相信，自己已經躲開了約翰・索普，而且非常驚險，然後她遇到蒂爾尼先生，馬上受到了他的邀請，好像他是在故意尋找她一樣。在凱薩琳看來，這真是人生最大幸福！

可是，就在他們擠進去占了一個位置時，她就注意到約翰・索普站在她身後說話，他說：「嗨，莫蘭小姐，這是什麼意思呢？我還以為妳會和我一起跳舞呢！」

「我很訝異你會這樣想，因為你根本沒邀請我啊！」

「真是一個好理由啊！我一進這個舞廳就邀請妳了，我剛才又邀請妳一次，可是當我一轉身，妳就走了。真是一個卑鄙的把戲啊！我是為了跟妳跳舞才來這裡的，而且我確認從星期一開始就和你約好跳舞了。我想起來了，當妳在家等著取斗篷時，我就已經邀請妳了。我還告訴這個舞廳裡所有我認識的人，說我要和舞廳裡最漂亮的姑娘跳舞呢！他們要是看到妳和別人一起跳舞，一定會很不客氣地挖苦我的。」

「不會吧！聽你這樣描述，他們是不會想到我的。」

「如果他們不認為妳漂亮，那我一定把他們當成傻瓜一樣踢出舞廳去。那個小伙子是什麼人？」凱薩琳滿足了他的好奇心。「蒂爾尼。」他又說：「哦，我不認識他，他的身材還不錯，很勻稱。他需要一匹馬嗎？我有一個朋友叫山姆•費萊切（Sam Fletcher），他有一匹任何人都適合騎的馬要賣。那匹馬跑起來非常靈巧，才四十幾尼。我本來想買下來，因為我有一句格言，那就是：見到一匹好馬，就一定要買下來！可是那匹馬不合乎我的要求，因為不能用來打獵。如果是一匹真正的獵馬，花多少錢我都願意。我現在已經有三匹了，而且都是最好騎的馬。就算是有人開價八百幾尼，我也不賣。弗萊徹和我打算在萊斯特郡買一座房子，準備下個打獵季時用，因為住旅館裡太不舒服了。」

這是他所能煩擾凱薩琳的最後一句話，因為剛好在這時候，一大群女士湧了過來，不可抗拒地把他擠走了。這時，凱薩琳的舞伴走上前來，說：「那位先生如果再待在妳身邊半分鐘，我就失去耐心了，他沒有任何權力從我身邊吸引走我舞伴的注意力。我們已經約好了，今天晚上要讓對方過得愉快。而在此期間，我們的愉快只能由我們兩個人分享。要是有別人纏上其中一個人，就損害了另一個人的權利。我把鄉村舞看成是婚姻的象徵，忠誠和順從是雙方的主要職責。那些自己不想跳舞，不想結婚的男人，就不要糾纏鄰居的舞伴或妻子。」

「可是，這是完全不同的兩回事。」

「妳認為這兩件事無法相提並論嗎？」

「當然不能。一旦結了婚就不能再分開，必須一起生活，一起顧家。而跳舞的人只能在一間長舞廳裡，面對面地站半個小時。」

「這就是妳對婚姻和舞蹈所下的定義了。這樣看來，它們根本毫無相干。不過，我覺得可以以另外一種方式來看待。妳應該承認，這兩點都是男人享有選擇的權利，而女人只有拒絕的權利。這兩點都是男人和女人之間的約定，而且對雙方都是有利的。一旦達成了協議，那他們就互屬於對方，彼此都有義務，不能提出任何後悔的理由，不能後悔為什麼沒選擇別人，最好的做法就是不要對旁人有非分之想，或幻想自己找到別人會更幸福。妳承認這一切嗎？」

「你所說的這一點是正確的，聽起來都很不錯。可是，仍是很不相同的，我不認為它們有相同的權利，或把它們看成是等同的。」

「在某一點上，當然是有差別的。在婚姻當中，男人必須供養女人，而女人必須要給男人創造一個溫暖的家。男人必須要供養家庭，女人必須要笑臉相迎，可是在跳舞時，他們的職責剛好完全對調。男人必須要提供溫暖和順從，而女人卻要提供扇子和香水。所以，我想這就是妳所說的無法相比的職責吧！」

「說真的，我從來沒這樣想過。」

「那我就無法理解了。我還注意到一件事情，妳的個性很讓人訝異。妳完全否認了它們在義務上的任何相似之處，所以我能不能這樣推斷：妳對跳舞職責的看法並不像妳的舞伴所希望的那樣嚴格，是嗎？難道我沒理由擔心如果剛才和妳說話的那位先生又回來，或又有其他的紳士來和妳說話，妳會毫無限制地和他想說多久就說多久嗎？」

「索普先生是我哥哥很親密的朋友，而如果他要和我說話，我就必須和他說話。而除了他之外，我在這個舞廳裡認識的年輕人還不到三個。」

「難道這就是我唯一的保證嗎？唉！唉！」

「是的，這對於你來說已經很好了，因為如果我一個人也不認識，就不可能和他們說話了。而且，我也不想和任何人說話。」

「現在妳給了我一個比較有價值的保證，我可以勇氣十足的繼續下去了。妳現在是不是還像我上次問妳的那樣喜歡巴思呢？」

「非常喜歡，甚至更喜歡了。」

「更喜歡了！小心一點兒啊，不然到時候妳就要流連忘返了。妳應該在六個星期之後就會覺得膩了。」

「我想，就算讓我待六個月也不會膩。」

「和倫敦比起來，巴思有一點無趣，每年大家都會發現這一點。『我承認，在巴思只待六個星期，還是很快樂的，但如果超過六個星期，那這裡就是世界上最讓人厭煩的地方。』許多人都會這樣告訴妳，可是他們每年冬天還是會定期到這裡來，把原定的六個星期延長到十個、十二個星期，最後因為沒有錢再住下去了，才紛紛離開。」

「哦，其他人有他們的看法，那些到倫敦去的人會認為巴思什麼也不是，可是，我住在一個與世隔絕的小村子裡，並不認為這裡會比我的家鄉單調乏味。這裡有各種娛樂活動，還有很多事可以看、可以做，這些都是我在鄉下所不知道的。」

「妳不喜歡？」

「不，我喜歡。我一直在鄉下生活，也過得非常快樂。可是，鄉下的生活要比巴思的生活單調得多。在鄉下，每天都是一模一樣。」

「可是，妳在鄉下的生活更規律。」

「是嗎？」

「難道不是嗎？」

「我不認為有什麼不一樣。」

「妳在這裡整天都只是娛樂啊！」

「我在家裡也一樣，只不過找不到像這裡這麼多好玩的。我在這裡散步，在鄉下也散步。可是在這裡的每一條街上都可以遇到不一樣的人，而在鄉下我只能去拜訪艾倫夫人。」

蒂爾尼先生覺得非常有趣。

「只能去拜訪艾倫夫人！」他重複說：「這真夠無聊的了。不過，當妳再一次陷入這個深淵時，妳就會有更多話可以說了，因為妳可以談巴思，和妳在這裡做的每一件事。」

「哦，是的。我再也不會對艾倫先生或別人沒有話說了。我相信當我再一次回家時，我可以一直談論巴思，因為我非常喜歡這裡。如果我可以讓爸媽或家人來這裡，那該有多幸福啊！詹姆斯（我的大哥）來這裡真是太讓人高興了。特別讓人高興的是，他居然是我在這裡新認識的一家人的老朋友。哦，誰會對巴思感到厭煩呢？」

「像妳這樣看到什麼事都感到新奇的人當然不會。但是對大部分人來說，他們的爸媽、兄弟和好友都已經來過巴思，他們對於舞會、戲劇和每天看風景的興致都沒了。」他們的談話到這裡就停止了。跳舞的命令現在已經更加緊迫了。

就在他們兩個人恰巧來到跳舞隊伍的末尾，凱薩琳察覺到擁擠的人群中有一位紳士就站在她舞伴的後面，正用心地看著她。他長得非常英俊，相貌非常有威嚴，雖然已經漸漸老去，卻仍充滿活力。他的目光仍盯著凱薩琳，她看到他很親密地和蒂爾尼先生說著話，她被他的注意搞得有點心煩意亂，她有一些擔心，深怕是自己外貌上有什麼差錯，所以有一點臉紅了，於是轉過頭去。就在她轉頭時，那位紳士退到了後面，而她的舞伴又靠了過來，說：「我想妳在猜我剛剛被問了什麼話，那位紳士知道妳的名字，所以妳也有權利知道他的名字。那位是蒂爾尼將軍，我的父親。」

凱薩琳只是回答了一聲「哦」，可是這一聲「哦」卻表達了它所需要表達的所有意思——她聽到他的話，而且非常確信這些話的真實性。她帶著真正的興趣和強烈的敬佩感，目送著將軍穿過擁擠人群，然後私下評論說：「多漂亮的一家人啊！」

當夜幕降臨，凱薩琳在和蒂爾尼小姐談話時，一種新的幸福感又湧上了她的心頭。自從她到巴思後，還沒到鄉下地方去散過步，而蒂爾尼小姐，她很熟悉大家常去遊覽的那些地方，說得凱薩琳也非常想去遊覽一下。當她公開聲稱，擔心沒有人肯陪她去時，那對兄妹倆就提議說他們想在某一天早上或某個時間和她一起去散散步。「好極了！這再好不過了。就不要耽誤時間了，我們明天就去吧！」她喊著。兄妹倆很快就同意了，只是蒂爾尼小姐提出一個條件，那就是不要在下雨天去，但凱薩琳認為是不會下雨的。他們約好十二點，在普爾蒂尼街見面。「記住，是十二點喔！」當他們告別時，凱薩琳還對她的新朋友如此說。而對於她那個年齡大一點的，交往早一些的朋友——伊莎貝拉，因為有了兩個星期的交往，兩人的情誼要更深一些，所以對她的忠誠和美德體會得更深，但當天晚上，她連她的影子也沒看到。不過，雖然她很想讓她的朋友知道她有多快樂，但她還是欣然服從了艾倫先生的意願，早早就離開了舞廳。在回家的路上，她整個人眉飛色舞。

第二天早上，天氣陰沉，太陽只勉強露了幾次臉。凱薩琳因此判斷，所有的一切都會照著她的意願發展下去。她認為，在這樣的季節裡，陽光明媚的早上一般都會下雨的，可是，一個烏雲密布的早上竟卻預示著天氣要逐漸轉晴。她請艾倫先生來證實她的想法，可是艾倫先生對此地的天氣並不熟悉，身上又沒有帶晴雨錶，所以無法承諾一定會出太陽。於是，她又去問艾倫夫人，艾倫夫人的意見比較明確一些。「如果陰雲散開，太陽出來了，我保證是一個大晴天。」

不過，在大概十一點鐘時，凱薩琳那機警的眼光看到窗戶上有幾滴斑點大小的細雨。

「哦，天啊！我不相信會下雨。」她以萬分沮喪的語氣說出這句話。

「我就知道會下雨。」艾倫夫人說。

「今天不能散步了！」凱薩琳歎了一口氣，說：「不過，也許不會下，也許在十二點之前就會停。」

「也許會，不過路會很髒。」

「哦，沒關係，我不怕泥濘。」

她的朋友非常溫和地回答說：「我知道妳從不怕泥濘。」

在一陣短暫的停頓之後，凱薩琳一邊站在窗前觀察，一邊說：「雨愈下愈急了。」

「這麼說，真的下雨了。如果雨一直下，街道就會變得非常潮濕。」

「已經有四把傘撐起來了。我討厭看到雨傘。」

「帶著雨傘總讓人厭煩。我寧願一直坐著。」

「早上的天氣看起來那麼好，我還以為一定是很晴朗的一天呢！」

「大家一定都這樣想。如果整個早上都下雨，那礦泉廳裡的人就會很少。我希望，艾倫先生出門時有穿上大衣，可是我想他一定沒穿，因為你叫他做什麼都可以，他就是不穿大衣出門。我知道他不喜歡穿大衣，穿著大衣一定讓他很不舒服吧！」

雨繼續下著，下得很急，可是不怎麼大。凱薩琳每五分鐘就看一次錶，每次看完都說：如果這個雨再繼續下五分鐘，就要完全放棄了。當時鐘敲響十二點，雨仍然在下。「妳可能走不了了，親愛的。」

「我還沒完全絕望。不到十二點一刻，我是不會放棄的。現在天已經開始放晴了，我想很快就會亮起來。現在都已經十二點二十了，我應該徹底放棄了。哦！要是這裡能有《尤多爾弗》裡描寫的那種天氣，或至少有托斯卡納（Tuscany）和法國南部的那種天氣，該有多好啊！可憐的聖・奧賓（St. Aubin）死去的那天晚上，天氣有多美啊！」

十二點半時，凱薩琳不再焦急注意天氣了，因為就算天晴了，她也不寄望了。可是，卻在這個時候天放晴了！一束閃亮的陽光讓她大吃一驚，她看了一下四周，烏雲散開了，她立刻回到窗前，一邊觀察著，一邊盼望著幸福再次出現。又過了十分鐘，已經可以確定下午一定是一個大晴天了，這就證實了艾倫夫人的看法是正確的，她說：「我總認為天會放晴的。」可是，凱薩琳還能不能期待著她的朋友們，蒂爾尼小姐會不會因為路上的雨水太多而不敢冒險出來，卻仍是個問號。

因為街上太髒了，艾倫夫人不願意陪她丈夫到礦泉廳去，所以艾倫先生只能自己去了。而凱薩琳望著他走到大街上，就發現來了兩輛敞篷馬車，就是幾天前的一個早晨讓她大為驚訝的那兩輛馬車，裡面坐著同樣的三個人。

「我敢說，一定是伊莎貝拉、我哥哥和索普先生。他們也許是來找我，可是我是不會去的，我真的不會去。因為妳知道，蒂爾尼小姐也許會來拜訪。」艾倫夫人同意這個說法。約翰・索普很快就來了，不過他的聲音來得更快，他還在樓梯上時，就大聲催促莫蘭小姐。他一邊開門，一邊大喊著：「快一點！快一點！快戴上帽子！不要再浪費時間了！我們要到布里斯托爾（Bristol，英格蘭西部港口城市）去。艾倫夫人，妳好嗎？」

「去布里斯托爾！那不是要走很遠的路嗎？可是，我今天不能和你們一起去了，因為我已經有約會了，我在等我的朋友。」當然這個話遭到了索普強烈反對，他認為這不是理由。而艾倫夫人也被他叫來幫忙，樓下的兩個人也上樓來支援他們。「我親愛的凱薩琳，這難道不是令人高興的事嗎？我們應該駕車出去好好玩一下。妳應該謝謝妳哥哥和我制定這樣的計畫。這是我們在吃早餐時突然想到的，我確信我們是同一時間想到的。如果不是因為一場討厭的雨，我們在兩個小時前就已經出發了。可是這也沒關係，晚上會有月光，我們會很快樂的！噢！只要一想到鄉村的新鮮空氣和寧靜，我就欣喜若狂。這比到下舞廳去要好多了。我們可以直接駕車到克利夫頓去，在那裡吃晚餐。而且如果時間允許，我們可以一吃完晚餐就到金斯韋斯頓（Kingsweston）去。」

「我怕我們無法做那麼多事。」莫蘭說。

索普喊著：「你這個只會亂喊的傢伙！我們可以跑到十倍遠的金斯韋斯頓！而且還有布萊

茲城堡（Blaize Castle），凡是聽說過的地方我們都要去。可是，你妹妹說她不去。」

「布萊茲城堡？那是什麼地方？」凱薩琳喊著。

「那是英格蘭最好的一個地方，在任何時候都值得遠行五十英里去看一看。」

「那麼，那真的是一個城堡嗎？一個古老的城堡？」

「那是王國最古老的城堡。」

「就和書裡寫的一樣嗎？」

「當然完全一樣。」

「可是現在真的有城樓和長廊嗎？」

「大概有一打。」

「我很想去看一看，可是我不能去，我不能去。」

「不去！我親愛的寶貝，妳這話是什麼意思？」

「我不能去，因為……」她說話時垂下了眼，她怕伊莎貝拉笑她，「我在等蒂爾尼小姐和她哥哥，我們要一起去鄉下散步。他們答應十二點會來，只不過那時下雨，可是現在已經放晴了，我想他們很快就會來了。」

索普叫著：「他們才不會來呢！因為我們走到布羅德大街時，我看到他們了，他們是不是駕著一輛四輪敞篷馬車，套著栗色馬？」

「我不知道。」

「我知道。我看到他了！妳說的就是昨天晚上和妳跳舞的那個人嗎？」

「是。」

「哦，我當時看見他趕著車子拐進蘭斯當路了，還帶著一個看起來很時髦的女孩。」

「真的嗎？」

「我一眼就認出他了，他倒是有兩匹很漂亮的馬。」

「這就奇怪了！可是，我猜他們一定是認為路上太泥濘了，不適合散步。」

「那倒有可能。我還沒有見過這麼多泥呢！散步？如果可以散步，那妳都可以飛了。整個冬天都沒有像這樣髒過，到處泥濘不堪。」

伊莎貝拉也來作證：「我最親愛的凱薩琳，妳一定想像不到有多泥濘。來吧！妳必須去，妳現在不能拒絕。」

「我想去看一看城堡。可以都看一下嗎？我們可以走上每一層樓梯，進入每一個房間嗎？」

「可以，每一個角落都可以。」

「可是，如果他們只是出去一個小時，等路上乾一點了再來找我呢？」

「妳放心吧！那是不可能的，因為我聽到蒂爾尼先生對一個騎馬的人說，他們要到威克岩石去。」

「那我會去。我可以去嗎？艾倫夫人。」

「妳想去就去吧！親愛的。」

「艾倫夫人，妳要勸她去啊！」大家都喊著。艾倫夫人並沒有不理會，她說：「哦，親愛的，妳就去吧！」在兩分鐘之內，他們就出發了。

當凱薩琳走進馬車時，心裡的感受真是無法形容，她一方面為失去一個極大的樂趣而懊悔，而另一方面又希望能享受到另外一個樂趣。這兩點雖然性質不一樣，但程度幾乎是相同的。她認為蒂爾尼兄妹倆不應該這樣戲弄她，這樣輕易地放棄了他們的約會，甚至沒給她捎個口信解釋一下。現在離他們約定好出去散步的時間已經超過一個小時了，雖然她聽說這一個小時的時間裡，路上堆滿了泥濘，可是根據她自己的觀察，還是可以去散步的，並不會造成任何不便。她覺得受到了他們的輕視，所以非常難過。而另一方面，在她的想像中，布萊茲城堡就像尤多爾弗城堡一樣，能去探索一下的確是一件讓人非常快樂的事，不管心裡有什麼煩惱，應該能從中得到安慰。

馬車輕快地駛過普爾蒂尼街，穿過蘿拉巷，一路上大家很少說話。索普對馬說話，凱薩琳陷入了沉思，有時在想被爽約的約會和失修的拱廊，有時候想的是四輪馬車和假帷幔，有時候又在想蒂爾尼兄妹倆和活動的門板。當他們進入阿蓋爾樓區時，她突然被同伴的話驚醒了。

「剛才那個路過時一直盯著妳看的年輕女孩是誰啊？」

「誰啊？在什麼地方？」

「在右邊的人行道上，她快離開視線了。」凱薩琳看了看四周，看到蒂爾尼小姐正挽著她哥哥的手臂，慢慢地沿著街道走著。她看到他們兩個都回過頭看她。她立刻大喊著：「停一下！停一下！索普先生。那是蒂爾尼小姐！真的是！妳怎麼告訴我說他們已經離開了呢？停一下，停一下。我要馬上下車，我要去找他們。」可是，她說了又有什麼用呢？索普只顧鞭打他的馬，讓牠跑得更快一些。而蒂爾尼兄妹也沒有再回頭看她了，他們轉眼間就走出了視線，拐進了蘿拉巷。過了一會兒，凱薩琳也被帶進了市場巷，不過，一直到走完另外一條街，她都還在哀求他停下來。「請你停下來，索普先生，我不能再往前走了，我不能再往前走了，我必須回去找蒂爾尼小姐。」可是，索普先生只是大笑著，他揮舞著鞭子，鞭打著馬，製造出一些很奇怪的聲音，繼續往前跑著。而凱薩琳，既生氣又惱怒，可是卻沒法下車，所以只能放棄了這樣的想法，只好屈服了。不過，她的責備卻並沒有減少。「索普先生，你怎麼能欺騙我呢？你怎麼能說你看到他們駕著車拐進蘭斯當路了呢？我真不敢相信居然會發生這樣的事情。他們一定會覺得我很奇怪，覺得我非常無禮。而且，從他們身邊經過時連一個招呼都沒打。你不知道這有多讓人惱怒。我在克利夫頓不會快樂的，做任何事都不會快樂的。而且我真想現在就下車去，回去找他們。你怎麼可以說你看到他們坐著四輪敞篷馬車出去了呢？」索普堅定地為自己辯護著，聲稱說他一生之中從來沒有見過那麼相像的兩個人，而且說那就是蒂爾尼先生本人。

在爭論了這個問題後，他們的駕車之旅就不可能很愉快了。凱薩琳的態度不像上一次兜風時那麼客氣了。她很不情願地聽著他說話，而回答也很簡短。布萊茲城堡仍然是她唯一的安慰。她仍然會快樂地期待著。雖然她仍為放棄了散步而失望，尤其還讓蒂爾尼兄妹倆留下了不好的印象，但她寧願放棄所有這些樂趣，在古堡裡，她可以穿過一排長長的巍峨的房間，裡面擺設著一些殘遺的豪華傢俱。現在已經很多年都沒人居住了，沿著狹窄迂回的地窖走去，突然一道低柵欄擋住去路，他們的油燈，他們唯一的油燈，被一陣突如其來的疾風吹滅，當即陷入一團漆黑。這些都是遊歷古堡時可以得到的樂趣。與此同時，他們在沒有遇到任何突發事故的情況下，繼續向前趕路。當快要到基恩沙姆鎮時，後面的莫蘭突然喊了一聲，他的朋友只得勒住馬，看看出了什麼事。這時那兩個人走了上來，只聽莫蘭說：「我們最好回去，索普。已經太晚了，不能再往前走了，你妹妹和我都這樣認為。我們從普爾蒂尼出來已經整整一個小時了，可是才走了七英里。我想，我們至少還須走八英里，但我們不能繼續往前，我們太晚出門，最好改天再去，現在回去吧！」

「這對我來說都是一樣的。」索普非常生氣地回答，他立即掉轉馬車，原路返回巴思去。

他說到：「如果妳哥哥不是趕著一匹該死的馬，我們就可以走得更遠。如果由我的馬來跑，一個小時就可以到克利夫頓。為了不和那匹直喘大氣的駑馬離得太遠，我一直勒住我的馬，差一點把胳膊都拽斷了。莫蘭真是個傻瓜，怎麼不自己養匹馬，買一輛雙輪輕便馬車。」

「他不是傻瓜。我知道他負擔不起。」凱薩琳激動地說。

「他為什麼負擔不起啊？」

「因為他沒有足夠的錢啊！」

「那這一點是誰的錯呢？」

「據我所知，不是任何人的錯。」接著，索普又像平常一樣，大聲地說著什麼，他語無倫次，大概是說吝嗇是一件很可恥的事，如果一個在錢堆裡打滾的人都買不起的東西，他不知道還有誰能買得起。對於這一點，凱薩琳根本不想搞懂。這次旅行本來是要為她的第一個失望帶來安慰的，誰知道現在又讓她失望了，所以她也就愈來愈沒有心思敷衍她的夥伴，同時也覺得他愈來愈讓人討厭了。一直到回到普爾蒂尼街，她一路上說的話不超過二十句。

就在她進入房間時，男僕過來告訴她，在她出發不到幾分鐘，有一位紳士和一位小姐來找她。當他告訴他們，她和索普先生出去時，那位小姐問她有沒有留下什麼口信給她。男僕回答說沒有，於是她就在身上摸名片，可是後來她說她沒有帶，然後就離開了。凱薩琳思考著這個讓人心碎的消息，慢慢地走上樓。到了樓上，她遇到艾倫先生，他一聽到他們這麼快就回來的原因時，說：「我很高興妳哥哥很理智，很高興妳回來了。這真是一個奇怪又瘋狂的計畫。」

他們整個晚上都是和索普夫人在家裡度過的。凱薩琳心亂如麻，又沒精神。可是伊莎貝拉覺得，她和莫蘭搭檔打康默斯，完全可以和克利夫頓客店裡靜謐的鄉間風味相媲美。而且，她不只一次地表示，她很滿意他們沒有到下舞廳去。「我真替那些跑到那裡去的傢伙感到可憐啊！真高興沒被夾在他們中間啊！我懷疑，舞廳會不會擠滿了人？他們還沒有開始跳舞呢！我絕對不會去的。我可以常常這樣自己過一個晚上，真高興啊！我敢說，那不會是一個很好的舞會，我知道米切爾一家就不會去。去那裡的人真可憐啊！可是，莫蘭先生，我想你非常想去跳舞，我知道你很想。哦，請不要讓這個屋子裡的任何人阻止你，就算你不在，我們也可以過得很快樂。你們男人總認為自己非常重要。」

凱薩琳很想責備伊莎貝拉一點兒也不關心她和她的煩惱，她根本沒有把這些事放在心上，而她所說的那些安慰的話又非常牽強。她低聲地說：「不要垂頭喪氣了，我最親愛的寶貝，妳真的太令我傷心了。這件事太奇怪了！可是那應該是蒂爾尼兄妹的責任啊！為什麼他們不能更準時一點呢？說真的，街上真的很泥濘，可是那又有什麼關係呢？我確定約翰和我是絕對不會在意的。為了我的朋友，我就是赴湯蹈火也願意。這就是我的個性，而約翰剛好也是這樣，他的感情強烈得讓人驚訝。天啊！妳手上這把牌真是太好了。全是K！我從來沒這樣高興過。我一直希望妳能拿到這把牌，而不是我自己。」

而現在，我應該讓我的女主角到床上去輾轉難眠了，靠在枕頭上獨自垂淚應該是真正的女主角的份內之事。她認為，如果她可以在接下來的三個月裡好好地睡一覺，那她就非常幸運了。

12

第二天早上，凱薩琳說：「艾倫夫人，如果我今天去拜訪蒂爾尼小姐，會不會不妥？如果我不把所有的事情解釋清楚，我不會安心。」

「親愛的，無論如何去吧！不過要穿上妳那件白色禮服，蒂爾尼小姐總是穿白色的。」

凱薩琳高興地照辦了，在打扮好之後，她更迫不及待地前往礦泉廳。她也許可以在那裡打聽到蒂爾尼將軍的住處，雖然她相信他們就住在米爾薩姆街，但她不確定是哪一棟。而艾倫夫人確定是哪一棟，卻更讓她疑心了。她在打聽到是在米爾薩姆街，弄清門牌號碼之後，就懷著一顆忐忑的心，急步快走拜訪她的朋友，解釋一下自己的舉動，請求她的原諒。她躡手躡腳地穿過教堂大院，下定決心轉移視線，她深怕會一不小心就看到她親愛的伊莎貝拉和她那些可愛的家人，她有理由相信，她們就在附近的一個商店裡。她沒有受到任何阻礙就到了那間屋子前，她看著那個門牌號，敲了門，請求找蒂爾尼小姐。看門人說他相信蒂爾尼小姐應該在家，但他不是很肯定，他問她願不願意報上姓名，於是她遞上了她的名片。過了幾分鐘後，僕人回來了，言不由衷地說他弄錯了，蒂爾尼小姐出去了。凱薩琳覺得很丟臉，紅著臉離開了。她可以肯定蒂爾尼小姐其實在家，只是因為生氣才不見她。她順著街道走了回去，情不自禁地看了一眼客廳的窗戶，希望可以看到她在那裡，但一個人也沒有。不過，當她在街尾再一次回頭看時，她看到蒂爾尼小姐從門而不是窗戶走了出來，身後跟著一位紳士，凱薩琳認為那應該是她父親，他們轉過身朝愛德格大廈走去。凱薩琳深感羞辱地繼續往前走。對方因為生氣而無禮地對待她，讓她自己都要生自己的氣了。可是她壓住了火氣，她想起了自己是無知的。她不知道她的這種冒犯可以被世俗的禮法分為哪一類，恰當地說，它不可饒恕到了什麼程度，以及這理應讓她受到何等嚴厲的無禮報復。

她既沮喪又羞愧，甚至有了晚上不和其他人去戲院的想法，但這種念頭沒有持續很久，因為她很快就想到，她沒有任何理由待在家裡，而且她非常想看那齣戲。他們所有人都到劇院去了，但蒂爾尼一家並沒有出現，倒也省得她為之害怕或高興了。她擔心，儘管蒂爾尼一家有很多的優點，可是戲劇卻並不在他們的喜好之列，也許是因為他們已經看過倫敦大劇院的表演，伊莎貝拉曾經說過，任何戲劇只要和倫敦的相比，都是「非常糟糕」的。然而，她自己想要散一散心的期望並沒有落空，那齣喜劇暫時轉移了她的憂慮，如果有人在前四幕注意觀察她，是完全看不出她心裡有什麼煩惱的。但第五幕開始時，她猛然發現蒂爾尼先生和他父親在對面包廂的朋友當中，就讓她焦急不安了起來。這個時候，舞臺已無法激起她的快樂，也不能再吸引她的注意力了。她只要看一眼舞臺，就會看一眼對面的包廂。整整兩幕戲的時間裡，她都專注地盯著亨利・蒂爾尼，可是一次也沒捕捉到他的目光。無法再懷疑他不喜歡看戲了，整整兩齣戲的時間，他的目光都沒有離開過舞臺。不過，最後他確實看向她了，他向她鞠躬，可是那是怎樣的一個躬啊！沒有微笑，也沒有伴隨著其他的禮節，而且他的目光很快又回到之前注視的方向。凱薩琳有點沮喪且焦躁不安起來，她甚至想跑到他坐的包廂去強迫他聽她解釋。霎時有一種很自然卻不是女主角所專有的情緒湧上她的心頭。她不認為他們這樣隨意給她冠上一個罪名，會讓她的尊嚴受到傷害，也不想為了自尊而死撐著，對他的疑神疑鬼表示憤慨，讓他自己費盡心機尋求解釋，不想以避而不見或賣弄風騷的辦法，讓他知道之前是怎麼一回事。相反的，她覺得這全是她的錯，最起碼表面上看來如此，所以一心只想找機會把事情解釋清楚。

演出結束了，大幕落了下來，亨利・蒂爾尼已離開原來的位置，可是他父親還留在原地，也許他正朝著她們的包廂走來呢！她是對的！幾分鐘之後，他出現了！他從一排排正在走空的座位中間走了過來，泰然有禮地向艾倫太太和她的朋友打招呼。凱薩琳回答他的話時卻有點不自然。「哦，蒂爾尼先生，我一直急著想要和你說話，表示我的歉意。你一定認為我非常無禮，但事實上那不是我一個人的過錯，艾倫夫人，不是嗎？他們是不是告訴我蒂爾尼先生和他的妹妹坐著四輪敞篷馬車出去了？我有什麼辦法呢？儘管我很想要和你們在一起，是不是這樣啊？艾倫夫人。」

「親愛的，妳弄亂我的禮服了。」艾倫夫人回答說。

她的保證雖然有一些孤立無援，但也不是完全沒有作用。他展現更熱情、自然的笑容，只是帶著一種刻意冷淡的語氣回答說：「無論如何，我們要感謝妳，因為我們在阿蓋爾街從妳旁邊走過時，妳還祝我們散步愉快呢！謝謝妳特意回頭看我們。」

「說真的，我並沒有祝你們散步愉快，我沒有那樣想。可是我當時非常熱切地請求索普先生停下來。我一看到你們，就開始叫他了。艾倫夫人，我是不是呢？噢，妳不在現場，可是我真的是那樣做，如果索普先生只停一下，我也會跳下車跑向你們。」

這個世界上有哪一個人聽了這個話還會沒有感覺呢？至少亨利・蒂爾尼不是沒有感覺的。他帶著更甜蜜的笑容，詳細地說了他妹妹是如何擔心，如何懊悔，又如何信任凱薩琳的人品。凱薩琳喊著：「哦，你不要說蒂爾尼小姐沒有生氣，因為我知道她生氣了。因為今天早上我去拜訪時，她沒有見我。在我離開屋子幾分鐘之後，我看到她走出了屋子。我受傷了，可是我並不覺得我受到了冒犯，也許你並不知道我去過了。」

「那時我並不在家，可是我聽艾莉諾說了，她在那之後就一直想見你，向你解釋一下她失禮的原因。也許我也可以解釋一下，那只是因為我父親他們剛好準備出去散步，可是我父親覺得時間很緊迫了，所以就敷衍了一下，說艾莉諾不在家，事情就是這樣的。她對此非常生氣，而且打算儘快向妳道歉。」

聽了這樣的話，凱薩琳放鬆許多，但還是有一些擔心，所以就突然提出了一個非常天真又很讓對方為難的問題：「可是，蒂爾尼先生，為什麼你沒有你妹妹那麼寬宏大量呢？如果她對我的好意都那麼有信心，認為那只不過是一個誤會的話，為什麼你會這樣生氣呢？」

「我？我生氣？」

「是的，當你走進包廂時，我可以從你的表情上看出來，你在生氣。」

「我生氣？我怎麼有權利生氣呢？」

「只要是看到你的臉色的人，沒有人會認為你沒有那個權利。」他沒有回答她，只是請她給他讓一個位置，好讓他們來談論那齣戲。

他和她們待了一會兒，當他離開時，凱薩琳因為他讓人感到愉快，有些捨不得他走了。不過，在他們分開前，他們說好了要儘快實現他們的散步計畫。當他離開她們的包廂時，凱薩琳雖然有點傷心，但她覺得自己是這個世界上最幸福的人了。

當他們說話時，凱薩琳驚訝地發現，約翰・索普在任何一個地方總待不到十分鐘，而現在他正忙著和蒂爾尼將軍說話。當她察覺到她自己有可能是他們注意和談話的對象時，她不只訝異，還擔心他們會說她什麼，她擔心蒂爾尼將軍不喜歡她的長相，因為他寧願阻止女兒見到她，也不願意把散步推遲幾分鐘。「索普先生怎麼會認識你父親？」當她把他們指給她的同伴看時，她著急地問到，而蒂爾尼先生對此一無所知。不過，他的父親就像所有的軍人一樣，交遊非常廣闊。

當表演結束時，索普就過來帶她們離場，凱薩琳是他獻殷勤的直接對象。當他們在休息室裡等馬車時，凱薩琳有一個問題似乎已經在舌尖了，可是被索普阻止了，因為他得意地問她有沒有看到他和蒂爾尼將軍說話。「說實話，他真是一個很好的老傢伙！強健又有活力，就像他兒子一樣年輕。我非常尊敬他，他真是一個很有紳士風度的好人啊！」

「你是怎麼認識他的？」

「在這個市鎮附近，沒幾個是我不認識的。我常在貝德福見到他。今天當他一走進彈子房的那一刻，我就認出他了。他還是我們這裡最出色的彈子手。我們在一起打了幾下，不過剛開始時我有點怕他。我倆的機會是五比四，對我不利。我要不是打出世界上最乾脆俐落的一擊，剛好我正中他的球，沒有臺子我說不清楚，我真的擊敗了他。他一表人才，和猶太人一樣有錢。我很想跟他一起吃頓飯，一定很豐盛。妳知道我們在談什麼嗎？談論妳，我們是在談論妳！將軍認為妳是巴思最漂亮的小姐。」

「胡說！你怎能這樣說呢？」

「那妳知道我是怎麼說的嗎？」他壓低聲音說：「『說得好啊，將軍！』我則說『我非常同意你的看法。』」

凱薩琳聽到索普的稱讚，遠遠比不上聽到蒂爾尼將軍的稱讚時更高興，所以當她被艾倫先生叫走時，一點也不覺得遺憾。索普一定要把她送上車，上車之前，一直在甜言蜜語地奉承她，雖然對方一再求他不要說了。

蒂爾尼將軍不但沒有不喜歡她，反而很欣賞她，這讓她非常開心。凱薩琳高興地發現她不再害怕見到他們家裡的任何一個人了。她從來沒有想到她那天晚上會有那麼大的收穫。

星期一，星期二，星期三，星期四，星期五和星期六就這樣過去了。每天的情況，每天的希望和擔心，每天的屈辱和快樂都已經分別做了說明。現在只需要再描述一下星期天的痛苦，就可以結束這一周了。他們到克利夫頓的計畫只是延期並沒有取消，而在當天下午，他們在新月街散步時，這件事情又被提起了。伊莎貝拉和詹姆斯私底下商量了一下，伊莎貝拉很想去，而詹姆斯又一心想讓她開心，事情就確定了，如果天氣好，第二天早上他們一群人就出發。為了能準時回到家，他們準備一大早就出發。事情就這樣確定了，索普也同意，現在只需要通知凱薩琳一聲就行了。她剛離開他們去和蒂爾尼小姐說了幾句話。就在她離開的時間裡，這個計畫就確定了，而就在她回來時，就被要求要答應。但出乎伊莎貝拉意外的是，凱薩琳看起來表情很凝重，她說非常抱歉，她不想去。她已經和別人約好了，上一次就失約了，所以這一次就沒有辦法陪他們了。她剛剛才和蒂爾尼小姐約好第二天去散步，而且心意堅定，無論如何也不反悔。但索普兄妹倆立刻就大聲吼叫了起來，說她必須也應該取消她的約會，他們明天必須到克利夫頓去，而且她必須一起去。只不過是一次散步，可以延一天，他們無法接受她的拒絕。凱薩琳覺得非常痛苦，可是並沒有被說服。「不要勸阻我，伊莎貝拉，我已經和蒂爾尼小姐約好了，我不能去。」但這話是沒有用的。同樣的話再一次猛烈地襲擊了她。她必須去，她應該去。「這很容易，妳只需要告訴蒂爾尼小姐，就說妳剛剛想起之前已經有一個約會了，所以必須把散步延到星期二。」

「哦，不是那麼容易的，我不能那麼做。我之前並沒有什麼約會。」可是，伊莎貝拉被催急了，她用最甜蜜的方式請求她，用最親切的名字稱呼她，她認為，她最親愛的、最可愛的凱薩琳不會真心拒絕一個真誠疼愛她的朋友。她知道，親愛的凱薩琳心地善良、個性溫和，是很容易被她心愛的人勸服的。可是，一切都是徒勞的。凱薩琳覺得自己很有道理，雖然不忍心聽到如此情真意切、苦口婆心的懇求，但絲毫不動搖。伊莎貝拉於是改變了方式，她責備凱薩琳說，她只不過才剛認識了蒂爾尼小姐，對她卻比對她最好的老朋友都要好，總而言之，她對她變得冷酷又無情。「凱薩琳，當我看到妳對我比對別人差時，我無法不嫉妒。我是這麼深深愛著妳啊！當我一旦愛上別人時，無論什麼力量也改變不了的。我相信，我的感情比任何人都要強烈，就是因為太強烈了，內心才無法平靜。說實話，看到一個陌生人搶走了屬於我的友誼，我非常傷心，蒂爾尼兄妹倆把好處都占盡了！」

凱薩琳覺得她的責備既奇怪又沒有道理，難道作朋友的就應該把自己的感情暴露給別人嗎？伊莎貝拉看起來心胸狹窄又自私自利，除了滿足她自己之外，其他任何事情她都不管。這樣痛苦的想法貫穿著她的心靈，雖然她並沒有說什麼。與此同時，伊莎貝拉正在用手帕擦她的眼睛，而莫蘭看到了這一幕後也非常痛苦，不得不說：「好了，凱薩琳，我想妳不要再固執了，妳並沒有做出多大的犧牲，只不過是為了成全這樣一位朋友，我想，如果妳還要拒絕，就太不善良了。」

這是她哥哥第一次公然反對她，為了不讓她哥哥生氣，她想了一個折衷的辦法，那就是他們只需要把計畫延到星期二，這對於他們來說非常容易，因為只取決於他們自己。如果是那樣，她就可以陪他們去了，而且這樣會讓每一個人都滿意。可是，他們立刻回答說：「哦，不，不，不！這樣不行，因為索普不知道他星期二會不會去城裡。」凱薩琳就覺得很抱歉了，她無能為力了。接著是一陣短暫的停頓，後來被伊莎貝拉打破了，她帶著冰冷而怨恨的語氣說：「很好，那我們這個活動就結束了，如果凱薩琳不去，我也不去了。我不想成為唯一的一個女人，我不會那樣做，那樣非常不好。」

「凱薩琳，妳必須去。」詹姆斯說。

「可是，為什麼索普先生不能帶他另外一個妹妹去呢？她們任何一個都會很願意去。」

索普說：「真是謝謝你！可是我到巴思來可不是要載著我妹妹兜風的，那樣像一個傻瓜一樣。如果妳不願意去而我去了，那就太該死了，我之所以去是為了載妳。」

「恭維的話不會讓我開心的。」她的話對索普沒作用，他轉身走開了。

其他三個人繼續待在一起，他們散步的方式讓凱薩琳非常不舒服。有時候他們一個字也不說，有時候又一起請求她、責備她。雖然她們的心裡已經不和了，可是她的手臂仍挽著伊莎貝拉的手臂。她一會兒會覺得心軟，過一會兒又被激怒了。她一直很煩惱，可是總是很堅定。

「我從不認為妳會這樣固執，」詹姆斯說：「妳以前並不難被勸服。妳是我妹妹中最親切、脾氣最好的一個。」

她充滿感情地回答說：「我希望我現在還是如此。可是說真的，我不能去。就算我錯了，我也相信我是在做自己認為正確的事情。」

伊莎貝拉壓低聲音說：「我猜，這樣做倒不需要很大的掙扎。」

凱薩琳氣炸了，她甩開伊莎貝拉的手臂，而伊莎貝拉也沒表示反對。就這樣過去了十分鐘，直到索普又回來和他們在一起。他回來時表情一派輕鬆。「哦，我把問題解決了。現在，我們明天可以放心去了。我剛才去找蒂爾尼小姐，已經替妳解釋了。」

「妳沒有！」凱薩琳大叫。

「說實話，我有。我剛剛才離開她。我告訴她是妳派我去說的，說妳剛剛才想起早就和我們約好了一起去克利夫頓，所以要到星期二才能和她一起去散步。而她說很好，星期二對她來說也更方便。所以我們的問題就解決了，我這個主意不錯吧？」

伊莎貝拉再次露出了笑容，而詹姆斯也高興了起來。

「真的是一個好主意！我親愛的凱薩琳，我們所有的痛苦都結束了，妳已經很正當地更改了約定，我們可以痛痛快快地玩一下了。」

凱薩琳說：「不行，我不會那樣做。我必須追上蒂爾尼小姐，然後告訴她真相。」

可是，伊莎貝拉抓住了她一隻手，而索普抓住了另外一隻，三個人都盡力地勸說她，甚至連詹姆斯也很生氣。既然所有的事情都已經確定了，既然蒂爾尼小姐也說星期二對她很方便，那她還要再反對就顯得太可笑，太荒謬了。

「我不管！索普先生沒權利編造那樣的謊言，就算我認為應該把時間延後，也應該是我親自去和蒂爾尼小姐說。他真是太無禮了！我怎麼知道索普先生會這樣，他也許又犯錯了。他星期五的行為就導致我做了一件無禮的事。讓我去！索普先生、伊莎貝拉，不要抓住我！」

索普告訴她，她不可能追得上蒂爾尼兄妹，因為他遇到他們時，他們正在布洛克街的拐角處，這個時候應該已經到家了。

凱薩琳說：「那我去追他們。不管他們走到哪裡，我也要去追，不管怎麼說都沒有用的。我認為是錯誤的事，就算別人勸我去做，我也不會受騙去做的。」說完，她就掙脫開然後匆匆離去了。索普也想跟著她衝出去，卻被詹姆斯制止了。「讓她去吧！如果她要去，讓她去吧！她固執得就像……」

莫蘭沒有比喻完，因為這實在是一個很不恰當的比喻。

凱薩琳帶著非常激動的心情，快速穿過人群，就怕有人追來。不過，她下了決心要堅持到底。就在她向前走時，她也在回憶剛才發生的事情。她覺得非常痛苦，讓他們生氣和失望了，尤其是讓她哥哥生氣了，但她並不為她的反抗而後悔。拋開個人的喜好不說，就是和蒂爾尼小姐再次失約，取消五分鐘前才自願許下的諾言，而且還捏造藉口，這就是非常大的錯誤。她拒絕他們並不僅出自個人考慮，不僅是為了滿足個人願望，因為跟他們去旅行，去看一看布萊茲城堡，在某種程度上倒可以滿足這個願望。她考慮的是別人，是別人對她人格的看法。她相信自己沒有錯，但這還不足以讓她恢復平靜，得要等到她親口對蒂爾尼小姐解釋之後她才會安心。她走出新月街後腳步更快了，幾乎是一路小跑一直到了達米爾薩姆街的街尾。儘管蒂爾尼兄妹一開始領先很多，但當她看見他們時，他們才剛進屋，可見她動作之快。僕人仍站在已開著門的門口，凱薩琳只是匆忙地說她要和蒂爾尼小姐說話，就從僕人身邊穿過，直接上了樓。然後她推開了她面前的第一扇門，她發現她碰對了，她來到客廳，蒂爾尼將軍和他的兒子、女兒都在客廳。她開始解釋，但因為緊張又呼吸急促，根本不像是在解釋。「我這麼著急地趕來，是因為那是一個誤會，我從來沒有答應要去，我一開始就告訴了他們我不能去，我這麼急地大老遠跑來，就是為了解釋這件事，我不在乎你們怎麼看我，我都沒有等僕人通報。」

她的話雖然沒有把問題解釋得很清楚，但已經不再讓人產生困惑了。凱薩琳發現約翰・索普傳達了假訊息，蒂爾尼小姐也坦承，她當時聽了非常震驚，但她哥哥有沒有比她更忿恨不滿，凱薩琳卻不知道。她本能地向兩人作了解釋，她到達前不管他們有什麼感覺，在她這樣誠懇地解釋之後，兄妹倆的神色和言語馬上變得非常親切。

事情愉快地得到了解決，凱薩琳被蒂爾尼小姐介紹給她父親，而且受到他熱情、禮貌的回應，這就讓她想起了索普說的話，讓她高興地感到索普有時還是靠得住的。蒂爾尼將軍客氣得深怕有什麼不周到之處，他不知道凱薩琳進屋時走得飛快，卻大生僕人的氣，怪他太怠慢了，竟然讓莫蘭小姐自己打開客廳的門。「威廉在做什麼？我一定會追究這件事的。」如果不是凱薩琳努力解釋是她自己太心急了，而威廉是無辜的，他很可能會丟掉飯碗，可能會永遠失去主人的喜愛。

在和他們坐了十五分鐘後，她起身告辭，而讓她高興得有些驚訝的是，蒂爾尼將軍問她能不能賞個臉給他女兒，留下來吃頓飯，當天剩下的時間就和蒂爾尼小姐一起玩。蒂爾尼小姐表示了自己的心意，凱薩琳非常感激，可惜她無法留下來，因為艾倫夫婦在等她回去。將軍就聲稱這不能再讓他說什麼了，這樣的聲明艾倫先生和夫人是不會感到驚訝的。不過他相信，如果某一天，他早一點通知的話，他們是不會拒絕讓她到她的朋友這裡來的。「哦，不。」凱薩琳可以肯定他們是不會反對的，而她本人也很樂意。將軍親自送她到臨街的大門口，在下樓時還說了很多很動聽的話。稱讚她的步伐輕盈，完全和她跳舞時的動作一樣，在他們分開時，他還用她過去從來沒見過的優雅方式向她鞠了一個躬。

凱薩琳對於這一切都感到非常高興，開心地走進了普爾蒂尼街。她可以斷定她的步伐很輕盈，儘管她從來沒有那樣想過。她回到家裡，沒看到那一群被她觸怒的人。她已成功達到了她的目的，也確定去散步了，但是她也開始（隨著情緒的逐漸平靜）懷疑自己這樣做是不是完全正確。犧牲通常都是高尚的，如果她答應他們的要求，那她就不會因為冒犯了她的朋友而讓她哥哥生氣、痛苦了，一個非常快樂的計畫也就不會被她破壞了。她為了安慰自己，就想讓一個公正者來評判一下她的作法，她向艾倫先生提起她哥哥和索普兄妹第二天準備遠遊這個還沒有最終確定的計畫，而艾倫先生立刻打斷了她的話，說：「妳也想去嗎？」

「在他們告訴我這件事之前，我已經和蒂爾尼小姐約好散步了。所以你知道，我不能和他們去，是嗎？」

「不去，當然不去。我很高興地聽到妳說不想去。這個計畫實在太不像話了。小伙子和年輕姑娘坐著四輪馬車在鄉下地方到處跑。偶爾去一下還不錯，可是要去公共的地方或客棧那就不對了。這是不對的。我對索普夫人同意這件事感到很驚訝，我很高興聽到妳說不想去，我可以肯定莫蘭夫人不會覺得高興的。艾倫夫人，妳難道不是這樣想的嗎？難道妳不認為這種做法是不對的嗎？」

「說真的，非常不對。敞篷馬車真是讓人討厭的東西。坐在裡面，一身乾淨的衣服保持不到五分鐘。上車、下車時會被弄得滿身泥，風會把妳的頭髮和帽子吹得東倒西歪。我討厭坐敞篷馬車！」

「我知道妳討厭，可是問題不在這裡。如果年輕的小伙子和女孩子之間沒有什麼關係，卻要坐敞篷馬車到處跑，妳不覺得很奇怪嗎？」

「親愛的，這真的是非常奇怪。我無法容忍看到那樣的景況。」

凱薩琳喊著：「親愛的夫人，妳為什麼不早一點告訴我呢？如果我知道不妥，那我就不會和索普先生出去。我希望如果我有什麼地方做錯了，妳可以指點我。」

「我會的，親愛的，妳放心好了。就像我在離開時告訴莫蘭夫人的，我會盡最大努力來幫妳，但也不能過於挑剔，就像妳慈祥的母親所說的，年輕人總還是年輕人。妳知道，我們剛到這裡時，妳想買那件有枝葉花邊的紗衣，我不讓妳買，可是妳偏要買。你們年輕人就是不喜歡別人的阻撓。」

「可是，這是一件很重要的事，我並不認為妳覺得我很難被勸服。」

艾倫先生說：「到目前為止，還沒什麼問題，我只是要給妳一個建議，親愛的，不要再和索普先生出去了。」

「這正是我想說的話。」他的妻子補充說。

凱薩琳得到安慰了，但卻為伊莎貝拉感到不安，在想了一會兒後，她問艾倫先生，索普小姐一定和她自己一樣，也不知道那是越軌行為，她是不是應該寫封信給她，告訴她那樣做是不恰當的。因為她考慮到，儘管不是很順利，但伊莎貝拉也許還是會在第二天到克利夫頓去。不過，艾倫先生阻止了她，「妳最好不要去管她，親愛的，她已經那麼大了，她知道自己在做什麼。如果她不知道，她母親也會勸告她的，索普夫人真是太放縱她那些孩子了。無論如何，妳最好不要干涉，她和妳哥哥都選擇要去，那妳就會自討沒趣。」

凱薩琳照辦了，雖然一想到伊莎貝拉可能犯錯，她就覺得很抱歉，但艾倫先生對她行為的認可，又讓她非常安慰。她接受了他的勸導，沒有犯下同樣的錯誤，這一點也讓她非常高興。她沒有去克利夫頓，實在太好了。如果她和蒂爾尼兄妹失約是為了去做一件錯事，如果她做一件失利的事只是為了另外一件不好的事，那他們會怎麼看她呢？

14

第二天早上天氣很好，而凱薩琳已經預料到那一群人還會來纏她，但有了艾倫先生的支持，她並不害怕，可是她還是想不要和他們爭吵，就算是贏了也是痛苦的。所以，當她既沒有看到他們的影子，又沒有聽到他們的聲音時，她還是非常高興。蒂爾尼兄妹在約定的時間來叫她了。這一次沒有再出現新的麻煩，沒有誰突然想到什麼事情，也沒有誰突然被其他人叫走了，也沒有人突然闖進來讓他們不安。我們的女主角很不尋常地履行了她的計畫，儘管這是和男主角本人的計畫。他們決定繞著比琴崖散步，那是一座高聳的山峰，山上一片美麗的翠綠色，而且半懸著一片片矮樹叢，幾乎從巴思的任何一個開闊的地方望過去，都顯得非常引人注目。

當他們沿著河邊散步時，凱薩琳說：「我每一次看到那座山，都會想到法國南部。」

「那妳去過國外嗎？」亨利有一些驚訝地說。

「哦，我只是在書上看過。這座山總是會我想起《尤多爾弗的奧祕》裡艾蜜麗和她父親遊歷過的地方。你也許從來不看小說吧？」

「為什麼不看？」

「因為小說對你們來說顯得太膚淺了，紳士都喜歡看一些內容深奧一點的書。」

「不管是紳士還是小姐，如果不喜歡小說，那一定是非常愚蠢的。我讀過拉德克利夫夫人所有的小說，而且絕大多數都非常感興趣。我開始看《尤多爾弗的奧祕》，就欲罷不能了，我記得我在兩天之內就看完了，一直覺得毛骨悚然。」

蒂爾尼小姐補充說：「我記得你還大聲念給我聽，後來我被叫走了，去拿一張便條，連五分鐘時間都不等我，就把書帶到修道院，讓我不得不等你把書看完。」

「謝謝妳，艾莉諾，妳真是一個誠實的證人。妳看啊，莫蘭小姐，妳的懷疑是不公平的。我就是這樣，迫不及待地看下去，我妹妹即使只有離開五分鐘我也不願意等她。我答應要讀給她聽，卻沒做到。讀到最有趣的地方卻要她等下去，就私下把書拿走了，妳也看到了，那本書還是她的，真的是她的。當我回憶起這一點時我就非常自豪，我相信這會讓妳對我有好觀感。」

「我非常高興聽到這一點，現在我不會再為自己喜歡看《尤多爾弗的奧祕》而感到羞恥了。可是我以前真的認為，你們年輕男人看不起小說的程度真的很令人無法理解。」

「驚人！如果他們真的是那樣才讓人驚訝呢！因為他們看的小說幾乎和女人一樣多，我就看了幾百本了。如果說起朱利亞和路易莎的故事，妳可不要和我比。如果我們要具體地談到某一本書，就會沒完沒了地說到：『你有沒有看過這一本？』『你有沒有看過那一本？』我可以很快就把妳拋得遠遠的，我應該怎麼說呢？我需要一個恰當的比喻，就像妳朋友艾蜜麗遠遠地拋下可憐的瓦蘭庫爾特，和她的姑媽一起去義大利。妳想想我比妳多看了幾年小說。我是在到牛津讀書時開始的，而那時妳還是個乖乖的小姑娘，坐在家裡繡花呢！」

「我可能不是很乖吧！可是，說真的，你不認為《尤多爾弗的奧祕》是世界上最好看的一本書嗎？」

「最好看的一本，我想妳應該是想說很精緻吧！那就要看書籍的裝幀了。」

蒂爾尼小姐說：「亨利，你真是太莽撞了。莫蘭小姐，他對妳就像對他妹妹一樣，他總是能找到我的錯誤，他有時會說我用詞不當，現在他又這樣對妳了。妳剛才用的那個詞──『最好』，對他不合適。妳最好趁早把它換掉，不然他就會拿約翰森和布雷爾來奚落我了。」

凱薩琳叫到：「我並不想說錯話，但那真的是一本好書，難道不應該這樣說嗎？」

亨利說：「非常正確！今天天氣可真好啊，我們進行了一次很愉快的散步，妳們兩個真是好女孩。哦！這真是一個非常好的用詞，對任何事情都很適用。剛開始，它也許只被用來表示整潔、恰當、精緻、優雅，用來描寫人的衣著、感情和選擇，可是現在，這個字眼卻是個萬能的褒詞。」

他妹妹喊著：「事實上，它只應該用在你身上，而完全沒有任何貶義。你這個人很講究，可是不聰明。好了，莫蘭小姐，我們讓他用最嚴厲的字眼對我們吹毛求疵，我們還是用自己最喜愛的字眼來讚美《尤多爾弗的奧祕》吧！這是一本非常有趣的作品，妳喜歡這類書嗎？」

「說真的，我不怎麼喜歡看其他的書。」

「真的嗎？」

「這就是說，我可以看一些詩歌和戲劇之類的書，可是不喜歡看遊記。可是歷史類的，尤其是嚴肅的歷史，我是一點興趣都沒有，妳呢？」

「我對歷史很感興趣。」

「我希望我也能感興趣。我只是盡義務的讀了一點歷史。歷史書上的東西總是讓我覺得煩惱和疲憊。每一頁都是教皇和國王的爭吵、戰爭還有瘟疫。男人都不是好東西，而且都看不到女人，真是太讓人厭煩了。我常常覺得很奇怪，既然那麼多都是虛構的東西，又怎麼會那麼無趣呢？從英雄嘴裡說出來的話，還有他們的思想和謀劃，主要的東西很多都是虛構的，而在其他書裡，我最喜歡虛構的東西了。」

蒂爾尼小姐說：「妳認為，歷史學家是不擅於虛構的，他們想像出來的東西無法吸引人們的興趣。我很喜歡歷史，我很滿足於把虛假的東西真實化。在那些重要的事實中，他們以過去的歷史書和紀錄作為來源依據，而那些歷史書和紀錄就像妳沒能親自目睹的事實一樣真實可信。至於妳說到的添枝加葉的東西，那確實是添枝加葉，我喜歡這樣的內容。如果有篇演講稿寫得很好，不管它是誰寫的，我都會高高興興地讀下去。如果是出自休姆先生或羅伯遜博士的筆下，我很可能比讀卡拉克塔庫斯、阿格裡柯拉或阿爾弗烈德大王的真實講話，還要更感興趣。」

「妳很喜歡歷史！艾倫先生和我父親也是，我有兩個哥哥也不討厭歷史。在我這個小小的朋友圈裡就有這麼多歷史，真是太不尋常了，這樣我就不再可憐那些寫歷史的人了。如果人們喜歡讀他們的書，那當然很好，過去我總認為沒人會喜歡那些他們花大功夫寫下的鉅著，或辛辛苦苦寫出來只是為了折磨那些年輕的男孩和女孩，我總覺得這是一種苦命。雖然我現在知道他們這樣做是完全正確的、完全必要的，但我以前覺得很奇怪，居然有人有勇氣特意坐下來做這種事。」

亨利說：「那些小男孩、小女孩是應該接受折磨，只要是對文明國家的人性有一些瞭解的人都不會否認的。我要為那些傑出的歷史學家說說話，有些人會認為他們沒有更崇高的理想，可是他們有自己的寫作方式和風格，他們有資格去折磨那些更有理智、更成熟的讀者。我用『折磨』這個詞，我注意到這是你的用詞，代替了『教育』這個詞，現在我就把它們看成是同義詞吧！」

「你認為我把『教育』說成是『折磨』是很愚蠢的，可是，如果你以前也像我一樣，經常聽到那些可憐的孩子剛開始是怎麼學習字母的，後來又是怎麼學習拼寫的，如果你看到了他們整個上午都是如何笨頭笨腦的，而我那個可憐的母親又是如何精疲力盡的，這一點是我住在家中的日子裡幾乎每天都會看到，你就會承認有時『折磨』和『教育』是同義詞了。」

「很有可能，可是，歷史學家對於學習閱讀時遇到的困難是沒有責任的。妳自己也要承認，他似乎不喜歡艱苦的學習和刻苦的鑽研，為了整個一生都可以讀書，花個兩、三年時間來學習也是很值得的。妳想一想，如果不教人閱讀，那麼拉德克利夫夫人的寫作不都白費了嗎？甚至也許她根本就不應該寫。」

凱薩琳同意這一點，她非常熱情地讚揚了那位夫人的功績，然後就打住了話題。蒂爾尼兄妹很快也開始了其他話題，但凱薩琳插不上話。他們以繪畫行家的目光觀賞著鄉村景色，並且帶著真正的鑒賞力，熱情地斷定可以畫出什麼畫來。凱薩琳茫然不知所措，因為她對繪畫一無所知，也完全沒有鑒賞力，她專心地聽他們說，但並無所獲，因為他們所說的字眼讓她很茫然，她只聽懂一點點，可是卻和她以前對繪畫的一點概念是矛盾的。看起來，似乎在山頂上不可能再看到什麼好景色了，藍藍的天空也不再能證明這是一個晴朗的天氣了。她為自己的無知感到羞愧，雖然這是一種沒有必要的羞愧。當人們想要表達感情時，總是應該顯得無知的。自恃淵博是無法滿足別人的虛榮心的，這是聰明人所盡力避免的事情。尤其是女人，如果她不幸地有點知識的話，應該努力掩蓋起來。

有一位姐妹作家已用精巧的文筆描寫了天生麗質的年輕女孩愚鈍的好處。對於她的觀點，我只需要再公正地為男士補充一下，雖然對大部分較輕浮的男人來說，女人的愚笨大大增添了她們的嫵媚，但有一部分男人又太理智，太有見識，他們渴望女人只有無知。凱薩琳並不瞭解自己的長處，不知道一個美麗多情而又愚昧無知的姑娘，一定能迷住一位聰明的小伙子，除非時機和環境特別的不合適。以現在的情況舉一個例子，她承認自己缺乏知識，也為此感到悲痛，還聲稱會不惜一切代價學習畫畫。於是，亨利立刻跟她說什麼樣的風景可以畫，他講得非常清楚，凱薩琳很快就從他所讚賞的所有事物裡看到了美。而她又聽得那麼認真，讓亨利對她非常滿意，認為她天生就有好品味。他談到了近景、遠景、次遠景、旁襯景、配景法和光亮色彩。凱薩琳是個很有希望的學生，當他們登上比琴崖頂峰時，她很有見地的說道，整個巴思城都不太適合採用風景畫。亨利對她的長進感到很高興，又怕一下子說得太多會讓她覺得膩，就岔開了這個話題。他從附近的山峰說起，談到了櫟樹林、灌木林，談到了周圍的濕地、王國的領地和政府，他很快就發現兜到了政治話題上。一談到政治，就很容易陷入沉默。在亨利對國事做了一番簡單的評論後，就陷入了一陣沉默。而這個沉默被凱薩琳打破了，她帶著嚴肅語氣，突然冒出了幾個字：「我聽說，在倫敦很快就會發生讓人震驚的事情。」

這句話主要是對蒂爾尼小姐說的，她非常驚訝，立刻回答說：「真的嗎？是什麼事？」

「這我就不知道了，也不知道作者是誰。我只聽說，那比我們之前所遇到的所有東西都更可怕。」

「天啊！妳是從什麼地方聽到的？」

「那是我一個很親密的朋友昨天從倫敦寫信來告訴我的。那真是不同尋常的可怕！我想一定是謀殺之類的。」

「妳說話時真是鎮定得讓人訝異啊！可是，我倒希望是妳朋友誇張了。如果這樣的陰謀事先被揭露出來，政府一定會採取措施加以制止的。」

亨利努力壓抑住笑容，說：「政府既不願意也不敢干涉這一類的事。那一定是謀殺！政府不會管太多的。」

女士們都愣住了，亨利大笑起來，補充說：「是讓我來幫妳們互相瞭解呢？還是讓妳們自己推測答案呢？不，我要高尚一點。我要證明我是一個男人，不僅是憑著冷靜的頭腦，還憑藉慷慨的個性。我受不了有一些男人有時很不屑於照顧一下女士的理解力，而把事情說得簡單一點。也許，女人的才智既不健全也不敏銳，既不明智又不敏捷，也許她們會需要觀察力、辨別力、判斷力、熱情、天賦和智慧。」

「莫蘭小姐，不要介意他說什麼，不過還是請妳告訴我那個可怕的騷亂是什麼吧！」

「騷亂？什麼騷亂？」

「我親愛的艾莉諾，騷亂不過是妳自己想像的，妳這樣胡思亂想真是讓人生氣。莫蘭小姐說的不過是一本即將出版的新書，不是什麼可怕的事。那本書是三卷十二開本的，每一卷有二百七十六頁，第一卷上有一幅卷首插圖，畫上有兩個墓碑和一個燈籠，妳明白了嗎？莫蘭小姐，我愚蠢的妹妹誤解了，但妳表達得非常清楚，妳說的是倫敦的恐怖事件，任何有理智的人都會立刻想到，這話指的是巡迴圖書館的事，可是我妹妹卻立即想到聖喬治廣場上聚集了三千個暴徒，襲擊英格蘭銀行，圍攻倫敦塔，倫敦街頭血流成河，第十二輕騎兵團（那是全國的希望所在）它的一個支隊從北安普敦趕來鎮壓叛亂，就在英勇的弗雷德里克・蒂爾尼上尉率領支隊衝鋒時，樓上窗戶飛下一塊磚頭，把他從馬上打了下來。請原諒她的愚昧！我妹妹的恐懼增加了女人的缺陷，不過這並不意味著她就是一個傻瓜。」

凱薩琳的表情看起來很嚴肅，蒂爾尼小姐說：「亨利，你現在已經幫助我們互相瞭解了，你還應該讓莫蘭小姐瞭解你，除非你想讓她認為你對你妹妹很粗魯，認為你通常對女人的看法都非常殘忍，莫蘭小姐可無法習慣你那些奇怪的做法。」

「我倒非常樂意讓她多瞭解一下我那些奇怪的做法。」

「可是這並不能解釋現在的問題啊！」

「那我可以怎麼做？」

「我知道你應該怎麼做。那就是在她面前大大方方地，清楚地表達你的個性。告訴她你非常尊重女人的理解能力。」

「莫蘭小姐，我非常尊重這個世界上所有女人的理解力，特別是那些巧遇到我的人，不管是什麼人。」

「這還不夠，應該更正經一點。」

「莫蘭小姐，沒有人能比我更尊重女人的理解力了。在我看來，女人天生就很聰明，可是她們覺得有必要應用的還不到一半。」

「莫蘭小姐，從他嘴裡我們不可能再聽到更正經的話了，他現在頭腦不清醒。可是，我可以告訴妳，要是他對哪一個女人說了一句不公正的話，或對我說了一句沒有情義的話，那他一定是被完全誤解了。」

凱薩琳沒有絲毫掙扎就相信了亨利・蒂爾尼是永遠也不會錯的。他的行為有時候會讓人驚訝，可是他的用意卻總是很公正的。不管她明白了，還是沒有明白的，她都已經幾乎要開始讚美了。整個散步的過程是很愉快的，雖然它結束得很快，但它的結果同樣也讓人愉快。她的朋友把她送到了家，而蒂爾尼小姐在他們分開之前，以非常有禮貌的方式對艾倫夫人和凱薩琳說，希望明天晚上能夠邀請凱薩琳去吃晚餐。艾倫夫人一定會同意的，而凱薩琳唯一的困難是要掩飾住內心的喜悅。

那天早上過得十分愜意，以至於讓她把友誼和手足之情完全拋諸腦後，因為在她散步時，她完全沒想到伊莎貝拉和詹姆斯。當蒂爾尼兄妹離開之後，她又開始想他們了，但她的思念並沒有產生任何效果。艾倫夫人沒有任何可以讓她消除擔憂的消息，她也沒有聽到關於他們的任何事。在上午快結束時，凱薩琳突然想起她必須去買一條一碼左右的絲帶。於是她出了門走到大街上，在邦德街時，她遇到索普家的二小姐，那位小姐正和世界上最可愛的兩位女孩在愛德格大廈附近閒逛，而那兩位女孩整個上午都是她最親密的朋友。凱薩琳從那位二小姐那裡聽說，她姊姊一群人已經去了克利夫頓，那位安妮小姐說：「他們今天早上八點出發的，我一點也不羨慕他們的這次旅行，我認為妳和我不去反而會更好，那一定是世界上最無聊的事了，因為現在這個時候，克利夫頓一個人也沒有。貝爾是跟著妳哥哥去的，我哥哥載瑪麗亞。」

凱薩琳一聽到這樣的安排，心裡真高興，也就把她的高興說了出來。

另外那個人說：「瑪麗亞是去了，她非常想去。她認為一定很好玩，其實我不大欣賞她的品味。至於我嘛，就算他們把我逼得很緊，我也是從一開始就決定不去。」

凱薩琳對此有一點懷疑，就情不自禁地說：「我真希望妳也可以去，如果你們都不能去，那就太可惜了。」

「謝謝妳，但對我來說是完全無所謂的。說真的，無論如何我不會去。妳剛才來追我時，我正在和艾米莉和蘇非亞說這件事呢！」

凱薩琳仍不願意相信。不過，她因為安妮能得到艾米莉和蘇非亞這兩位朋友的安慰而不再感到不安了，和安妮說再見後她回到了家，她很高興，因為他們那一群人的出遊計畫並沒有因為她的缺席而受阻，她由衷地希望他們能玩得開心，並希望伊莎貝拉和詹姆斯不要再因為她的缺席而怨她。

15

第二天早上一大早，凱薩琳收到了伊莎貝拉傳來的一張便條，字裡行間都透著平和與親切，她請求她的朋友馬上到她那裡去一趟，有很重要的事情要和她商量。而凱薩琳一聽說有重要的事情，既高興又好奇，趕緊前往愛德格大廈。那兩位小一點的索普小姐正在客廳裡。而當安妮小姐跑上去叫她的姊姊時，凱薩琳正好乘機問一下另外一位小姐他們昨天遊玩的詳細情況，而瑪麗亞目前所嚮往的最大樂趣莫過於談論這件事了。凱薩琳立刻就聽說，他們度過了一次世界上最有趣的旅行。沒有人想像得出那有多有趣，沒有人能想像那有多令人快樂。這些是剛開始那五分鐘得到的資訊，而接下來就是細節了，他們直接駕車到了約克旅館，喝了一些湯，又預定了早餐，然後就直接走到礦泉廳，嘗了嘗礦泉水。花了幾個先令買了錢包和晶石，然後又到附近的糕點店吃點東西，為了避免摸黑，又著急地返回旅館，匆匆忙忙地吃了晚餐。他們回來的一路上也非常高興，只是可惜月亮沒出來，又下著毛毛雨，莫蘭先生的馬累得幾乎走不動了。

凱薩琳聽到這些後，由衷地感到高興。這樣看來，他們根本沒想到要去布萊茲城堡，也沒有任何事情可以讓她感到惋惜的。瑪麗亞說到最後，還情意深長地對她姊姊安妮表示了一番同情，說她因為沒和他們一起去而非常生氣。

「她永遠不會原諒我的。可是我能怎麼辦？約翰非要我去，而他又發誓說不願意載她，因為他嫌安妮的腳踝太粗了，我想她這一個月的心情都不會太好。我決定不和她鬧彆扭，這樣一點小事是不會讓我生氣的。」剛好在這個時候，伊莎貝拉邁著急切的步伐走進了客廳，她看起來非常幸福，又非常得意，把她朋友的注意力全都吸引了過來。伊莎貝拉毫不客氣地趕走了瑪麗亞，然後擁抱了凱薩琳，她說：「我親愛的凱薩琳，妳的洞察力不錯哦！妳有一雙厲害的眼睛，能看穿所有的事情。」

凱薩琳沒回答，只是帶著有些無知的驚訝表情看著她。

「哦，我最親愛的，最可愛的朋友，」伊莎貝拉接著說：「鎮定一點，你應該看得出來，我非常激動，我們坐下來好好地說吧！當妳收到我的便條時，是不是已經這樣猜了呢？狡猾的小傢伙！哦！我親愛的凱薩琳，妳是唯一一個瞭解我內心的人，妳可以判斷出我現在有多幸福。妳哥哥是這個世界上最迷人的男人，我希望我能配得上他。可是，妳傑出的父親和母親會怎麼說呢？哦！天啊！當我一想到他們，就很不安！」

凱薩琳開始有一點懂了，她突然明白是怎麼一回事了。因為情緒激動，她滿臉通紅，她叫到：「天啊！我親愛的伊莎貝拉！妳這是什麼意思啊？妳是真的愛詹姆斯嗎？」

凱薩琳很快就知道，她這個大膽的猜測只猜對了事實的一半。伊莎貝拉責備過凱薩琳，說她總是能從伊莎貝拉的每個神色、每個舉動中看出她渴望的愛情，而在昨天的遠遊中，詹姆斯向她表露了同樣的感情，她把自己的感情和忠誠都交給了詹姆斯。凱薩琳從沒有聽過這麼有趣、這麼驚奇、這麼高興的事情，她哥哥和她的朋友訂婚了！像此刻這種情況，沒經歷過的人不會認為這有多重要，可是凱薩琳卻覺得這是一生中幾件最重要的事情之一，是生活中很難看到的。她難以表達心裡強烈的情感，不過，這樣自然的感情也讓她的朋友感到很滿意。她們互訴了作為姐妹之間的幸福，然後兩位漂亮小姐緊緊地抱在一起，流下喜悅的眼淚。

對於這樁婚事的前景，凱薩琳真心地感到高興，不過在她們即將要建立的親密關係上，伊莎貝拉比她預料的多得多。「我親愛的凱薩琳，對我來說，妳將是比安妮和瑪麗亞更親密的人了。我覺得，我對於我親愛的莫蘭一家人的喜歡程度要大於對我自己家人的喜愛。」

這是一種凱薩琳無法超越的友誼深度。

「妳和妳親愛的哥哥非常像，」伊莎貝拉繼續說：「從我看到妳的第一眼開始，就非常喜歡妳了。我總是在事情發生的第一刻就確定了。去年耶誕節莫蘭到我們家的第一天，我第一眼見到他時就被他擄獲了，我的心就離我而去了。我還記得我當時穿著一件黃色的長裙，頭髮紮成了辮子。當我走進客廳時，約翰向我介紹他，我從沒見過像他那麼帥的人。」

聽到這裡，凱薩琳不得不暗地裡佩服愛情的力量。因為，她雖然也非常喜歡自己的哥哥，也偏愛他的各種天賦，但卻不認為他是她一生中所見過最帥的人。

「我還記得，那天晚上安德魯斯小姐和我們一起喝茶，她穿著她那件深褐色的薄綢衣，看起來就像天仙一樣，我還以為妳哥哥一定會愛上她呢！我一想到這件事，整晚都沒有闔眼。哦！凱薩琳，妳哥哥讓我度過了多少個不眠之夜啊！我甚至不願意讓妳承受我一半的痛苦。我知道我現在瘦得可憐，但我不會告訴你我有多焦急，免得妳痛苦。妳已經看得夠多了，我覺得我總是不斷地在洩漏自己的祕密，毫不設防地說出我喜歡當牧師的人。但我可以肯定，我的祕密在妳那裡是安全的。」

凱薩琳心想，沒有比這更安全的了。不過她又為對方沒想到自己這麼一無所知而感到羞愧，就不敢再爭辯了。而且，伊莎貝拉非要說她目光敏銳，為人親切，富有同情心，她也不好否認。她發現，她哥哥正準備火速趕到富勒頓，去說明一下他的情況，並請求父母的同意。伊莎貝拉對這件事倒真有一點激動，不過凱薩琳在努力地勸她，因為她相信父母絕不會反對他們兒子的意願。她說：「不可能，因為我們的父母都非常善良，都非常渴望他們的孩子能幸福，我相信他們會立刻同意的。」

伊莎貝拉回答說：「莫蘭也這樣說，可是我還是不敢期待會那樣。我錢不多，他們絕不會同意的，妳哥哥可以和其他人結婚！」

凱薩琳聽到這裡，再一次看清楚了愛情的威力。

「說真的，伊莎貝拉，妳太謙虛了，財產不能說明任何問題。」

「哦，我親愛的凱薩琳，妳氣度很大，但我知道，這對妳來說並不意味著什麼。我們不能指望大多數人都像妳一樣無私。因為就我自己來說，我只希望我們的情況能剛好相反。就算我有幾百萬在手裡，我就會是整個世界的女主人，妳哥哥也依然是我唯一的選擇。」

她這種有趣的感情既理性又新穎，讓凱薩琳愉快地想起了她記憶中的所有女主角。她認為，她的朋友從沒有比她現在說出這一番偉大的思想時可愛。「我敢肯定他們會同意的，」她不停地說：「我認為他們會對妳很滿意的。」

伊莎貝拉說：「對我來說，我的要求很低，哪怕是最少的收入，對於我來說也是足夠的。當人們真心相愛時，貧窮本身就是一筆財富，豪華生活是我最討厭的。我無論如何也不會到倫敦去住。在偏僻的村莊裡有一個村舍，就夠讓我著迷了。里士滿附近就有幾個小巧可愛的別墅。」

「里士滿！」凱薩琳叫了起來：「妳必須住在福勒頓附近，妳必須靠近我們。」

「如果我們不住近一點，我一定會很痛苦，和妳住近一點，我就會感到滿足。不過，這些都是空談，在得到妳父親答應之前，我不想這些事。莫蘭說，今天晚上就寫信到索爾斯伯里，明天就可以收到回信了。明天？我知道我絕對沒勇氣打開那封信，那會要了我的命。」

在說完這段話後，伊莎貝拉想了一會兒，當伊莎貝拉再次開口時，她又談起要用什麼樣的布料做結婚禮服。

她們這一番談話，被那個焦慮不安的、陷入愛裡的小伙子打斷了，他準備在動身到威爾特郡去之前，特別抽空來告別。凱薩琳本想恭喜他，可是不知該說什麼，只是用眼神表達了她所有的話。不過，從那雙眼睛裡，八大詞類全都表現了出來，詹姆斯可以得心應手地把它們串聯起來。他一心急著回家實現自己的願望，話別的時間並不長，如果不是因為他那位美麗的情人，一再催他快走以免耽擱了，時間還會短一些。有兩次他幾乎都走到門口了，伊莎貝拉還急著把他叫回來，催他快點走。「說真的，莫蘭，我真的必須讓你走了。想一想你還要騎多遠啊！我不能容忍你這樣拖拖拉拉的，不要再浪費時間了，去吧！去吧！你一定要快點。」

此刻，這兩位女朋友的心比以前任何時候都更團結了。在白天，她們更不能分開，兩個人就像親姐妹一樣地尋找快樂，時間過得飛快。索普夫人和她的兒子知道所有的事情，他們似乎只是在等待莫蘭先生的同意，那樣他們就會把伊莎貝拉的訂婚看成是他們家裡最大的一件喜事，也可以一起來討論，再加上他們意味深長的眼神和神祕莫測的表情，讓那兩位還不知情的小妹妹充滿了好奇。凱薩琳思想單純，在她看來，這種奇怪的隱藏，既不是出於好心，也不能堅持。如果她們的朋友繼續這樣矛盾，她就要指責他們太不盡人情了。不過，安妮和瑪麗亞就機靈地說：「我知道是怎麼回事。」才讓她放心了，到了晚上居然還鬥起智來，一家人各顯其能，一邊故作神祕，一邊隱約其詞地說非要知道，顯得非常尖銳。

凱薩琳第二天也和她的朋友在一起，努力讓她打起精神，消磨收到信之前的無聊時間。她這種努力是很有必要的，因為在快要收到信的時間裡，伊莎貝拉愈來愈沮喪了，在收到信前，她就已經深陷憂傷了；當信一到，哪裡還找得到憂傷呢？「我毫不費力地就得到我那善良的父母親的同意。他們答應會盡他們的所能來讓我幸福。」這些話是剛開始的三行字，一霎那間，大家都放心了。而伊莎貝拉立刻紅光滿面，神采奕奕，所有的焦慮和擔心都已遠去，她控制不住自己的情緒，毫無顧忌地宣傳自己是這個世界上最幸福的人。

索普夫人流下了幸福的淚水，擁抱了她的女兒、她的兒子和她的客人，興奮得幾乎想把巴思一半的人都擁抱一下。她的心裡充滿了柔情，滿口都是「親愛的約翰」、「親愛的凱薩琳」這些詞，還說「親愛的安妮和親愛的瑪麗亞」必須馬上分享他們的幸福，而且還在伊莎貝拉的名字前用了兩個「親愛的」，這都是那個可愛的孩子應得的。約翰也毫不掩飾他的快樂，他不但把莫蘭先生稱為是這個世界上最好的人，而且說了很多讚美他的話。

那一封帶來了幸福的信寫得很短，信裡只說他們同意了，而所有的細節會在詹姆斯後面的來信當中提及。伊莎貝拉完全可以等待那些細節，她所需要的一切都在莫蘭先生的承諾裡了，他保證會把所有的事都辦好。至於他們將如何安排他們的收入，究竟是分給土地還是財產，只能聽天由命了，這些事情對她來說都是無關緊要的。她很清楚，她很可能快要擁有一個可敬的家庭了。她的想像力圍繞著心中的幸福飛馳，她看到自己在幾個星期之後的樣子，她住在福勒頓附近的每一個新朋友都會看著她、羨慕她，普爾蒂尼那些尊貴的老朋友也會嫉妒她，因為她有一輛馬車可以使用，入場券上可以有她新的姓氏，手指上戴著一顆光彩奪目的大戒指。

約翰．索普等到信一到就出發去倫敦，現在他已經知道信的內容，所以就準備出發了。他發現她獨自一人待在客廳裡時，說：「莫蘭小姐，我是來跟你說再見的。」凱薩琳祝他旅途愉快。索普似乎沒聽到她的話，他走到窗前，顯得有些坐立不安，嘴裡哼著小調，看起來完全沉浸在自己的思緒裡。

「你到德維澤斯去會不會遲到啊？」凱薩琳說。他沒有回答。沉默了幾分鐘之後，他突然爆出這樣的話：「說實話，結婚可真是一件大好事啊！莫蘭和貝爾的這個主意真是太好了。莫蘭小姐，妳看法如何？我說這個主意還不錯。」

「這是一件非常好的事。」

「真的嗎？這才是真心話嘛！無論如何，我很高興妳並不反對結婚。妳有沒有聽過一首老歌〈參加婚禮可以促成良緣〉？我是說，我希望貝爾的婚禮。」

「我答應你妹妹，只要可以，我一定會去參加。」

「那麼，妳知道，」他扭動著身子傻笑著說：「我想說，那麼妳知道，我們可以試一下那首歌會不會變成事實。」

「我們？我從不唱歌。哦，希望你一路旅途愉快。我今天晚上會和蒂爾尼小姐一起吃飯。現在我必須回家去了。」

「不要這樣匆忙。誰能知道我們什麼時候才會再見面呢？不過，我兩個星期之後會再回來，這將是長得可怕的兩個星期。」

「你為什麼離開這麼久呢？」凱薩琳看到他在等著她回答時問到。

「妳人太好了，既高尚又和善，我不會輕易忘記妳的，我相信，妳的個性比其他任何人都更溫和，妳不只個性好，還有很多優點，而且妳還會說實話，我從沒見過像妳這樣的人。」

「哦，天哪！我敢說，有很多人都像我這樣，只是比我好很多。再見！」

「莫蘭小姐，如果妳不會介意，過不久我就會到富勒頓去拜訪妳。」

「歡迎！我父母會很高興見到你的。」

「而且，我希望——莫蘭小姐，妳見到我不會感到很遺憾吧！」

「絕對不會！沒幾個人是會讓我見到之後感到遺憾的。有人陪伴總是很讓人高興的。」

「這正是我所想的。如果給我幾個讓人愉快的夥伴，讓我只和幾個我喜歡的人待在一起，讓我和我喜歡的人待在我喜歡的地方，剩下的事，就都見鬼去吧！聽到妳也這樣說，我真心地感到高興。我有一個想法，莫蘭小姐，妳和我在大多數問題上的看法都是相同的。」

「也許我們是這樣的。可是我從來沒有想到過這一點。至於說大多數問題嘛，說實話，我在很多問題上並沒有自己的看法。」

「我也是這樣的。我從來不為那些跟我無關的事傷腦筋。我對事情的看法非常簡單，只要讓我擁有一個我喜歡的女孩，有一間我認為舒適的屋子，其他還有什麼可在乎的呢？我不在乎財產，因為我自己就有不錯的收入。如果她一分錢也沒有，那又怎樣？那反而更好。」

「沒錯，我的想法和你一樣。如果其中一方有很多財產，那另外一方就不需要再有什麼了。不管哪一個有錢都是一樣的，有錢就行了。我不喜歡一個有錢人就要找另外一個有錢人的想法。我認為，為錢結婚是世界上最卑鄙的事。再見！我會很高興在富勒頓見到你的，不管什麼時候都我都有空。」說完後她就離開了。約翰所有的殷勤行為也阻止不了她離開。凱薩琳回去後還有這個消息要傳播，有一個約會要準備，任憑約翰再怎麼強留，她還是不願意再耽擱，於是匆忙的走了，留下約翰專心想著自己的巧言妙語和凱薩琳的鼓勵。

凱薩琳剛開始聽到她哥哥訂婚的消息時非常激動，不由自主地想到，如果她把這件令人驚訝的事告訴艾倫夫婦，他們也一定會很激動。但讓她失望的是，她繞了很大的圈子才把這件重要的事說出來，但自從她哥哥到這裡後，他們早就猜到了。此時他們的所有感觸都化作對那對幸福年輕人的祝福，還一起討論了起來，艾倫先生稱讚伊莎貝拉長得漂亮，而艾倫夫人則認為她非常幸運。在凱薩琳看來，他們這種漠不關心的態度太不可思議了。不過，在凱薩琳透露詹姆斯前一天去富勒頓這個重要的祕密時，總算激起艾倫夫人的一點反應。她無法再心平氣和地聽下去了，不斷地抱怨說：這也需要保密啊！她只是希望她事先知道他要走，這樣就可以在他出發之前見他一面，託他向他父母親問好，向斯金納一家問好了。

下卷

16

凱薩琳因為對到米爾薩姆街做客的快樂程度期待得過高，所以不免在回來時有點失望。雖然她受到蒂爾尼將軍彬彬有禮的接待，受到他女兒的友好歡迎，雖然亨利也在家，也沒有別的客人，當她回到家時，她並沒有花時間來檢視自己的情緒，就發現去赴約本來是準備好好高興一下的，可是並沒有。她從他們當天的交流中發現，她不但沒有增加和蒂爾尼小姐之間的友誼，似乎也沒有跟以前一樣和她那麼親密了。在這樣輕鬆的家庭聚會上，蒂爾尼先生表現得沒有比以前可愛，他話很少，一直很不自在。儘管他們的父親對她非常殷切，儘管他對她表示了感激、邀請和讚美，但是離開他反而讓她感覺輕鬆多了。這所有的一切都讓她迷惑不解，這應該不會是蒂爾尼將軍的錯。他非常討人喜歡，個性也很好，可以說是一個很迷人的男人，他個子很高，長得也很英俊，而且還是亨利的父親。在他面前，他的孩子無精打采，或說她快樂不起來，這也不是他的責任。對於前者，她最終還是希望只是偶然現象，而對於後者，她只能責怪是她自己太愚蠢了。伊莎貝拉在聽到這次拜訪的詳細情況後，做出了不同的解釋：「那都是因為驕傲，讓人無法容忍的驕傲和自大！我一直懷疑那家人太高傲了，現在可以確定了。我從沒聽說像蒂爾尼小姐這樣傲慢的行為，不僅沒盡到地主之誼，就連最普通的教養都沒有做到，竟然用傲慢無禮的行為來對待客人！幾乎都不和妳說話！」

「還不至於那麼糟糕，伊莎貝拉。她沒有傲慢無禮，她還是很有禮貌。」

「哦！不要為她辯護！至於那個哥哥嘛，他以前看起來似乎很仰慕妳。天啊！噢，有些人的感情真讓人難以理解。他一整天都沒有看妳一眼嗎？」

「我沒有這樣說。可是他看起來興致不是很高昂。」

「多麼卑鄙啊！在這世界上所有事情當中，我最討厭的就是反覆無常了。我求求妳，永遠不要再想他了！我親愛的凱薩琳。事實上，他對妳來說一文不值。」

「一文不值！我想，他從來沒有把我放在心上。」

「這正是我要說的。他從來沒有把你放在心上。真是反覆無常啊！哦！妳哥哥和我之間就不一樣，我真的認為約翰有一顆世界上最堅定的心。」

「至於蒂爾尼將軍嘛，我敢說，不可能再有人像他那樣禮貌而關心地招待我了。看起來他唯一關心的事，就是好好招待我，這一點讓我非常高興。」

「我知道他沒什麼不好的，我倒不認為他傲慢。我相信，他是一個非常有紳士風度的人。約翰非常看得起他，而約翰的判斷力……」

「哦，我想知道他們今天晚上是怎麼看我的，我們會在舞廳遇到他們。」

「那我必須去嗎？」

「妳不打算去嗎？我還以為我們都要去？」

「既然妳都已經決定了，我是不可能拒絕妳的任何要求的。可是妳可不要堅持要我表現得很討人喜歡，妳是知道的，我的心在四十英里之外。至於說跳舞嘛，不要提到這一點，那是絕對不可能的事情。我敢說，查理斯．霍奇（Charles Hodges）都快要把我煩死了。可是我會很乾脆地拒絕他的。十之八九他都能猜出原因來，而這也正是我想要避免的，所以，我一定不能讓他把他猜想的說出來。」

伊莎貝拉對蒂爾尼一家的看法並沒有影響到她朋友。凱薩琳可以肯定那對兄妹倆的行為有什麼傲慢之處，也不相信在他們心裡有什麼傲氣。晚上她的信心得到了證實。當他們相遇時，一個對她非常客氣，而另外一個對她很關照，就像之前一樣。蒂爾尼小姐正想方設法地接近她，而亨利則邀請她跳舞。

凱薩琳前一天就在米爾薩姆街聽說，他們的大哥蒂爾尼上尉近期會隨時到來，所以，當她看到一個她從沒見過的打扮時髦、長相英俊，而且像是她朋友那一夥的年輕男人時，她立刻就知道他是誰了。她帶著非常欽佩的表情望著他，甚至還想到可能會有人覺得他長得比他弟弟還要英俊，雖然，在她看來，他的神態還是有一些傲慢，表情也少了一些引人注意的地方，但他的禮貌和品味差了一些，因為她聽到，他不但聲稱自己絕對不會跳舞，甚至還公然嘲笑亨利居然跳得起來。從後面這個情況可以推斷出，不管我們的女主角是怎麼看他的，而他對凱薩琳的讚美卻不屬於危險的那一類型，不會導致兄弟之間爭風吃醋，也不會給那位小姐帶來煩惱。他不可能唆使三個身穿騎師大衣的惡棍，把她架進一輛駟馬旅行馬車，風馳電掣地飛奔而去。而在此期間，凱薩琳並沒有因為預感到這種不幸或其他任何不幸而感到不安，她只是遺憾舞曲太短，跳起來不過癮。她和平常一樣，享受著和亨利・蒂爾尼在一起的快樂，目光閃閃地聽著他說每一件事。她發現，他的魅力是無可抵擋的，而她自己也是這樣。

在第一支舞結束時，蒂爾尼上尉再次走向他們，而且讓凱薩琳非常不滿意的是，他把他弟弟帶走了。他們在一起竊竊私語。雖然她並沒有立刻產生驚慌，她也無法斷定蒂爾尼上尉是因為聽到關於她的一些惡意誹謗，而此刻正趕緊告訴他弟弟，希望能把他們永遠分開，但她眼睜睜地看著自己的舞伴被人帶走，心裡非常不安。她焦慮不安的情緒整整持續了五分鐘。而當她剛剛開始感覺已經有一刻鐘長的時候，他們兩個又回來了。亨利給出了解釋，因為他提出了一個問題，他想知道凱薩琳的朋友索普小姐是不是願意跳舞，因為他哥哥很希望有人幫他介紹一下。凱薩琳沒有半點猶豫，回答說她很確定索普小姐一點也不想跳舞。這樣殘酷的回答傳達給了那位哥哥，他很快就走開了。

「我知道你哥哥不會介意，因為我聽到他之前說過他討厭跳舞。可是他真是太和善了，能想到要和伊莎貝拉跳舞。我猜他一定是看到伊莎貝拉坐在那裡，就以為她一定需要一個舞伴。可是他完全錯了，因為伊莎貝拉無論如何也不會跳舞的。」

亨利笑了，說到：「妳一點都不費勁就能弄清楚其他人的行為動機。」

「為什麼？你這話是什麼意思？」

「對於妳，我從來不想這個人會受到什麼樣的影響，考慮到年齡、處境，可能還有生活習慣，什麼樣的動機最可能影響他的情感呢？妳只是考慮：我該受到什麼影響？我做事的動機是什麼？」

「我不明白你的意思。」

「太不公平了，因為我完全明白妳的意思啊！」

「我的意思？我的話說得不好，不會讓人難以理解。」

「真是太好了！這是對現代語言最好的諷刺！」

「請你告訴我，你是什麼意思？」

「真的要我說嗎？妳真的想聽嗎？可是妳不知道那會造成什麼後果。那會讓妳陷入很痛苦的尷尬當中，當然也會為我們帶來一場爭論。」

「不，不。都不會，我一點都不擔心。」

「哦，那好吧，我的意思是，妳把我哥哥想和索普小姐跳舞的原因僅僅看成是他善良，這讓我相信妳是世界上最善良的人。」

凱薩琳紅著臉表示否認，而這位先生的預言也得到了證實。不過，他話裡還有另一層深意，為她在混亂之中的痛苦帶來了一絲安慰，而且完全占據了她的心，她沉默了一會兒，忘記說什麼，也忘記聽什麼，幾乎忘記自己身在何處了。直到伊莎貝拉的聲音把她喚醒，她才抬起頭來，看到蒂爾尼上尉正準備和她們交叉握手。

伊莎貝拉聳了聳肩笑了，這是在當時她對自己特別的行為所能做出的唯一解釋，但凱薩琳還是無法領會，所以她用非常坦白的方式對她的舞伴表示了她的驚訝。

「我無法想像發生了什麼事。伊莎貝拉決定了不跳舞的啊！」

「伊莎貝拉從沒改變過想法嗎？」

「哦，可是，你把我的話告訴你哥哥之後，他怎麼還去請她跳舞呢？」

「關於這一點，我不覺得奇怪。妳讓我對妳朋友感到驚訝，所以我就那樣做了。至於我哥哥嘛，我承認，他在這件事上的行為，我認為他是幹得出來的。妳朋友的美麗是一種公開的誘惑。而她的堅決，只能由妳自己去領悟了。」

「妳是在嘲笑。可是，我向你保證，伊莎貝拉一向是很堅決的。」

「這句話對誰都可以說。總是很堅決，那就會經常很固執。在什麼時候適當地緩和一下，那就是在考驗每一個人的判斷力了。而且，先不考慮我哥哥，我真的認為索普小姐選擇在這個時候不夠堅定，並沒有選錯時機。」

直到跳舞全部結束後，兩位朋友才可以湊到一起傾心交談。當她們挽著胳臂在大廳裡溜達時，伊莎貝拉解釋說：「我對妳的驚訝並不感到驚訝。我真的累死了。他喋喋不休，如果我心裡沒想著其他事，那倒還算有趣，可是我真的寧願一直坐著。」

「那妳為什麼沒有一直坐著呢？」

「哦！親愛的！那樣看起來會顯得非常特殊，而妳知道，我是最討厭特殊化的了。我已經盡可能拒絕他了，他還是不肯放棄，妳都不知道他把我逼得有多緊。我請他原諒我，另外找人當舞伴，可是他不要。他在決定要和我跳舞後，就再也不想和這個房間裡其他人跳舞了。他並不只想跳舞，他還想和我在一起！哦！真是胡說八道！我告訴他，勸我是沒用的，因為我最討厭花言巧語和阿諛奉承。所以我發現，如果我不站起來跳舞，那我就別想得到安寧了。而且我想，既然休斯夫人向我引薦他，如果我不跳，她就會見怪。至於妳親愛的哥哥嘛，我敢說如果我整個晚上都坐著，他也會痛苦的。我很高興跳舞結束了。我聽他那樣胡說八道，真的非常累。不過，他是一個非常漂亮的年輕小伙子，我看到每一個人的目光都在注意我們。」

「他真的長得非常英俊。」

「英俊！我想他是英俊！我敢說，人們通常都會很羨慕他，可是他不符合我的審美觀。我討厭皮膚紅潤、眼睛深黑的男人，他非常好看，而且也非常狂妄自大。不過，我還是用我的辦法，好幾次都壓過他的氣焰。」

當兩位小姐再一次見面時，談到了一個更有趣的話題。那時她們已經收到了詹姆斯．莫蘭的第二封信，信中非常詳細地解釋了他父親的良好用意。莫蘭先生是他所在教區的資助人和牧師，一年大概有四百英鎊的收入，等到他兒子的年齡一到，就會把這筆錢給他。這對於家庭收入來說，不能說不是一個很大的縮減，十個孩子當中的其中一個就能得到這麼多，不能說是小氣。除此之外，詹姆斯將來還會繼承一筆價值差不多的財產。

詹姆斯在信裡適當地表達了感激之情，他們必須要等到兩、三年後才能結婚，這一點雖不如人意，但也是預料中事，所以也不是難以接受。而凱薩琳，就像她對她父親的收入沒有概念一樣，她對這一類事情也沒有一個準確的希望，而她的判斷完全是受她哥哥的影響，所以也感到非常滿意，衷心地祝賀伊莎貝拉所有的事都稱心如意。

伊莎貝拉沉著臉說：「真是太好了。莫蘭先生真的非常大方。」溫和的索普夫人一邊說，一邊不安地看著她的女兒。「我只希望我也能拿得出這麼多來。你們知道，我們不能再指望莫蘭先生多拿一些出來了。如果他可以給得更多，那他一定會給的。我認為他是一個非常善良的好人。剛開始以四百英鎊起家的確是少了點，可是，我親愛的伊莎貝拉，妳也不考慮一下，妳平時的要求是很低的。」

「我自己倒是沒有太多要求，但我擔心這對我親愛的莫蘭來說意味著傷害。讓他用那麼一點收入來生活，幾乎連日常開銷都不夠。至於我自己嘛，這沒什麼。我從不考慮自己的。」

「親愛的，我知道妳從不考慮自己，妳的好心會得到回報的，所有的人都很喜歡妳。沒有一個年輕的女孩能像妳一樣受到所有人的喜愛。當莫蘭先生看到妳時——我親愛的孩子，我們還是不要再談論這件事了，免得讓我們親愛的凱薩琳為難。妳知道，莫蘭先生這樣做算是非常慷慨了。我總是聽人說，他是一個非常好的人。而妳知道，我們不能設想，如果妳有一大筆財產，他就會拿得出更多了，因為我敢肯定，他是一個非常慷慨的人。」

「我可以肯定，沒人能像我這樣看重莫蘭先生了。可是妳知道，每一個人都有缺點。而每一個人也有權利依自己的意願處理自己的錢。」這些含沙射影的話，讓凱薩琳覺得受到了傷害，她說：「我父親所承諾的，已經是盡力而為了。」

伊莎貝拉反思了一下。「我可愛的凱薩琳，關於這一點是毫無疑問的。根據妳對我的瞭解，足以讓妳相信，哪怕很少的錢也同樣會讓我滿足的。我現在有點不高興，並不是因為想要更多錢，我討厭錢，如果我們現在就可以結婚，哪怕一年只有五十磅，我也心甘情願。唉！親愛的凱薩琳，妳算是把我看透了。我心裡有一根刺。在妳哥哥繼承牧師職位前，我們還要等待兩年半。」

索普夫人說：「我親愛的伊莎貝拉，我們完全能看到妳的內心，妳不會掩飾自己，我們此刻完全明白妳現在煩惱的原因。妳有這麼高尚、正直的感情，大家一定會更喜歡妳的。」

凱薩琳不舒服的想法開始有些減少了。她努力讓自己相信，讓伊莎貝拉感到遺憾的原因，僅僅是因為要拖延婚期。而當她看到她們下一次見面，伊莎貝拉仍像往常一樣快樂和和藹可親時，她就努力讓自己忘記，但她曾經一度有過另外的想法。詹姆斯很快又來信了，人也回來了，他受到了非常熱情的接待。

17

艾倫夫婦的巴思之行已經到了第六個星期了，這會不會是最後一個星期，目前還沒有確定。而凱薩琳聽到這件事，心就怦怦跳。她和蒂爾尼兄妹之間的來往竟然這麼快就要結束了，這個損失將是無法彌補的。當事情懸而未決時，她的整個幸福似乎都受到了威脅。而當他們決定要再住兩個星期時，她才放下了心來。至於這增加的兩個星期，凱薩琳只是高興地想到這樣可以讓她常常見到亨利．蒂爾尼，至於這樣做可以給她帶來什麼好處，她卻想得很少。事實上，詹姆斯的婚約讓她開闊了眼界之後，她曾經有一、兩次沉浸在「也許」的遐想中，但她的目光僅僅侷限在和他待在一起的幸福之中。既然目前剩下的三個星期，對她這一段時間的幸福做了保證，她剩下的一生又那麼遙不可及，所以根本激不起她的興趣。就在做出這樣安排的當天早上，她去拜訪了蒂爾尼小姐，向她表達了自己的快樂，但那一天註定是難熬的一天。她剛剛表示了因為艾倫先生決定要再待一些日子而感到高興，蒂爾尼小姐就告訴她，她的父親剛剛決定了，他們準備在一個星期之後離開巴思。這真是一個巨大的打擊啊！和此刻的失望相比，早上的懸而不決實在是太輕鬆、平靜了。凱薩琳的臉沉了下來，以非常真誠和關心的語言重複了蒂爾尼小姐剛才說過的幾個字：「一個星期之後。」

「我認為我父親應該多用一用這裡的水，可是他不要。他到這裡來是希望見到一些朋友，但讓他失望的是，那些朋友沒有來，他現在身體很好了，所以就急著想回家。」

凱薩琳沮喪地說：「如果我之前就知道……」

蒂爾尼小姐帶著有些為難的表情，說：「也許——如果妳願意好心——那我會非常高興的，如果……」

就在凱薩琳等待蒂爾尼小姐說出希望她們之間能通信的話時，蒂爾尼將軍走了進來，禮貌地打斷了她們的談話。在他像平常一樣禮貌地問候凱薩琳之後，他對他的女兒說：「哦，艾莉諾，我要求妳請你漂亮的朋友來家裡，我可以祝賀妳成功了嗎？」

「就在您進來時，我正準備提出邀請呢！」

「那你們繼續吧！我知道妳心裡有多想提這件事。莫蘭小姐，我的女兒——」蒂爾尼將軍繼續說著，沒給他女兒說話的機會：「她心裡有一個非常大膽的願望，也許她已經對妳說了，我們在星期六的晚上就會離開巴思。我的管家寫了一封信來要我回去，我本來是想在這裡見到我那幾個老朋友的，就是朗湯侯爵（Marquis of Longtown）和考特尼將軍（General Courteney），可是沒見到，我也就沒有必要繼續待在巴思了。如果我們可以勸妳答應我們自私的要求，那我們就是走了，也不會有遺憾了。總而言之，妳能不能離開這個旅遊勝地，到格洛斯特郡和妳的朋友艾莉諾做伴呢？我很不好意思向妳提出這個要求，雖然妳不會像那些巴思人那樣覺得曖昧，像妳這樣謙虛的人，說實話，我並不想用這樣公開的表揚來讓妳為難，如果妳願意屈尊去拜訪我們，我們會非常高興的。我們無法或許無法提供給妳在旅遊勝地能得到的快樂，不能拿娛樂和熱鬧來吸引妳，就像妳所看到的一樣，我們的生活方式既平凡又低調，不過，我們會努力把諾桑覺寺弄得不那麼讓人討厭。」

諾桑覺寺！多讓人激動的幾個字啊！它讓凱薩琳的情緒興奮到了極點。面對這樣禮貌的邀請，她按捺不住內心的感激和滿足，說話都平靜不下來。居然會受到這麼熱情的邀請！那麼熱情地懇求她去和他們作伴！所有的事情都是那麼的體面和讓人感到安慰，目前所有的快樂和未來所有的希望，都包含在這裡面了。凱薩琳迫不及待地接受了邀請，不過她提出了一個要求，那就是要得到她父母的同意。她說：「我會直接寫信給家裡，如果他們不反對，我想，他們不會反對的……」

蒂爾尼將軍覺得還是很有希望，因為他已經到普爾蒂尼街拜訪了凱薩琳可敬的朋友們，他的願望已經獲得他們的批准，他說：「既然他們都同意讓你去，我相信其他人也會通情達理的。」

蒂爾尼小姐雖然比較溫和，但還是很熱情地表示邀請，才幾分鐘事情就已經差不多談好了，只需等待富勒頓那邊答應了。

那天早上的情況讓凱薩琳體會了很多種感覺，有焦慮、有放心、有失望。可是此刻，所有這些都已經沉浸在一種完全的喜悅當中了。她情緒高漲，興高采烈，心裡想的全是亨利，嘴裡念著諾桑覺寺，於是急急忙忙地趕回家給莫蘭夫婦寫信，莫蘭夫婦倆已經把他們的女兒委託給他們的朋友，所以也很信任他們，他們覺得在這些朋友的關照下所締結的友誼一定是正當的，於是就讓郵差捎信回來，欣然同意女兒到格洛斯特郡去做客。他們這樣的放任，雖說並沒有超出凱薩琳的期望，卻讓她更加深信，她在朋友和運氣方面，在環境和機會方面，是世界上最幸運的人，而且所有的事情看起來都是對她有利的。剛開始，因為艾倫夫婦的好意，她才有機會被帶到這裡來，享受到各種樂趣。她的情感和喜好都得到了幸福的回報，不管她喜歡哪一個人，都能和他建立起良好關係。至於她和伊莎貝拉之間的感情，將以姐妹的方式繼續維持。而她最希望得到寵愛的蒂爾尼兄妹嘛，他們採取了讓她意想不到的辦法，來讓彼此之間的親密關係可以繼續發展。她是他們的貴賓，她就要和她最喜歡的人在同一個屋子裡，而且一住就是好幾個星期。那房子還是一所寺廟，她對於古老建築物的熱情僅次於她對亨利·蒂爾尼的熱情。在她的想像裡，城堡和寺院充滿了無限的神奇魅力。幾個星期以來，她一直心馳神往地希望能到那些古堡的壁壘高塔或寺院的迴廊去參觀一下，只要能逛上一個小時就很心滿意足了，根本不抱太大的希望。可是，事情就要發生了！她即將看到的不是一般的房屋、大廳、府邸、公園、庭院和村舍，諾桑覺寺是一個寺院，她即將入住！每天可以接觸到潮濕的長廊、狹小的密室、荒廢的小教堂，她還希望聽到一些流傳已久的傳說，見到一些關於虐待一位不幸修女的可怕紀錄。

讓她訝異的是，她的朋友似乎並不因為有這樣一個家而洋洋得意，他們一想到那個家，都顯得非常謙虛。他們出生尊貴，但卻沒變得傲慢。他們優越的住處和他們優越的出生一樣，對他們來說並不意味什麼。

凱薩琳著急地問了蒂爾尼小姐很多問題，但她的思緒過於活躍，以至於當蒂爾尼小姐回答這些問題時，她對諾桑覺寺的瞭解並不比之前多，她還只是籠統地知道諾桑覺寺在宗教改革時期本來是一個很有錢的女修道院，改革運動結束後落到蒂爾尼家族的一位祖先手裡；古建築有很大一部分都被保留下來，構成目前住宅的一部分，其餘部分都已經被毀掉了，寺院坐落在一道峽谷的低處，隱蔽在東邊和北邊高聳的橡樹林裡。

凱薩琳的心裡充滿了幸福，她完全沒有意識到兩、三天都過去了，她和伊莎貝拉在一起總共還不到幾分鐘。這還是她有一天早上和艾倫夫人在礦泉廳散步時，因為沒人和她說話，自己也沒話說，想要有人可以說話時才意識到的。而她對友誼的渴望才出現了五分鐘，她想見的目標就出現了。她的朋友要找她密談，並幫她找了一個座位。「這是我最喜歡的一個位置」她們在兩道門之間的一條長凳上坐下，從這裡可以清楚地看見走進兩道門的每個人。之後，伊莎貝拉說到：「這裡遠離道路。」

凱薩琳發現伊莎貝拉的目光不斷地朝著那兩扇門望去，就像在急著等待什麼人一樣。凱薩琳想起伊莎貝拉以前常誤以認為她很聰明，所以就想趁這個機會表現一下，於是樂呵呵地說：「伊莎貝拉，不要心神不寧，詹姆斯很快就會到這裡來了。」

伊莎貝拉回答說：「哈！我親愛的寶貝！不要把我當成傻瓜，整天總想著把他挽在胳臂上。一天到晚黏在一起，那多難看啊！會成為笑話的。這麼說，妳要去諾桑覺寺！真是太好了！我聽說，那是英國最美的古蹟之一。我真希望能聽到妳最詳細的描述。」

「我會盡最大的努力，詳細地告訴妳。妳在找什麼人呢？妳妹妹來了嗎？」

「我沒有在找人啊！一個人的眼睛總要看向某些地方，而妳知道，當我的心裡想一百英里以外時，總是傻癡癡地盯著某個地方。我相信，我是全世界最心不在焉的傻瓜。蒂爾尼說，心裡想著某個人時總是這樣的。」

「可是我想，妳好像有一些特別的事要告訴我？」

「我是有事要告訴妳，但這正好證明我剛才說的，我可憐的腦袋把這事完全忘了。事情是這樣的，我剛收到約翰寄來的信，妳應該猜得到信的內容。」

「哦，說真的，我猜不到。」

「我可愛的寶貝，不要假惺惺地讓人討厭了。他除了寫妳，還會寫什麼呢？妳知道他是全心愛妳的啊！」

「愛我？親愛的伊莎貝拉！」

「我親愛的凱薩琳，真是太荒謬了！謙虛是好的，但有時坦誠一點也是應該的，我從來沒想過妳會過於謙虛，妳是故意恭維我吧！他對妳的殷勤就連小孩子都注意到了。在他離開巴思之前半個小時，妳還給他很多鼓勵呢！他在信裡就是這樣說的。他說他向你求婚了，而妳也很友好地接受了。而現在，他需要我來替他求婚，在妳面前多說一些好話，所以妳故意裝作不知道是沒有用的。」

凱薩琳真心地表示，她對這樣的指控非常驚訝，她說她完全不知道索普先生已經愛上她了，所以她不可能有意地去鼓勵他什麼。「就他對我的殷勤來說，我從來沒察覺，只知道他在來之前的一天，邀請我和他一起跳舞。至於說向我求婚，或其他這一類的事情，一定有很多莫名其妙的誤會。妳是知道的，我對於這一類的事是完全察覺不出來的，我希望妳相信我，我鄭重聲明，我和他之間沒提到這一類的事情。在他出發之前半個小時！這完全是一個誤會，因為那天早上我根本沒見過他！」

「可是妳見到他了，妳那天一整個早上都在愛德格大廈，就是妳父親來信表示同意的那一天，我非常確定在妳離開屋子前，妳和約翰曾單獨在客廳裡待了一段時間。」

「妳確定？哦，如果妳那樣說，那我想應該就是那樣，但我一點也想不起來了。我只記得當時我和妳在一起，就像見其他人一樣見過他。我們究竟有沒有單獨在一起五分鐘呢？這一點沒什麼好討論的。因為不管他怎樣都無所謂，但是，我完全想不起這件事，妳必須相信，我從來沒想過，既沒期待過也沒有希望他會向我求婚。我非常不安，他居然會對我有意思，可是我真的是完全無心的，我從來沒有想過這一點。請妳儘快讓他醒悟過來吧！並告訴他請他原諒，那是——我不知道我應該怎麼說，可是，應該用最恰當的方式讓他明白我的意思。我不想對妳哥哥說無禮的話，可是妳很清楚，我要是對哪一個男人有意思，那個人也絕不是他。」伊莎貝拉沒有說話。「我親愛的朋友，妳不要生我的氣，我真的沒有想到妳哥哥會看得上我。而妳知道，我們還可能會是姑嫂的。」

伊莎貝拉紅著臉說：「是的，我們可以有很多的形式成為姐妹。可是，我胡思亂想到什麼地方去了？哦，我親愛的凱薩琳，這樣看來妳是要拒絕可憐的約翰嗎？」

「我無法回報他的感情，當然也沒有刻意鼓勵他什麼。」

「既然這樣，我也不戲弄妳了。約翰希望我跟妳說這件事，所以我做了。可是我承認，我一讀到他的信，就認為這是非常愚蠢、草率的行為，對雙方都沒好處。因為，如果妳們結合在一起要靠什麼生活呢？當然，妳們兩個人都有一些財產，但在這種時代，只有一點錢是無法應付家庭開銷的。不要管那些傳奇小說作家是怎麼說的，沒有錢什麼事都做不成。我只希望約翰能想想這一點，他可能還沒收到我最後那封信。」

「那妳不會責備我了，妳認為我沒錯了？妳相信我從來沒有欺騙妳哥哥，到在剛才之前，從沒想過他會喜歡我了吧？」

「哦，至於這一點嘛，」伊莎貝拉笑著回答說：「我無法假裝判斷妳過去曾經有過什麼樣的想法和計畫，所有的一切只有妳自己最清楚。有時會發生一點並沒有壞處的調情之類的事，人往往經不住誘惑，慫恿了別人還不承認。但是妳要相信，這個世界上我是唯一一個，絕不會嚴厲指責你的人。所有這些事情，對於充滿激情的年輕人來說，都是可以理解的。妳知道，一個人今天是這樣想的，明天就不這樣想了。環境會改變，看法也會改變。」

「可是，我對妳哥哥的看法從來沒改變過，一直都是這樣，妳所說的那種事從沒發生過。」

伊莎貝拉根本沒有聽她說完，繼續說：「我親愛的凱薩琳，我也不想讓妳在還沒完全瞭解之前就匆忙定下婚事。我覺得，我不能為了讓妳成全我哥哥而犧牲了妳的幸福。因為他是我哥哥，妳知道，人都是這樣的，就是沒有妳，他還是會得到幸福，因為人們很少知道自己在做什麼，特別是年輕人，他們變化無常得讓人驚訝。我要說的是，為什麼我會把我哥哥的幸福看得比我朋友的幸福更珍貴呢？妳知道，我一直把友誼看得很重。可是，所有這些事情，我親愛的凱薩琳，都不要太著急。聽我的話，如果妳太急，妳一定會後悔的。蒂爾尼說，人們通常都會受到自己的感情欺騙，我相信他說得很對！哦，他來了！不要介意，他不會看到我們的。」

凱薩琳抬起頭看到了蒂爾尼上尉，而伊莎貝拉一邊說話，一邊死盯著蒂爾尼所在的方向，很快就引起了他的注意。他立刻朝她們走了過來，坐在伊莎貝拉示意他坐的那個位置上。他第一句話就把凱薩琳嚇了一跳。雖然他的聲音很低，可是她還是能聽得出來。「什麼！有人監視你？不是找一個替身，就是另外找一個人？」

「胡說八道！」伊莎貝拉用同樣小聲的話回答說：「你為什麼會把那些事情灌輸到我的腦子裡？我才不相信呢，你知道，我的心是從不受約束的。」

「我就希望你的心是不受約束的。這對我來說就夠了。」

「我的心？我的心跟你又有什麼關係呢？你們男人都是沒心肝的。」

「如果我們沒心肝，我們有眼睛。而我們的眼睛給我們帶來的痛苦已經夠多了。」

「是嗎？我很抱歉。我很抱歉你的眼睛發現在我身上一些不討人喜歡的東西。我會轉過臉去，希望這樣可以讓你高興。」說著，她轉過臉去背對著他：「我希望你的眼睛現在不痛苦了。」

「從來沒有像現在這樣痛苦過。妳那張美麗的桃花臉蛋還在我的視線裡，既太多了，又太少了。」

凱薩琳聽到了這些話，覺得非常難為情，她聽不下去了。她很訝異伊莎貝拉居然可以忍耐這麼久，而且開始為她哥哥而妒忌了起來。她站了起來，說她要去找艾倫夫人，建議伊莎貝拉和她一起去。可是這一次，伊莎貝拉表示說她不想去。她說她非常累，又非常討厭在礦泉廳裡散步。而且，如果她離開座位，就會錯過她的妹妹們了，因為她一直在等她的妹妹們。所以，她最親愛的凱薩琳一定得原諒她，必須靜靜地繼續坐在這裡。但凱薩琳也非常頑固，這個時候，艾倫夫人剛好過來叫她們一起回家，凱薩琳就和她一起走出了礦泉廳。而伊莎貝拉則繼續和蒂爾尼上尉待在一起。凱薩琳就這樣帶著極度不安的心離開了他們。在她看來，蒂爾尼上尉愛上了伊莎貝拉，而伊莎貝拉又不知不覺地鼓勵了他。一定是無意的，因為伊莎貝拉對詹姆斯的愛情就像他們剛訂婚時一樣好，一樣堅定，根本不容許懷疑她的真誠或她的好意。可是，在他們整個交談過程中，她的行為卻很奇怪。她希望伊莎貝拉說話時能更像她平常那樣，不要老是談論錢，不要一見到蒂爾尼上尉就雀躍莫名。令人感到奇怪的是，伊莎貝拉居然沒有察覺到他對她的好感。凱薩琳很想給她一點暗示，讓她多加防備，免得讓她過於活潑的行為給她那可憐的哥哥和蒂爾尼上尉帶來痛苦。

約翰．索普對感情的敏感並不能彌補他妹妹的思慮欠周。她既不能相信也不希望他哥哥的真心。因為她沒忘記，約翰可能誤會了。他向凱薩琳提出求婚，而她還鼓勵他，這就讓凱薩琳確信，有時候他的誤會真的很嚇人，所以，她的虛榮心並沒有因此滿足。她只是驚訝，他居然幻想自己愛上了凱薩琳，真是太讓人驚訝了。伊莎貝拉談到了她哥哥的殷勤，但她從來沒有感覺。伊莎貝拉說了很多話，凱薩琳希望她能趕緊說出來，說完之後就絕對不要再說了，這樣她就可以輕鬆一下了。總而言之，她此刻既安心又自在。

就這樣過了一些日子，凱薩琳雖然不容許自己懷疑朋友，可是卻不得不緊密地監視她，而她觀察到的結果並不讓她高興。伊莎貝拉似乎變成了另外一個人，當她在愛德格大樓或普爾蒂尼街那些親近的朋友中看到她時，她行為舉止上的變化倒非常小，如果僅此而已倒不會引起別

人注意。她有時顯得有一點無精打采、漠不關心的樣子，或時常說自己心不在焉，而這一點是凱薩琳之前從沒有聽說過的。如果沒有發生更糟糕的情況，這一點毛病也許只會煥發出一種新魅力，激起人更大的興趣，但在公共場合，凱薩琳看見蒂爾尼上尉只要一獻殷勤，她就會欣然接受，而且對他就像對詹姆斯一樣注視，一樣微笑著，這時她的變化就變得非常明顯了。她這種反覆無常的行為究竟是什麼意思呢？她的朋友到底在做什麼？這一點凱薩琳無法理解。伊莎貝拉可能沒有意識到她給別人造成了痛苦，但對於她的任性輕率，凱薩琳感到十分氣憤。詹姆斯是受害者啊！她看到他臉色陰沉又心神不定，不管他現在的那個女人有多不在乎他心裡的想法，可是她不能不在乎，因為她對那個可憐的蒂爾尼上尉同樣非常關注。雖然他的長相並不討她喜歡，可是他的姓氏卻讓她感到很親切，她帶著真摯的同情，想到蒂爾尼上尉將會面對的失望，儘管她自以為在礦泉廳聽到了他們的對話，可是從蒂爾尼上尉的舉止來看，他不像是知道伊莎貝拉已經訂了婚，所以，凱薩琳前思後想，總覺得他不可能知道真相。如果作為情敵，他一定會嫉妒她哥哥，可是如果這裡面還暗藏著什麼，那一定是她誤解了。她希望透過委婉的建議，能讓伊莎貝拉意識到自己的處境，讓她意識到這樣做對兩邊都不好。可是，她要提出這樣的建議，總找不到合適的時機，又會遇到一些難以理解的問題妨礙她。如果她稍微暗示一下，伊莎貝拉又不明白。在這樣的煩惱當中，蒂爾尼一家準備離開巴思成了她最大的安慰。他們幾天之內就要動身回格洛斯特郡去了，蒂爾尼上尉一走，至少可以讓除了他以外的每一個人恢復平靜，誰知道蒂爾尼上尉目前並不打算離開，也不準備和家人一起回諾桑覺寺，而要繼續留在巴思。當凱薩琳知道這件事時，她對亨利・蒂爾尼說明了這件事情，對他哥哥明顯地喜歡索普小姐一事感到遺憾，請他讓他哥哥知道索普小姐已經訂婚了。

「我哥哥知道她已經訂婚了。」亨利回答。

「他知道嗎？那為什麼還待在這裡呢？」

亨利沒有回答，他開始說起了其他的事情。她很著急地繼續說：「為什麼你不勸他離開呢？他在這裡待得愈久，對他愈不好。請告訴他，為了他自己好，為了每一個人好，請馬上離開巴思。離開之後，他會快樂起來的。他在這裡沒有希望，只有痛苦。」

亨利笑著說：「我可以肯定我哥哥不願那樣做。」

「那你就應該勸他離開啊！」

「勸說不是命令。可是如果連我都不能成功地勸說他，那麼，請原諒我。是我告訴他索普小姐已經訂婚了，他知道他在幹什麼，這件事只能由他自己做主。」

凱薩琳喊著：「他不知道自己在幹什麼，他不知道他給我哥哥帶來了什麼樣的痛苦。這不是詹姆斯自己告訴我的，可是我可以知道他很不舒服。」

「妳確定那是我哥哥做的嗎？」

「我很肯定。」

「究竟是我哥哥對索普小姐有意思讓他感到痛苦，還是因為索普小姐接受了我哥哥的好意才讓他痛苦？」

「這不是一回事嗎？」

「我認為莫蘭先生會覺得這是不同的。沒有一個男人會因為自己心愛的女人被其他男人愛慕而感到痛苦。痛苦是由女人帶來的。」

凱薩琳為她的朋友感到臉紅，說到：「伊莎貝拉錯了。可是我敢說她並不想造成痛苦，因為她非常愛我哥哥，她從他們第一次見面時就愛上他了。而且當我父親還沒表示是否同意時，她急得都快發瘋了。你知道她真的很愛詹姆斯。」

「我明白，她很愛詹姆斯，又和弗雷德里克調情。」

「不，不是調情。一個女人愛上一個男人後，是絕對不會和另外一個男人調情的。」

「很有可能，不管是愛也好，調情也好，也許都比她單獨只做一樣要好一些。兩位先生都必須要做出一點犧牲。」

在短暫停頓之後，凱薩琳繼續說：「你不認為伊莎貝拉很愛我哥哥？」

「我沒任何看法。」

「但是，你哥哥是什麼意思呢？如果他知道她已經訂婚了，那他這樣的行為又是什麼意思呢？」

「妳真是一個咄咄逼人的發問者。」

「是嗎？我只是問了我想要知道的事。」

「可是妳問的是我能回答的問題嗎？」

「我想可以。因為你一定知道你哥哥心裡是怎麼想的。」

「就像妳剛才的用詞，我哥哥心裡是怎麼想的，在現在這種情況下，我也只能猜測。」

「怎麼樣？」

「怎麼樣？哦，如果僅僅是猜測，就自己猜吧！受到別人的猜測的影響是很可憐的。我哥哥是一個很有活力，有時候做事欠考慮的年輕人。他認識妳朋友大概一個星期，而且在認識她時就知道她訂婚了。」

凱薩琳在考慮了一會兒之後，說到：「你也許已經猜測出你哥哥想要幹什麼，可是我卻猜不出來。你父親難道不會因此感到不安嗎？難道他不想讓蒂爾尼上尉離開巴思嗎？如果你父親對他說，他會離開的。」

「我親愛的莫蘭小姐，妳這麼真誠地關心哥哥的感情，是不是也有一點錯呢？會不會有點過分了。妳認為索普小姐只是在見不到蒂爾尼上尉的情況下，才能對妳哥哥一片鍾情，或至少行為檢點一點，那妳哥哥是不是會為自己或索普小姐感謝妳作出這樣的設想呢？妳哥哥是不是只是在一個人時才能保證安全呢？或說，是不是索普小姐只有在不受別人誘惑時才能保證她的心意不變呢？他可不能這麼想，而且妳要相信，他也不會讓妳這麼想的。我會說：『不要那麼不安。』因為我知道妳現在很擔心，妳放心吧！妳不要懷疑妳哥哥和妳朋友之間的真感情，他們之間絕不會存在真正的嫉妒心理。他們之間的不和不會持續多久的。他們的心是為對方敞開的，對妳就不可能了。他們很清楚地知道自己需要什麼，能容忍什麼。妳必須要相信，他們之間開玩笑是不會讓對方難受。」

亨利發現凱薩琳仍一臉嚴肅，半信半疑，就補充說：「雖然弗雷德里克不會和我們一起離開巴思，他大概也只會在這裡待很短的時間，也許只是在我們走了之後幾天。他的假期很快就要結束了，他必須回部隊去。到那個時候，他們的友誼會怎麼樣呢？食堂裡的那些軍官們會為伊莎貝拉．索普喝兩個星期的酒，而伊莎貝拉和妳哥哥在一起時，會把可憐的蒂爾尼的激情嘲笑一個月。」

凱薩琳不再感到不放心了。整個談話期間，她都是忐忑不安的，但現在她已經完全放心了。亨利．蒂爾尼一定很清楚，她怪自己擔心得過度了，下定決心再也不把這個事情看得太嚴重了。

在她們分開之前的那一次見面時，伊莎貝拉的行為更堅定了凱薩琳的信心。在凱薩琳出發前的最後一個晚上，是索普一家和她一起在普爾蒂尼街度過的。那兩個相愛的人之間也沒有發生讓凱薩琳感到不安的事，或讓她擔心地離開他們。詹姆斯興致很高，而伊莎貝拉也顯得很平靜，非常吸引人。看起來，她對於朋友的柔情在她的心裡占據了第一的位置，但這樣的情況在此時刻是不被允許的。曾有一次，她直接給她的情人一個反駁，還有一次，她抽回了她的手。可是凱薩琳想起了亨利對她說的話，把這一切都看成是一種明智的感情。在她們分手時，這兩位美麗的小姐是怎麼樣擁抱、流淚和互相承諾的，大家應該可想而知了。

艾倫夫婦為朋友的離開感到難過，但凱薩琳個性樂觀，總是笑嘻嘻的，是一個很難得的同伴，而且艾倫夫婦在促進她的快樂的過程中，也大大地提高了自己的樂趣。不過，她很高興要跟著蒂爾尼小姐走，他們也不好表示反對。而且，他們也打算在巴思只待一個星期了，她的離開不會讓他們寂寞太久。艾倫先生把凱薩琳送到米爾薩姆街去吃早餐，親眼看到她坐到新朋友中間，受到了最熱烈的歡迎。凱薩琳身處在那一家人之中，內心非常激動，她非常擔心自己會不會舉止不當，不能保住他們對她的好感。這困擾在剛開始的五分鐘裡，幾乎讓她想跟著艾倫先生回普爾蒂尼街了。

蒂爾尼小姐的禮貌和亨利的微笑很快就驅散了她的不安，但她仍然很不自在，就連將軍本人不斷地關照，也無法讓她完全安心。雖然這種情況看起來有些不正常，她甚至有點懷疑，如果將軍對她的關照再少一點，她也許會更自在一些。他擔心她是不是感到舒適，他不斷地請她吃這樣吃那樣，他一再地表示擔心這些菜餚不合她的口味，雖然在她的一生中從來沒有見過比這更豐盛的早餐，可是他的做法還是讓她無法忘記她是一個客人。她覺得自己完全不值得受到這樣的尊重，所以不知道該怎麼回答。她的心情無法平靜，因為將軍正不耐煩地在等著他的大兒子出現，而當蒂爾尼上尉下樓時，將軍生氣地責備他懶惰。讓她感到非常痛苦的是，那位父親的責備有些太嚴厲了，似乎和他兒子犯的錯誤不相符。當她發現這一次的責備主要是為了她，蒂爾尼上尉主要是因為對她不敬才挨罵時，她就更加不安了，也很尷尬。她雖然非常同情蒂爾尼上尉，但上尉並不會因此對她有好感。

他一聲不吭地聽著他父親的責罵，沒有試圖回一句，這就證實了她的擔心，那就是，也許因為伊莎貝拉的關係，讓他感到不安，夜裡久久不能入睡。就是這個原因才讓他晚起的。這是她第一次真正和他相處，她希望現在可以看一下他是一個怎麼樣的人。可是，當他父親在房間裡時，她幾乎聽不到他的聲音。甚至到後來，由於他的情緒受到很大的影響，就是在他說話時，她也幾乎聽不清楚他在說什麼，他悄悄地對艾莉諾說：「你們都離開，我有多高興啊！」

臨行前的一陣匆忙是不會讓人太愉快的。當時鐘敲響十點時，行李箱才搬下了樓。而按照將軍的安排，這個時候應該已經離開米爾薩姆街了。他的大衣被拿了下來，不過不是直接穿在身上，而是鋪在他和他兒子坐的那一輛輕便馬車上。那輛輕便馬車雖然要坐三個人，可是中間的位置並沒有拉出來，他女兒的女僕在車裡堆滿了大包小包，讓莫蘭小姐沒地方可坐。蒂爾尼將軍扶她上車時感到很不安，莫蘭小姐好不容易才保住了自己新買的寫字檯，沒有讓它被扔到街上去。無論如何，那三位女士坐的馬車總算關上了門。馬匹邁著從容的步伐出發了，一個紳士的四匹肉膘肥滿的駿馬要走三十英里路時，通常用的就是這種步伐。從巴思到諾桑覺寺的距離剛好是三十英里，而現在這一段距離被分成了兩段。從馬車一出門，凱薩琳恢復了精神，和蒂爾尼小姐在一起，她就輕鬆自在多了。這一條路對她來說是完全陌生的，她對前面的寺院和緊隨其後的馬車都充滿了濃厚的興趣，她不帶任何遺憾地看了巴思最後一眼，不知不覺地看見了一塊塊里程碑。他們在小法蘭西無聊地等待了兩個小時，除了吃東西之外，沒有其他的事可做，可是肚子又不是很餓，到處閒逛又沒有東西可看。本來她非常羨慕他們的旅行派頭，羨慕這輛時髦的四馬四輪馬車，穿著漂亮的制服的左馬御手在鞍蹬上很有規律地起伏著，許多僕人端端正正地坐在馬上。可是這樣的排場有很多麻煩，讓她的羨慕之情也因此降低。如果這一群人在一起都是非常快樂的，那這樣的耽誤倒算不了什麼，蒂爾尼將軍雖然是一個很有風度的人，卻經常讓他的孩子提不起精神來，幾乎都只聽得到他自己一個人在說話。凱薩琳看到他對客店裡的一切都不滿意，對僕人一不耐煩就發火，所以就愈來愈敬畏他，兩個小時變得就像四個小時一樣長。最後終於下達了出發的命令，將軍提議剩下的路讓凱薩琳跟他換座位，坐在他兒子的馬車裡，這一點讓凱薩琳非常驚訝。「天氣非常好，我想讓妳多看看鄉村景色。」

蒂爾尼將軍一提起這個計畫，就讓她回想起艾倫先生對於年輕的男女同坐一輛敞篷馬車的看法，不禁讓她臉紅了，所以她的第一反應是想拒絕。可是她又轉念一想，她非常尊重蒂爾尼將軍的判斷，他應該不會為她計畫一些不合適的事情。所以，過了幾分鐘後，她就坐進了亨利的雙輪輕便馬車，心裡比其他任何人都要高興。坐了一小段之後，她確實認識到雙輪輕便馬車是世界上最好的馬車，四馬四輪馬車走起來雖然很威武，但總還是一個笨重、麻煩的東西，她將不會輕易忘記在小法蘭西度過的這兩個小時。雙輪輕便馬車只需要休息一半的時間，它那輕快的小馬一直想放開步伐奔跑，如果不是將軍執意要讓自己的馬車走在前面，他們可以在半分鐘之內，就輕而易舉地超過去。雙輪輕便馬車的優點還不僅僅在於馬好，亨利趕車的技術也非常好，非常的平穩、安全，既不向小姐自吹自擂，也不對馬破口大罵。他和凱薩琳唯一能夠拿來相比的那位紳士馬車伕，真是有著天壤之別。而且他的帽子戴得非常合適，他的大衣上那些數不清的吊墜看起來非常稱頭。坐在他的車上，僅次於和他一起跳舞，是這個世界上當之無愧最幸福的事情了。除了這些快樂之外，她還聽到他稱讚自己，至少聽到他替妹妹感謝她願意到他們家去做客。聽到他說她非常重視友誼，實在讓人感激不盡。他說，他妹妹經常不開心，因為沒有女性朋友作伴，父親又常常不在家，所以總是沒有人陪伴。

「那怎麼可能？你不是和她在一起嗎？」凱薩琳說。

「諾桑覺寺只不過是我的半個家。我還有一個自己的家在伍德斯頓，離我父親的家差不多二十英里遠，所以一部分時間都在那裡。」

「那你一定很難過吧！」

「離開艾莉諾總讓我很難過。」

「不過，你除了愛她之外，也一定很喜歡那座寺院。在那樣的家住慣了，再住一座普通的牧師之家一定覺得很不舒服吧！」

他笑著說：「妳對這座寺院已經有好印象了。」

「那是當然的。難道它不像那些書裡提到的那樣古老的地方嗎？」

「書裡提到的這類建築物裡，發生過許多恐怖事件，難道妳準備見識、見識嗎？妳有勇氣嗎？妳有膽量見到那些滑動的嵌板和掛毯嗎？」

「哦，是的，我想我不會那麼容易就害怕的，因為屋子裡有很多人啊！屋子也不是一直空著，一直沒有人住，而且你們也像往常一樣，事先通知好了才回家的。」

「當然。我們不用一路摸索著走進一間被柴火餘燼照得半暗不明的大廳，也用不著在地板上搭鋪，房子裡沒有窗戶、門和傢俱。不過妳必須明白，一個年輕的女士（不管是被什麼方式所吸引了）被帶進這樣一個屋子時，她總是要和這個家庭的其他成員分開住。當大家都舒服地回到自己所住的地方時，她就會被老管家桃樂西（Dorothy）鄭重其事地帶上另外一個不同的樓梯，順著一道道陰暗的走廊，走進一間房間。而那房間，自從有一位親戚在大約二十年前在那裡去世後，就一直沒人住過。妳能接受這樣的接待嗎？當妳發現自己處在一個陰暗的房間時，妳不介意嗎？那房間對妳來說太高大寬敞了，整個房間裡只有一盞孤燈發出很微弱的光，牆壁四周的掛毯上畫著跟真人一般大小的人像，床上的被褥都是深綠色的呢絨和紫紅色的天鵝絨，簡直和出殯的情形一樣。妳心裡不會發毛嗎？」

「我敢肯定，我不會發生這種事情。」

「妳會極度不安地檢查房間裡的傢俱。會發現什麼呢？沒有桌子，沒有梳粧檯，沒有衣櫃，也沒有抽屜，但也許牆邊上有一把破琵琶，另一外邊有一個怎麼用力也打不開的大立櫃，壁爐上方有一位英俊的武士畫像，他的容貌讓妳莫名其妙地著了迷，目不轉睛地注視畫像。與此同時，桃樂西被妳的表情吸引了，激動不安地盯著妳，會給妳一些莫名其妙的暗示。為了讓妳打起精神，她還會對妳說一些話，讓妳推測出這個寺院裡，妳住的那個地方是鬧鬼的。她還會告訴妳，在妳的附近，沒有一個人可以供妳使喚。在激動地說完了這些話後，她就朝妳行了一個屈膝禮，退了出去。妳聽著她的腳步聲愈來愈遠，直到聽到最後一個回聲。當妳怯生生地想去扣門時，驚恐地發現門上沒有鎖。」

「哦！蒂爾尼先生！真是太可怕了！就像書上寫的那樣！但是這種事情不可能發生在我身上。我敢肯定你們家的女管家不是桃樂西。然後呢？」

「也許在第一個晚上不會發生更恐怖的事情。在妳克服了對那張床鋪壓抑不住的恐懼後，就上床睡覺了，不安地睡了幾個鐘頭。可是在第二天或在接下來的第三天，妳可能就會遇到一場可怕的暴風雨。驚雷發出巨大的隆隆聲，那雷聲環繞著附近山脈，就像要把房屋連根拔起一樣。伴隨著雷聲，颳來一陣可怕的狂風，這個時候妳可能會發現（因為這個時候妳的燈還沒有滅），掛毯的一個部分動得很厲害。妳當然無法壓抑好奇心，立即從床上爬起來，匆匆披上晨衣，開始查找其中奧祕。在經過一段短時間的檢查後，妳會發現掛毯的有一個部分織得非常精巧，即使非常仔細都不容易看出來。而當妳打開那個部分時，馬上就會出現一扇門，而這扇門上只有幾根粗條和一把掛鎖，妳使了幾下勁就把門打開了。妳提著燈穿過門，走進一間拱頂小屋。」

「不會！我快嚇死了，怎麼可能做這樣的事。」

「什麼！當桃樂西告訴妳，在妳的房間和兩英里之外的聖．安東尼教堂之間有一條祕密通道時，妳也不會嗎？面對這麼簡單的冒險活動，妳要退縮嗎？不，不，妳會走進這間拱形的小屋，穿過小屋，又再穿過幾間小屋，但沒發生奇怪的事。也許在一間小屋裡，妳會發現一把匕首，而另外一間小屋裡會有幾滴血，在第三間屋子裡會有一件刑具的殘骸。所有一切都沒有不尋常之處，而妳的燈快要熄滅了，妳得回房了。當妳再走進那間拱形小屋時，妳的目光被一個巨大的老式黑檀木鑲金立櫃吸引了。妳之前雖然仔細檢查過傢俱，但卻忽略了這個櫃子。妳懷著一種不可壓抑的預感，趕緊朝著櫃子走去，打開門上的鎖，搜查著每一個抽屜。但搜了半天，沒有任何有價值的發現。也許妳也會找到幾顆不小的鑽石，但妳碰到了暗簧，打開了裡面的抽屜，露出了一捲紙，妳一把抓了過來，裡面有很多手稿，妳趕緊拿著這些寶貝手稿回到房間。但是妳才剛剛開始念到：『哦，你啊，不管你是誰，一旦薄命的馬蒂爾德（Matilda）的這些記事錄落入你的手裡……』的時候，燈突然熄滅了，讓妳陷入了完全的黑暗中。」

「哦，不，不，你不要說了。好了，繼續。」

亨利被她的表現逗樂了，他說不下去了。他從內容到口吻，再也無法裝出一本正經的樣子。他懇求她在閱讀馬蒂爾德的不幸遭遇時，要發揮自己的想像力。凱薩琳一冷靜下來，就為自己的迫不及待感到害羞，誠摯地對他說，她聚精會神地聽他講，絲毫不害怕會遇到他說的那些事。「我可以肯定，蒂爾尼小姐絕不會把我安頓在那樣的房間裡，所以我不會害怕的。」

在他們的旅途快接近終點時，凱薩琳想要見到諾桑覺寺的心情變得更加急切了，因為有時候亨利談到了其他問題，讓他們的談話中斷了。在每一個拐角處，她都帶著肅然起敬的心情，期待看到它那砌著灰色石塊的厚牆，屹立在古老的櫟樹叢中，太陽的餘輝映著哥德式的長窗，顯得十分壯麗。可是，誰知道那座房子十分低矮，她穿過看門人的大門，當她進入諾桑覺寺的庭園時，連一個古老的煙囪也沒看見。

她知道她沒有權利表示驚訝，但以這樣的方式進門，當然會有一些失望。在穿過兩排具有現代風貌的門房後，凱薩琳就發現自己如此方便地進入寺院的領域，馬車疾駛在光滑平坦的石子路上，沒有障礙，沒有驚恐，沒有任何莊重的氣息，只讓她感到奇怪和矛盾。不過，她沒空考慮這些問題。因為突然下起了雨，雨水打在她的臉上，讓她無法觀察其他東西，她只能集中心思保護她的新草帽。事實上，她已經來到了寺院的牆腳下，亨利扶著她跳下了馬車，躲到舊門廊下，甚至跑進了大廳，她的朋友和將軍正等著歡迎她，而她對自己未來的痛苦卻沒有半點可怕的預感，絲毫也不疑心過去在這幢肅穆的大廈裡，出現過什麼恐怖的情景。微風還沒颳來殺人犯的悲歎，只給她送來了一陣濛濛細雨。她用力抖了抖衣服，準備被帶進共用客廳，同時也好想想她到底到了什麼地方。

一座寺院啊！身處一座真正的寺院裡，多高興啊！可是，當她環顧了一下房間之後，她不禁懷疑，現在她所看到的東西是不是能給她帶來這樣的感受。滿屋子都是富麗堂皇的傢俱，完全是現代格調。還有那個壁爐，她本來期待見到大量刻板的古代雕刻，誰知道它完全是朗福德式的，以樸素、美觀的雲石板砌成，上面擺著非常漂亮的英國瓷器。她以特別信任的目光去看那些窗戶，因為她之前聽將軍說過，他是以敬重的心情保留哥德式的樣式，可是仔細一看，還是和她想像的差很遠。可以確定的是，那個尖角被保留了下來，它們也是哥德式的，甚至也有窗扉，但是每塊玻璃都太大，太清晰，太明亮！在凱薩琳的想像中，她希望見到最小的窗格、最笨重的石框，希望見到彩色玻璃、泥垢和蜘蛛網。對她來說，這種改變是令人痛心的。

將軍察覺到她正四處觀望時，就說房間太小了，傢俱擺設太簡陋了，所有的東西都是日常用品，只是為了生活舒適……不過，他又有點得意地表示，諾桑覺寺也有幾間屋子是值得她一看的，正要特別提起那間奢華的鍍金房間時，誰知道他掏出錶，突然停住了，驚訝地宣布：再過二十分鐘就五點了！這句話好像是解散的命令，凱薩琳發現蒂爾尼小姐催她快走，那副樣子讓她確信：在諾桑覺寺，必須嚴格遵守家庭作息時間。

大家穿過高大寬敞的大廳，登上了寬闊油亮的櫟木樓梯，走過了許多樓梯和拐彎處，來到一條又寬又長的走廊上。走廊的一側是一排門，另一側是一排窗戶，把走廊照得通亮。凱薩琳剛看出窗外是個四方院，蒂爾尼小姐就她帶進了一個房間，蒂爾尼小姐說了聲希望她會覺得舒適後就急忙離開了，臨走時，急切地懇求凱薩琳儘量少換衣服。

21

凱薩琳只看了一眼就滿意地發現，她的這個房間和亨利為了嚇唬她而努力描述的房間完全不一樣。它並不是大得出奇，既沒有掛毯，也沒有天鵝絨。牆上糊著紙，地板上鋪著地毯，窗戶和樓下客廳裡的一樣完備，一樣光亮。傢俱雖然不是最新款式，但也很美觀、舒適，整個房間的氣氛一點也不陰森。她馬上就放下心來，決定不要浪費時間去仔細查看每一件東西，因為她非常擔心耽誤時間會讓將軍不高興。所以，她匆匆忙忙地脫掉衣服，準備打開亞麻布的包裹，為了立刻取用，她把這個包裹從馬車上搬了下來。就在這個時候，她突然看到了一個巨大、高高的箱子，就立在壁爐旁的一個深凹處，一看到這箱子，她不由得心頭一震。她驚訝得一動不動地凝視著箱子，產生了這樣的想法：真是太奇怪了！我從沒想到會看到這麼大、這麼笨重的一個箱子！裡面裝什麼呢？怎麼會放在這裡呢？放在這麼一個陰暗的地方，像是不想讓人看到似的。我要看一看裡面是什麼，不管花什麼樣的代價，我都要看一看，而且要趁著天亮趕快看。如果等到晚上再看，蠟燭就會燃光了。她走上前仔細地檢查了起來。那是雪松木做的，上頭非常奇怪地鑲著一些深色的木頭，被放在一個用同樣木料做成的雕花架子上，離地面大概一英尺的距離。鎖是銀的，因為年代久遠已失去光澤。箱子的兩端有兩個殘缺不全的把手，也是銀的，也許很早就被一種奇怪的暴力破壞了。而且，在蓋子的中間有一個神祕的銀密碼。凱薩琳低下頭仔細地看，但認不出到底是什麼字。她無論從什麼方向看，也無法相信最後一個字母是「T」，如果在他們家裡出現其他字母，倒是會給她帶來不同尋常的驚訝。如果這個箱子一開始時不是他們的，那又是因為什麼奇怪的原因，才讓它落進蒂爾尼家族的手裡呢？

凱薩琳那帶著恐懼的好奇心時刻都在增長著，她用顫抖的雙手抓住鎖釦，決定要冒著危險滿足一下好奇心，看一看裡面的內容，但她似乎遇到了一種抗拒力，好不容易才把箱蓋揭開了幾英寸。誰知道就在這個時候，一陣突如其來的敲門聲把她嚇了一跳，她一撒手，箱蓋砰的一聲闔上了，把她嚇了一跳。這位不速之客是蒂爾尼小姐的女僕，是她的主人派她過來幫凱薩琳的，雖然凱薩琳想立刻打發她走，可是又想起這是她應該做的事，迫使她不得不把急切想知道櫃子裡是什麼的想法暫時拋一邊，馬上繼續穿衣服。她速度並不快，因為她的心思和目光仍集中在那個讓她覺得既有趣又可怕的物體上。雖然她不敢再耽誤時間嘗試第二次，可是又不願意離箱子太遠。到最後，她終於把一隻手臂伸進衣袖，梳妝時間也快要結束了，她可以迫不及待地放心滿足自己急切的好奇心了。一會兒的時間當然是可以抽得出來的，所以，只要她拚命使盡渾身力氣，箱蓋只要不是用妖術鎖上的，她就能在瞬間打開。她帶著這種氣概躍向前去，她的信心沒有白費，她果斷地一使勁，把箱蓋揭開了，她兩眼驚奇，只見一條白布床單疊得整整齊齊的放在箱子的一端，除此之外，就沒有其他東西了！

凱薩琳定定地看著那個櫃子，臉上出現一點紅暈，就在這時，蒂爾尼小姐因為急著想催促她的朋友，想讓她快一點準備好，就進了房間，凱薩琳正為自己的荒唐行為感到羞恥，而現在又被人撞見無聊地到處搜查，就更覺羞愧了。「這是一個非常奇怪的老櫃子，不是嗎？」凱薩琳趕緊關上櫃子，面對鏡子時，蒂爾尼小姐說：「沒人知道它在這裡放了多少代了，也不知道它是怎麼被放到這房間來的，我一直沒讓他們把它搬走，因為我覺得它也許還有一點用處，可以裝裝帽子之類的。最糟的是，它太重了，不好開，不過放在角落也不礙事。」

凱薩琳紅著臉，一邊繫著禮服，一邊下定決心，以後再也不做這種傻事了。蒂爾尼小姐委婉地暗示她要遲到了。半分鐘後，兩個人就急急忙忙地跑下了樓，她們如此驚慌並不是沒道理的，因為蒂爾尼將軍正拿著他的手錶，在客廳裡來回踱步，一看到她們進來，就用力拉了拉鈴，命令說：「馬上開飯！」

凱薩琳聽到將軍說話的語氣凝重，不禁顫抖了一下。她臉色蒼白，氣喘吁吁地坐了下來，情緒很低落，她一邊為他的孩子擔心，一邊又憎恨著那個可惡的箱子。而將軍恢復了客氣並看著她，剩下的時間他都是在責備他女兒，說她去催她的朋友，讓她跑得氣喘吁吁的，實在很愚蠢，其實根本不需這麼匆忙。可是，凱薩琳根本無法消除心裡的雙重痛苦，因為她既讓她的朋友遭到責備，又讓自己像個傻子一樣。直到大家高興地圍著餐桌坐下來，將軍露出一副得意的笑臉，她胃口又來了，也才恢復了平靜。餐廳很豪華，從大小來看，要有一間比客廳大得多的通用客廳才相稱，而且裝飾風格也很奢華，只可惜凱薩琳是外行，對此幾乎毫無感覺，她只覺得寬敞，有很多僕人伺候著。她大聲地讚賞屋子寬敞，將軍和顏悅色地承認餐廳的確不算小。他還承認，在這種事情上他雖然也像多數人一樣馬馬虎虎，但他卻把一間比較大的餐廳視為生活上的一項需要。不過他說：「妳在艾倫先生府上一定住過比這更大的房間吧！」

凱薩琳非常誠實地回答說：「說真的，艾倫先生的餐廳還沒這裡一半大。」她說她從沒見過這麼大的餐廳。將軍聽了就更高興了。既然他有這樣的屋子，要是不加以利用那就太傻了。不過說實話，他相信比這小一半的屋子可能更舒適。他認為艾倫先生的住宅一定是大小適中，住在裡面也非常舒適、愉快。

那天晚上沒再發生什麼事情，有時蒂爾尼將軍不在場，大家還覺得更快樂一些。只有將軍在場時，凱薩琳才稍微感覺到一點旅途的疲憊。不過，即使是在此刻，即使在她感覺到疲憊和壓抑時，她覺得還是很幸福的。她想到巴思的朋友時，一點兒也不想和他們在一起。

晚上下起了暴風雨。整個下午風一直吹著，當大家準備散場時，暴風雨就來了。凱薩琳一邊穿過大廳，一邊帶著畏懼傾聽著暴風雨。當她聽見狂風兇猛地颳過古寺一角，猛然一聲巨響，把遠處的一扇門颳得關上時，心裡第一次感到自己的確到了寺院。沒錯，這些都是寺院所特有的聲音。這些聲音讓她想起了這種建築所目睹的風暴和所帶來的各種恐怖場面。而讓她感到欣慰的是，她身處這樣一個恐怖的環境裡，處境還算不錯，因為她不用擔心半夜遇到刺客，或遇到喝得醉醺醺的色狼。亨利那天早上對她說的話，當然只是開玩笑。在這樣的擺設、這樣森嚴的一幢房子裡，她既探索不到什麼，也不會遭到什麼不測，她可以萬無一失地去她的臥房，就像在富勒頓去她自己的房間一樣。她一邊這樣聰明地堅定自己的信心，一邊繼續上樓。尤其是當她發現蒂爾尼小姐的房間和她的房間只隔了兩扇門時，她就更放心地走進了房間。當她一看到爐火燒得很旺，她就更開心了。她走到壁爐欄旁說：「真是太好了，火已經升起來了，真是太好了。這要比在寒氣裡哆哆嗦嗦地乾等好得多了。就不必像很多可憐的姑娘一樣，無可奈何地一定要等到全家人都上了床，才會有一位忠實的老僕人抱著一捆柴火走進來，把妳嚇一跳！諾桑覺寺真是好極了！如果它像別的地方那樣，遇到這樣的夜晚，我不知道會嚇成什麼樣子。不過，現在實在沒什麼好怕的。」

她環顧了一下房間，窗簾似乎在動。不過這沒什麼，只不過是狂風從百葉窗的縫隙裡鑽進來了。她勇敢地走上前，滿不在乎地哼著小調，看看是不是這麼一回事。她大膽地往每個窗簾後探了一眼，在矮矮的窗臺上沒發現可怕的東西，又把手貼近百葉窗，就更確定是風的力量了。她檢查完後，又轉身看了一下那口老箱子，發現它也不是完全沒用。她很看不起自己這種憑空猜測的可笑心理，於是泰然自若地準備上床去了。「我應該從從容容，不慌不忙的，即使我是這個屋子裡最後一個上床的人，那也沒有什麼好擔心的。我不能給爐子添柴，那樣就顯得太膽怯了，好像睡在床上還需要亮光壯膽一樣。」所以，那個爐火就快要燃盡了，凱薩琳就這樣安排了她大半個小時的時間，就在正準備上床時，她又再次環顧了一下房間，突然又發現了一個高大的老式黑立櫃。而這個立櫃就立在明顯的位置，可是之前卻沒有引起她的注意。她突然想起了亨利的話，說她一開始是不會注意到那個黑檀木立櫃的。雖然這話不會有什麼真的意思，可是卻有點怪，是非常驚人的巧合！她拿起了蠟燭，仔細端詳了一下木櫃。木櫃並不是烏木鑲金的，上的是日本漆，是最漂亮的黑黃色日本漆。她舉著蠟燭一眼看過去，那黃色很像鍍金。鑰匙就在櫃子門上，她有一種很奇怪的想法，想要打開來看一看。可是，她完全不期望發現任何東西，只是聽了亨利的話後，覺得太奇怪了。總之，她要打開看看才能睡覺。於是，她小心翼翼地把蠟燭放在椅子上，一隻手顫抖地抓住了鑰匙，用力轉動，但不管她怎麼用力也轉不動。她很驚慌，但沒有洩氣，她試著用另一種辦法。突然間鎖簧彈了一下，她以為成功了，奇怪的是櫃門依然不動。她屏住呼吸，愕然地休息了一會兒。狂風在煙囪裡怒吼著，傾盆大雨打在窗戶上，一切都說明了她的處境有多可怕。可是，如果不弄清楚，就是上床也睡不著。只要她心裡惦記著在她旁邊還有一隻神祕的櫃子打不開，她是怎麼也睡不著的。所以，她再次拿起鑰匙，抱著最後一絲希望，果斷地朝各個方向擰了一陣之後，櫃門猛然打開了。這次的勝利讓她欣喜若狂，她把兩扇折門拉開，那第二扇門只別著幾個插鞘，沒鎖得太複雜。不過，她看不出那鎖有何異常之處。兩扇折門開了之後，露出兩排小抽屜，小抽屜的上下都是些大抽屜，中間有扇小門，也上著鎖，插著鑰匙，裡面很可能是個存放重要物品的祕櫥。

凱薩琳的心猛烈地跳動著，可是她並沒有失去勇氣。她的臉因為心裡充滿希望而漲得通紅，眼睛因為好奇而瞪得滾圓。她的手緊緊抓住一個抽屜的把手，把它猛地往外拉。裡面完全是空的！她的恐懼感減少了，她更急切地打開了第二個、第三個、第四個，也都是空的。她把每一個抽屜都搜了一遍，沒找到任何東西。她在書上看過很多隱藏珍寶的訣竅，所以並沒有忘掉抽屜裡可能設有假襯，於是她急切而敏捷地把每個抽屜周圍都摸了摸，結果還是什麼也沒發現。現在只剩下中間沒搜過了。雖然她從一開始就沒有想過會在這個櫃子的任何一個地方發現任何一件東西，而且她到現在為止，還沒有為自己的徒勞無功而感到失望，可是如果她不徹底地搜查一遍，那真是太愚蠢了。不過光是開門就折騰了大半天，因為這把內鎖像外鎖一樣難開，但最後還是打開了，而且搜尋的結果不像先前那樣徒勞無功，她那迅速的目光隨即落到一捲紙上，這捲紙被推到祕櫥裡側，顯然是想把它隱藏起來。凱薩琳此刻的感覺真是無法形容！她心跳加速，膝蓋顫抖，臉色蒼白，她用顫抖的手抓住這捲珍貴的手稿，因為她只是掃瞄了一下，就看到上面有字跡。她帶著敬畏的感覺承認這件事驚人地應驗了亨利的預言，所以馬上下定決心，要在睡覺前逐字地看一遍。

蠟燭發出幽暗的亮光，當她轉向微亮的燭光時，不由得緊張了起來。燭光沒有立即熄滅的危險，還可以再燃幾個鐘頭。要認清楚那些字跡，除了年代久遠會帶來一些麻煩之外，應該不會再有其他困難了，於是她趕緊剪了剪燭花。唉！這一剪，差點把燭光剪滅了。一隻燈籠滅了光也絕不會產生比這更可怕的結果了。半晌，凱薩琳嚇得一動不動。蠟燭全滅了，燭心上一絲亮光也沒了，再點著的希望也破滅了。房子裡一團漆黑，一點動靜都沒有。突然間，一陣狂風呼嘯而起，頓時增添了新恐怖，凱薩琳渾身上下抖得縮成一團。當風停了之後，她那受到驚嚇的耳朵聽到了一種聲音，像是一個漸漸離開的腳步聲和關門的聲音。人類的天性再也支撐不住了！她的額頭滲出了一陣冷汗，手稿從手裡散落下來。她摸到床邊，急忙跳了上去，拚命鑽到被窩裡，以此來消除心裡的恐懼感。她覺得，今天晚上她是不可能閉著眼睡覺了。她的好奇心完全被喚醒了，情緒也非常激動，要想睡覺那是完全不可能的了，而且外面的風暴又是那麼可怕。她以前並不怕風，可是現在，似乎每一陣狂風都帶來可怕的訊息。她如此奇異地發現了手稿，如此奇異地證實了早晨的預言，還需要怎麼解釋呢？手稿上寫的是什麼呢？會和誰有關呢？是用什麼方法把它藏了這麼久呢？真是太奇怪了，居然註定要她來發現！她要是不弄清楚裡面的內容，心既不會平靜，也不會舒坦。她決定借助第一縷晨曦來讀手稿，但還得熬過幾個沉悶的鐘頭，她打著哆嗦，在床上輾轉反側，心裡羨慕著每一個酣睡的人。風仍急，她那受驚的耳朵不時聽到各種聲響，甚至覺得比風還要恐怖。時而床幔似乎在搖晃，時而房鎖在轉動，彷彿有人企圖破門而入。走廊裡響起沉默的嘀咕聲，有好幾次，遠處傳來的呻吟幾乎把她的血都凝住了。一個鐘頭一個鐘頭地過去了，疲憊不堪的凱薩琳聽見屋子裡各處的鐘打了三點，之後風暴平息了，也許是她不知不覺地睡熟了。

第二天早上八點，女僕進屋來折百葉窗發出的響聲才把凱薩琳吵醒。她一邊納悶自己怎麼閉的眼，一邊把眼睜開，看到了一片光亮。爐火已經燃起了，一夜的風暴後，早晨一片晴朗。就在她甦醒的一瞬間，她想起了那份手稿。女僕一走，她就猛然跳下床，趕緊撿起紙捲落地時散落的每一張紙片，然後飛也似地奔回床上，趴在枕頭上津津有味地讀了起來。此刻她清楚地發現，這篇手稿並不像她所期望的那樣，沒有她戰戰兢兢地讀過的那些書那麼長，因為這捲紙看來是一些零散的小紙片，也沒多厚，比她想像的薄多了。

她的目光貪婪地、迅速地讀著每一張紙，內容讓她大為驚訝。這怎麼可能呢？難道是眼睛在欺騙她？呈現在她面前的似乎是一份衣物清單，潦草的字跡全是現代字體！如果她還可以信任自己的眼睛，她手裡的確拿著一份洗衣帳單。她又抓起另一張，看到的內容還是一樣。她又抓起第三張、第四張、第五張，每一張都是襯衫、長襪、領帶和背心。還有兩張是同一個人寫的，上面記著一筆同樣乏味的開銷——郵資、髮粉、鞋帶、肥皂等。包在外面的那張大紙，一看那密密麻麻的第一行字：「給栗子馬上藥清單」，這是一個獸醫的清單。就是這樣的一堆紙（這時她猜到了，這應該是哪個粗心的僕人，把它們放在她找到它們的地方了），讓她充滿了希望和恐懼，讓她半夜沒有休息。她覺得非常丟臉，難道那一口箱子給的教訓還不夠嗎？她躺在床上，眼睛盯著箱子一角，那一角似乎都在責備她了。她最近產生的荒謬想法，現在都再清楚不過了。居然設想多少年代以前的一份手稿，放在這樣的現代，這樣適合居住的房間裡，還一直沒有被發現，那把鑰匙誰都能用，她居然設想自己才是第一個掌握打開櫃子訣竅的人！

她怎麼能這樣欺騙自己呢？如此愚蠢的行為千萬不能讓亨利·蒂爾尼知道。其實這件事他也有很大的責任，如果那箱子和他說描述的冒險經歷不一樣，她就絕不會產生半點好奇心，而這是她所能感到的唯一一點安慰。她迫不及待地想要清除她幹傻事的可恨痕跡，清除當時撒了一床的那些可憎的票據，於是她立刻爬起來，把票據一張張疊好，儘量照著原來的樣子疊好，送回櫃子原來的地方，衷心希望別發生什麼不幸再把它們端出來，讓她自己都覺得很丟臉。

可是，為什麼那兩把鎖之前那麼難開，真是有點奇怪，因為她現在可以毫不費勁地就打開了。這其中必有奧祕，她先是有點暗自得意地思考了半分鐘，直到發現那個門剛開始根本沒上鎖，而是她自己把門鎖上時，立刻紅了臉。

她一想到自己在房間裡所發生的難堪行為，就盡快離開了房間。在前一天傍晚，蒂爾尼小姐已經把早餐廳指給她看了，所以她以最快的速度來到早餐廳。只有亨利一個人在早餐廳裡。他一見面就說，希望昨晚的暴風雨沒有嚇到她，還談到這幢房子的建造特點，這讓凱薩琳非常不安，因為她最害怕別人懷疑她的弱點了，但她又不想完全撒謊，所以就只好承認剛開始颳風時有一點睡不著。「可是，在暴風雨之後，我們有一個明媚的早晨，」她準備擺脫這個話題，就說：「當暴風雨和失眠過去之後，就沒關係了。好漂亮的風信子啊！我才剛剛開始學會喜歡風信子。」

「妳是怎麼學會的？是無意中學會的，還是被人說服的？」

「是你妹妹教我的。我也說不出是怎麼學會的。艾倫夫人曾經非常痛苦地一年又一年地教我喜歡風信子，可是我做不到。直到我有一天在米爾薩街又看到了它們。我天生就不太喜歡花。」

「可是現在妳喜歡風信子了，這樣好多了，妳可以多得一項新的樂趣來源了。人們的樂趣總是愈多愈快樂，而且，女人喜歡花總是一件有意義的事，它可以讓妳們走到戶外去，誘惑妳們時常活動一下，因為妳們是很懶得活動的。雖然喜歡風信子還是屬於一種家庭樂趣，但是誰能說，一旦妳們的興趣增加了，到了某一個時候，妳們不會喜歡玫瑰花呢？」

「可是我並不需要這樣的愛好迫使我出門。外出散步和呼吸新鮮空氣的樂趣對我來說已經足夠了。而且天氣好時，我有一大半的時間都待在戶外。媽媽說我是絕不會待在屋裡的。」

「不管怎樣，我很高興妳開始學著喜歡風信子了。能有學著喜歡東西的習慣就不錯了。年輕的小姐們天生就愛學習，就是一件很好的事情。我妹妹的指導方式還讓人愉快吧？」

凱薩琳正尷尬著不知該怎麼回答時，將軍進來了。他笑著向凱薩琳問好，一看就知道他的心情很好。不過他也委婉地暗示他也非常贊成早起，但這無法讓凱薩琳的心進一步平靜下來。

大家坐下吃飯時，那套精緻的早餐餐具引起了凱薩琳的注意，很顯然這都是將軍親自選擇的。凱薩琳對他的審美能力表示了讚賞，將軍聽了之後非常高興，還說這套餐具潔雅簡樸，認為應該鼓勵本國的製造業。他是一個味覺不怎麼好的人，覺得用斯塔福德郡（Staffordshire）

茶壺沏出來的茶和用德累斯頓（Dresden，德國Saxony邦的首府）或塞夫（Save）的茶壺沏出來的茶沒什麼差別。不過，這是一套非常舊的餐具了，已經買了兩年。而從那以後，工藝製造的水準已經有了很大的進步。他上一次進城時就看到很多非常漂亮的工藝品，如果不是因為他完全不愛慕虛榮，他也許會經不起誘惑又買新的。不過，他相信不久之後若有機會，他也會挑選一些新的，雖然不是為他自己。在座的人當中，也許只有凱薩琳沒聽懂他的話。

早餐後不久，亨利就離開他們到伍德斯頓去了，他有事需要在那裡逗留兩三天。大家都來到門廳，看著他騎上馬，然後又直接回到了早餐廳。凱薩琳來到窗前，希望能看一眼他的背影。將軍對艾莉諾說：「這一次可真夠妳哥哥受的了。伍德斯頓今天會顯得很陰暗。」

「那個地方漂亮嗎？」凱薩琳問。

「艾莉諾，妳認為呢？說說妳的看法，因為女士們對地方的看法就像對男人的看法一樣，需要女士們自已來說。我認為，用最公正的眼光來看，你得承認伍德斯頓有很多值得推崇的地方。房子坐落在綠茵茵的草坪上，朝東南方，還有一塊非常好的菜園，也朝著東南方。大約十年前，我為兒子著想，親手砌起了圍牆，種了牧草。莫蘭小姐，這是個家傳的牧師職位，而這個地方大部分的田產都是我的，我可以肯定這是一個不錯的職位。如果亨利只靠著這一筆牧師的收入來生活，也不會拮据。這也許有些奇怪，我只有兩個年齡比較小的孩子，卻要讓亨利去做事。我們有時候也希望他能擺脫那些瑣事的束縛，雖然我也許會改變妳們這些年輕小姐的觀點，我想妳父親會同意我的看法，應該也認為給每一個年輕的小伙子找點事做是不錯的。錢算不了什麼，那不是目的，重要的是要找一點事情做。甚至是我的大兒子弗雷德里克，妳也知道，他要繼承的財產也許不比我們郡任何一個平民少，可是他還是有職業。」

這最後一個論據就像將軍期望的那樣，獲得了明顯的效果。莫蘭小姐沒有說話，證明這話是無可辯駁的。

在前一天晚上他們就說過，要帶著他們的客人在屋子裡到處轉一轉，而將軍此刻就自告奮勇地說他願意充當嚮導。雖然凱薩琳希望由他女兒帶著她到處轉一轉，可是這一項建議提得太讓人高興了，在任何情況下都會被樂意接受的。因為她來到諾桑覺寺已經十八個小時了，卻只看了幾個房間。她慢吞吞地剛把針線匣拉出來，現在又興沖沖地急忙關上，一下子就準備好要跟將軍去了。等看完房子內部後，將軍還希望能陪她去矮樹林和花園裡走走。凱薩琳行了個屈膝禮，表示默許。可是，也許她更願意先到矮樹林和花園裡去轉一轉，因為天氣非常好，而一年中這個時候，好天氣是最難以持續的了。她該怎麼選擇呢？將軍說聽她的吩咐。他認為怎樣才能最符合女兒的這個漂亮朋友的心意呢？他認為他懂。他當然能讀懂凱薩琳眼睛裡一個明智的願望，那就是她想趁著天氣好，到外面去走一走。寺院不管什麼時候都是安全的、乾燥的。將軍表示同意了，就去拿他的帽子，準備過一會兒就去陪她們。當他離開了房間後，凱薩琳帶著有一些失望，神情有些焦躁著，其實她不願意讓將軍很勉強地帶她們到外面去，還誤以為這樣才會讓她高興呢！可是她才剛開始說，她的話就被蒂爾尼小姐打斷了，她說：「我相信，上午天氣這麼好，出去走一走是個很好的建議。不需為我父親擔心，他每天都是在這個時候去散步的。」

凱薩琳並不完全清楚這到底是怎麼回事。為什麼蒂爾尼小姐會不安？難道將軍不願意帶她去參觀寺院嗎？這個建議是他自己提出來的啊！可是他總是這麼早就出去散步，難道不奇怪嗎？不管是她父親還是艾倫先生，都沒有這樣做。這件事真的很讓人心煩。她很著急地想要看一看屋子，對庭院幾乎沒半點興趣。要是亨利和她們在一起那就好了。可是現在，就算她見到最特別的景色也無心欣賞了。這些是她的想法，但她沒說出來，還是耐著性子戴上了她的帽子。

但出乎她的意料的是，當她第一次從草坪上看那個庭院時，還是被院子的宏偉吸引住了。整個房屋被一個巨大的院子環繞著，兩邊都是四四方方的，很多哥德式的建築高高地聳立，讓人讚嘆。樓房的其餘部分被參天的古樹和蔥郁的林木所遮掩了，屋後有陡峭的蒼山為屏障，即使在草木凋零的三月，山景也很秀麗。凱薩琳從沒見過這麼瑰麗的景色，心裡非常高興，也不等待內行人的指點就貿然讚歎起來。將軍帶著贊同、感激的心情聽她說著，彷彿他自己對諾桑覺寺一直沒有主見一樣。

將軍帶著她穿過了莊園的一小部分，來到了菜園。這塊菜園面積之大，讓凱薩琳聽了不由得嚇了一大跳，因為把艾倫先生和她父親的園子加在一起，加上教堂的墳地和果園，也沒這裡的一半大。圍牆多得數都數不清，長得漫無邊際，牆內的暖房多得好像一個村莊，似乎可以容下整個教區的人在裡面工作。將軍看到她露出了驚訝的表情，不禁十分得意。其實她臉上的神情已經很明顯了，可是將軍還硬逼著她說，她以前從沒見過能和它相比的菜園。而將軍馬上很謹慎地承認說，他自己從來沒有那樣的奢望，甚至也沒想過，不過他確信他的這個園子在王國裡是沒有對手的。如果說他有什麼癖好，那就是他喜歡花園。雖然他在吃的方面不是很講究，可是他喜歡上等的水果，就算他不喜歡，他的朋友和孩子也喜歡。無論如何，要照顧一個像他這樣的果園，還是一件非常麻煩的事。那些最珍貴的果子即使費盡心血，也不一定保證能收成，去年總共才結了一百個鳳梨。「我想艾倫先生一定像他一樣，對這些事很頭痛吧！」

「完全不會。艾倫先生完全不關心果園，也從來不進果園。」

將軍臉上露出得意又自豪的笑容，他說希望自己也能像艾倫先生那樣，因為他每一次走進果園，都會遇到很多問題，完全無法達到他的計畫。

「艾倫先生的輪作暖房怎麼樣？」當他們走進將軍自己的輪作暖房時，將軍介紹起情況。

「艾倫先生只有一個小暖房，到了冬天，艾倫夫人會用來存放她的花草，裡面有時候會升起火來。」

「他是一個幸福的人。」將軍帶著快樂而輕蔑的表情說。

他帶著莫蘭小姐看遍了每一個區域，走遍了每一個角落，直到莫蘭小姐已經沒有精力再看、再發出驚歎，他才允許那兩位女孩走出外門。然後他又表示想查看一下涼亭經過最近的修繕後效果如何，建議莫蘭小姐如果不是太累，大家不妨多走一段。「艾莉諾，妳準備去哪裡？為什麼要挑選一條又陰冷又潮濕的小路走呢？那樣會把莫蘭小姐的衣服弄濕的，我們最好從莊園裡穿過去。」

蒂爾尼小姐說：「我最喜歡這條小路了，我一直都認為這是一條最好、最近的路。不過，也許是有一點濕。」

那是一條狹窄的小道，曲曲折折地穿過一片茂密的蘇格蘭老杉林。凱薩琳被小道的幽暗景色吸引住了，急切地想鑽進去，即使將軍不贊成，她也想向前走去。將軍看出了她的心思，再次勸她注意身體，可是沒用，於是就客客氣氣地不再阻攔了。不過，他本人就要失陪了，因為他受不了那裡暗淡的光線，他要從另一條路上去等她們。將軍轉身走了，凱薩琳驚奇地發現，他這一走，她反而一下子放鬆了。她帶著從容欣喜的口吻說，這樣的樹林給人一種愉快的憂鬱感。

她的朋友歎了一口氣說：「我特別喜歡這個地方，我母親以前最喜歡在這裡散步了。」

凱薩琳之前從沒聽過這家人提起過蒂爾尼太太，蒂爾尼小姐的深情回憶激起了她的興趣，讓她的臉色突然一變，靜悄悄地等著傾聽更多的情況。

「以前我經常和她在這裡散步。」艾莉諾補充說：「雖然那個時候我並不像現在這樣喜歡這裡，那個時候我真的很納悶她為什麼會選擇這裡。可是現在因為對她的懷念，讓我更喜歡這個地方了。」

凱薩琳心想：她的丈夫不是也應該很喜歡這個地方嗎？難道說將軍不願意走進這裡。蒂爾尼小姐繼續保持沉默，凱薩琳冒然地說：「她的去世一定給你們帶來極大的悲痛！」

「極大的悲痛，與日俱增的悲痛。」蒂爾尼小姐用低沉的聲音說：「我母親去世時，我才十三歲，雖然以一個孩子來說，我也許已經夠悲傷了，但我當時並不知道，也不可能知道這是多麼大的損失。」她停了一下，然後又以非常堅定的聲音補充說：「妳是知道的，我沒有姐妹，雖然亨利，雖然我的兩個哥哥都很疼愛我，而且亨利還經常回來，我非常感激他，但我還是經常覺得孤單。」

「妳一定非常想她。」

「一個母親總是待在家裡，母親是永恆不變的朋友，她的影響力比任何人都要大。」

「她是一個非常迷人的女人吧？她長得漂亮嗎？寺院裡有她的畫像嗎？她為什麼會喜歡這一片小樹林呢？是因為精神沮喪的關係嗎？」凱薩琳急切地一股腦拋出這些問題。前三個問題當然得到了肯定的回答，後面兩個卻被忽略過去了。不管凱薩琳的問題能不能得到回答，她都會增加一分對蒂爾尼夫人的興趣，她認為她的婚姻一定不幸福，將軍一定是個無情無義的丈夫，他不喜歡她散步，那麼，他會喜歡她嗎？而且，他雖然長得很英俊，可是臉上總有一種異樣的表情，說明他曾對他的妻子不好。

凱薩琳紅著臉提出了自己的問題：「我猜，她的畫像是掛在你父親的房間吧？」

「不是，之前打算掛在客廳，可是我父親覺得畫得不好，有一段時間沒有地方掛。在我母親去世後，我把它要了過來，現在掛在我的臥室裡，我很高興可以帶妳去看一看，畫得很像。」這又是另外一條證據。妻子的畫像，而且畫得很像，做丈夫的卻不知道珍惜，說明他對妻子一定非常殘酷。

儘管將軍之前對她非常熱情，可是現在還是引起凱薩琳的反感。凱薩琳不想再掩飾這種反感了。之前是懼怕和討厭，現在則非常憎恨。是的，憎恨！將軍居然殘酷地對待一個可愛的女人，真讓她感到可憎。她經常在書裡看到這種人物，艾倫先生說這些人物很不自然，寫過了頭，可是現在卻有一個反面證明。

她剛剛才確定了這樣的想法，她們就已來到了小路的盡頭，將軍已在那裡迎接她們了。儘管她非常憤怒，可是她還是不得不和他走在一起，聽他說話，甚至當他微笑時還要對他微笑，但她再也無法從周圍景色中得到樂趣了，她很快就說她有些疲憊了。將軍察覺到了，非常關心她的健康，這關心似乎是在責備凱薩琳不該對他抱持那樣的看法，他催促女兒趕緊帶著凱薩琳回屋子去，他十五分鐘之後也會回去。他們又分開了，可是半分鐘之後，他又把艾莉諾叫了回去，嚴厲地要求她，在他回去之前不能帶著她朋友在寺院裡亂轉。他再一次迫不及待地拖延了凱薩琳最希望看到的東西，這真是太讓人覺得奇怪了。

一個小時過去了，將軍還沒回來，他年輕的客人已經等得筋疲力盡，對他的人格也沒有什麼好印象了。「這樣遲遲不出現，獨自一個人去閒逛，這就說明他心神不寧，或自己的良心遭到責備。」他終於出現了，不管他的思緒有多沉悶，他還是可以對她們保持微笑。蒂爾尼小姐瞭解她的朋友想要看一看屋子的好奇心情，所以很快就提到了這個話題。而出乎凱薩琳意料的是，她的父親已經找不到再拖延下去的藉口了，只是等了五分鐘，吩咐好回房時要吃的點心，就準備帶著她們走了。

他們出發了。將軍帶著莊嚴的氣質，邁著沉穩的步伐，雖然很吸引人，可是卻無法讓經常熟讀傳奇小說的凱薩琳消除對他的懷疑。他帶頭穿過了門廳，穿過通用客廳和一個沒有任何作用的接待室，走進了一間裝飾宏偉、傢俱華麗的大房間，這是一個真正的客廳，只用來接待重要客人。它非常高貴、非常豪華、非常迷人，這些就是凱薩琳能說的形容詞了，因為她眼花撩亂，幾乎分不清緞子的顏色。所有細緻入微的稱讚話，所有意味深長的稱讚話，全都是將軍說的。不管是哪一個房間，傢俱的奢華和典雅對凱薩琳來說都算不了什麼，她對十五世紀之後的現代傢俱一點都不感興趣。這個時候，將軍滿足了他自己的好奇心，仔細地檢查了每一件他熟悉的裝飾品，然後他們走進了圖書室，這間房也非常豪華，裡面陳列著收藏書籍，謙虛的人看了也許會覺得很驕傲。凱薩琳帶著比之前更加真摯的感情，聽著，讚美著，驚歎著，儘量從這座知識寶庫裡多吸取些知識，瀏覽了半個書架的書名，然後就準備走了。可是，她所設想的那種套房並沒有出現，這間樓房雖然很大，但她已參觀了絕大部分，她聽說，她看過的六、七間房，加上廚房，環繞著院子的三面，可是她無法相信，無法消除心中的懷疑，總覺得還有不少密室。可是，讓她感到欣慰的是，他們要回到幾間共用的房室，穿過幾間不是很明顯的房間，一間間都對著院子，院裡偶爾有幾條錯綜曲折的通道，把幾側連接起來。一路上，她聽說她走過的地方從前是修道院的迴廊，主人把一些密室的陳跡指給她看，她還看到了幾扇門，主人既沒打開，也沒向她解說。她跟著走進了彈子房和將軍的私人房間，搞不清它們之間是怎麼連接在一起的，離開時還轉錯了方向。最後穿過一間昏暗的小屋，這是亨利的私室，屋裡亂七八糟地堆放著他的書籍、獵槍和大衣。

她已經見過餐廳了，而且只要一到五點鐘就要去一次。可是將軍為了讓莫蘭小姐知道得更清楚，還很高興地用腳步丈量它的長度。他不知道凱薩琳對這一點既不懷疑，也不在意。他們繼續來到了廚房，那是一個修道院的老廚房，既有過去的厚牆和薰煙，也有現代化的爐灶和烤箱，將軍的修繕技術在這裡完全展露無遺。在這個廚師的廣闊天地裡，他採用了一切現代化設備，來改善廚師的工作環境。凡是別人無能為力的地方，他往往憑著天分把事情處理得很好。光只是他在這個地方的貢獻，就可以確保他在這座修道院的恩主當中的地位，他永遠是地位最高的那一位。

寺院的所有古蹟在這個廚房的牆上就終止了。四方院的第四面房子因為瀕臨坍塌，早就被將軍的父親拆了，蓋起了現在這個房屋，一切古色古香的東西在這個地方就消失得無影無蹤了。新房子不僅僅是新，而且還標榜它是新的，因為本來只打算當下人房，後面又是馬廄，所以也就沒考慮建築的一體化。凱薩琳真的要大聲地咆哮出來了，竟然有人只是為了節省開支，就毀掉了原本應該成為全寺最有價值的古蹟。如果將軍允許，她寧願不到這個慘遭破壞的地方來散步，免得心痛。如果真要說將軍有虛榮心，那就是表現在他對下人房的安排上。而他確信，像莫蘭小姐這樣一個聰明的人，只要看到可以減輕下人的勞動程度，就一定會感到開心的，所以他不帶任何歉意地帶著她繼續往前走，他們把所有的設施都稍微看了一下，讓凱薩琳驚訝的是，這些設施品項繁多，使用方便，讓她留下了深刻的印象。在富勒頓，有幾個不像樣的食品櫃和一個不舒適的洗滌槽，也就可以解決問題了。而這裡，所有的一切都在幾間寬敞的房屋裡井然有序地進行著。他們的僕人不時地出現，給她帶來的驚訝，不比她看到有那麼多下人房時少。不管他們走到哪裡，都會看到有幾個穿著小木鞋的女僕停下來對他們行屈膝禮，也有幾個穿著便裝的男僕偷偷地溜走。可是，這是一個寺院啊！這樣安排家務，和她在書裡看到的差得太遠了，真是無法形容：書裡的寺院和城堡雖然要比諾桑覺寺大，但是房內的一切雜活最多就是由兩個女僕來做，她們怎麼做得完，這常讓艾倫太太很驚訝，可是當凱薩琳發現這裡需要這麼多人，她又驚訝了。

他們又回到了門廳，在那裡可以登上主樓梯，可以讓客人看一看它那精美的木質和富麗的雕飾。到了樓梯頂上，他們沒向凱薩琳臥房所在的走廊走去，而是轉了個反方向，很快進入另一條走廊。這一條走廊跟前一條一樣，只不過更長、更寬。凱薩琳在這裡接連看了三間大臥室，還有化妝室，每一間的擺設都非常齊全，也很華麗。凡是金錢和情趣能帶給住房的舒適和雅致，這裡都應有盡有，因為這些都是近五年才裝潢起來的。一般人喜歡的東西都完備無缺，可是讓凱薩琳感興趣的東西卻一件也沒有。看完最後一間臥房時，將軍隨便列舉了幾位常常來光臨的名人，然後就笑嘻嘻地轉身對著凱薩琳，大膽地希望以後最早來這裡作客的人裡能有「富勒頓的朋友」。凱薩琳受寵若驚，也心生愧疚，沒想到自己看不起的這個人竟然對她及她的全家這樣客氣。

走廊的盡頭是一扇折門，蒂爾尼小姐走上前去打開了門，然後走了進去，裡面又是另一條長長的走廊，她看起來似乎想從左邊的第一個門進去，這時將軍走了上來，趕緊叫住她。在凱薩琳看來，將軍似乎非常生氣，他問她準備到哪裡去？準備去看什麼？所有值得一看的地方莫蘭小姐不都看過了嗎？在做過這些強度不小的運動後，她難道不認為她朋友想去吃點點心嗎？蒂爾尼小姐趕緊走了回來，那一扇厚厚的折門又被關上了。就在門關上時，痛苦的凱薩琳匆匆朝門裡看了一眼，她看到一條狹窄的通道上開著很多扇門，還隱隱約約可以看到一個螺旋梯。

她相信，她終於來到她最想看的地方了。她覺得，如果允許，她寧願看一看房子的這個部分，也不願意去看那些富麗堂皇的部分。很明顯的是，將軍並不希望她去看，而這更激起了她的好奇心，心想那裡面一定藏著什麼東西。雖然她的想像力最近犯過一兩次錯誤，但這回不會再錯了。那裡面到底藏著什麼呢？就在她們跟著將軍下樓時，蒂爾尼小姐趁著他們隔了一段距離，就說：「我本來打算把妳帶到我母親的房間裡去。她去世時，就是待在那個房間裡的……」就是這些話讓凱薩琳覺得意味深長。這就難怪了將軍不敢去看那個屋子裡的東西。很有可能是，自從死亡減輕了他妻子的痛苦後，他因為良心受到譴責，就再也沒踏進過那個房間了。

凱薩琳抓住下一次和艾莉諾單獨在一起的機會，冒昧地表示希望能允許她看看那個房間及那邊的其他地方。艾莉諾答應方便時就帶她去。凱薩琳明白她的意思，那就是要在將軍不在家時才能去看。「我猜，那間房應該保持著原貌吧？」她很有感觸地說。

「是的，完全保持原貌。」

「妳母親去世多久了？」

「已經九年了。」凱薩琳知道，一個受折磨的妻子，一般要在去世很多年後，她的屋子才能收拾好；和一般情況相比，九年的時間還不算長。

「我猜，在她臨終時是妳陪著她吧？」

蒂爾尼小姐歎了一口氣說：「沒有，很不幸的是我當時不在這裡。她的病來得很突然，也很短暫，在我到家之前，一切就都結束了。」

凱薩琳聽了這些話，心裡自然而然地冒出一些可怕的聯想，不禁毛骨悚然。這可能嗎？亨利的父親難道會……可是有很多例子都證明，即使最壞的猜疑往往都是有道理的。晚上，凱薩琳和她的朋友一起做針線活兒，看著將軍在客廳裡緩緩地踱步，低垂著眼，緊鎖著眉，整整沉思了一個鐘頭。這讓凱薩琳覺得自己絕對沒有冤枉他，這完全是蒙特尼（Montoni）的氣質和姿態。一個還沒有完全喪失人性的人，一想起過去的罪惡情景難免膽戰心驚，還有什麼比這能顯示他陰鬱的心理！真是一個不幸的人啊！凱薩琳因為焦慮，就不停地去看將軍，而引起了蒂爾尼小姐的注意。她小聲說：「我父親常在房間裡這樣踱步，這很正常。」

凱薩琳心想：那就更糟糕了！這樣不合時宜地散步，就像早上不合時宜的散步一樣讓人覺得奇怪，不會是什麼好事情。

在度過那個既枯燥又非常漫長的晚上後，讓凱薩琳更意識到亨利和他們在一起的重要性。而當她可以離開時，她由衷的高興。雖然她無意中看到將軍對他的女兒使眼色，要她去拉鈴，不過，當他們的男管家要給他的主人點蠟燭時，卻被他的主人攔住了，因為他還不準備休息。他對凱薩琳說：「我還有一些書要看，在我睡覺前，也許在妳入睡後，我還要花幾個小時來研究國家大事。我們兩人之間還有比這個更合適的分工嗎？我的眼睛為了其他人的利益都快要累瞎了，可是妳的眼睛卻可以為了準備之後的淘氣而好好休息了。」

可是，不管他聲稱為了工作，還是他那冠冕堂皇的恭維話，都無法動搖凱薩琳的想法，她認為將軍要做的一定和他說的完全不一樣。在家人都睡了之後，被一些無聊的書弄得幾個鐘頭都不能安歇，這是不太可能的。這裡面一定有更深奧的原因，他一定是有什麼事情，一定要等全家人入睡後才能做。而接下來，凱薩琳一定會得出這樣的結論，那就是：蒂爾尼夫人可能還活著，不知為何被關起來了，每天晚上從她這個無情無義的丈夫手裡，接過一點殘羹冷湯。這個念頭雖然很駭人聽聞，但至少要比被人加害而死亡要好一些，因為根據正常慣例來說，不久後一定會得到釋放。聽說她突然得病，她的女兒又不在身邊，很有可能那時她另外的兩個孩子也不在，所有情況都更有利於說明她是被關起來了。至於原因嘛，有可能是出於嫉妒，或一種荒唐的殘忍。這個謎還沒被解開！

凱薩琳一邊脫衣服一邊想著這些事情，這時她突然想，或許早上就從囚禁那不幸女人的地方走過，距離她在裡面殘喘度日的囚室只有幾步距離，因為這裡還保留著修道院建築的痕跡，諾桑覺寺還有哪裡比這裡更適合監禁人呢？再說那條用石頭鋪砌的拱頂走廊，她已經心驚膽戰地走了一次了，對那一扇扇的門還記憶猶新，儘管將軍沒做任何解釋。這一扇扇門有什麼地方是到不了的呢？為了證明她的推測是有道理的，她還進一步想到，蒂爾尼夫人住房所在的那段走廊被列為禁區，根據她的記憶斷定，那一段走廊應該剛好位於那排可疑的密室上方。那些房間旁邊的那節樓梯，凱薩琳曾經猛然望了一眼，一定有密道與下面的密室相連接，可能為蒂爾尼將軍的殘暴行為提供了方便。蒂爾尼夫人可能是被人弄暈後抬下樓的。

凱薩琳有時對自己的大膽推測很訝異，有時她希望自己想得太過分，同時又害怕太過分了，但她又無法消除心裡這些看起來合情合理的想法。

她相信，在四方院的那一邊，就是將軍進行犯罪活動的地方，剛好和她的這邊相對。所以她想：如果仔細觀察，將軍去囚室見他妻子時，他的燈光也許會從樓下窗戶透出來。上床之前，她曾兩次悄悄地溜出房間，來到走廊對應的窗口，看一看有沒有燈光。可是外面一片黑暗，有可能是因為時間還早。而且從一陣陣上樓梯的聲音來看，她相信僕人一定還沒有睡覺。她猜想，在午夜之前是不會看到什麼東西的，可是到了午夜，等時鐘敲了十二點，萬籟俱寂時，如果不被黑暗嚇破膽，倒還想溜出去再看一次。可是，當時鐘敲響十二點時，凱薩琳已經睡了半個鐘頭了。

第二天，凱薩琳想要看一看那幾間神祕的房間，可是一直沒有機會。那天是星期天，從早上祈禱到晚上祈禱之間的時間全被將軍占用了，不是在外面散步，就是在房間裡吃冷肉。凱薩琳強烈的好奇心驅使她想在晚飯後六、七點之間，藉著天空中漸漸隱弱的光線去看那些房間，她還不夠大膽，燈光雖然比較明亮，但是能照到的地方有限，而且也不太清楚，所以也不敢藉由燈光去看。這一天沒再出現讓她感興趣的事，除了在教堂的家族墓地前面，看到了一塊十分精緻的蒂爾尼夫人的紀念碑。她一眼就看到這塊碑，注視了很久。讀著那篇寫得很不自然的碑文，她感動得流淚了。那個做丈夫的一定是用某種方式毀了他的妻子，因為無法安慰那顆傷透的心，於是把所有的美德都加在她身上。

將軍立這樣一座紀念碑，而且能面對它，也許並不十分奇怪，可是他居然能夠如此鎮定自若地坐在它面前，擺出一副如此道貌岸然的神態，毫無畏懼地看著它，不僅如此，他甚至敢走進這座教堂，這在凱薩琳看來是非比尋常的。無論如何，像這樣犯了罪又若無其事的例子還是不少的。她可以記起幾十個幹過這種罪惡勾當的人，他們一次又一次犯罪，想殺誰就殺誰，沒有半點人性或後悔之意，最後不是死於非命，就是皈依隱遁，就這樣了結邪惡的一生。她懷疑蒂爾尼夫人是不是真的死了，立起這麼一塊紀念碑也絲毫不能打消她的懷疑。即使讓她下到大家認為藏著蒂爾厄夫人遺骸的墓窖裡，讓她親眼看一看據說盛著她的遺體的棺材，但這又有什麼用呢？凱薩琳看過許多書，完全瞭解在棺材裡放一個蠟人，然後辦一場假喪事有多麼容易。

第二天早上，事情有了一些轉機。即使從其他各個方面來看，將軍的晨間散步雖然很怪異，可是在此時卻是好事一樁。當凱薩琳知道他離開了屋子後，就馬上去建議蒂爾尼小姐完成她答應她的事。艾莉諾馬上答應了她的要求。而在她們動身之前，凱薩琳又提醒她，她們還有另外一個承諾，於是她們就決定先到蒂爾尼小姐的房間去看那副畫像。畫像上是一個非常可愛的女人，帶著溫和、沉思的表情，這一切都證明這位新來的參觀者的判斷。可是，畫像並不完全符合她的想法。因為凱薩琳想要見到的這個畫像上的人，不管是頭髮、膚色還是表情，就算和亨利不像，那也應該和艾莉諾相似，她心裡常想的幾副畫像中，母親和孩子總是非常相似的，她認為從一副畫像中總能看出幾代人的特徵。她仔細打量，認真思索，試著在眼前這幅畫像中找出相似之處。儘管畫存在著缺陷，她還是滿懷深情地注視著，如果不是還有更感興趣的事吸引著她，她真的不想離開。

當她們兩個人走進大走廊時，凱薩琳激動得說不出話，只能默默地望著她的夥伴。艾莉諾臉色憂鬱而鎮靜，這種鎮靜自若的神情說明她對她們正在接近的那些淒慘景象已習以為常了。她再次穿過那扇折門，再次抓住了那個大鎖，凱薩琳緊張得連氣都喘不過來了，她戰戰兢兢、小心翼翼地轉身關上折門。剛好就在這時，一個身影——將軍那可怕的身影，出現在走廊的盡頭，就站在她面前。同時將軍大聲地叫了一聲：「艾莉諾！」他的聲音響徹整個屋子，這時他女兒才知道父親來了。凱薩琳覺得非常恐怖，一看到將軍，就本能地想躲開，可是又明知道躲不過他的眼睛。等到她朋友帶著歉然的神情，從她身旁匆匆跑過，隨著將軍不見時，她才連忙跑回自己房裡，鎖上門躲了起來，心想自己絕對沒有勇氣再下樓了。她在房裡至少待了一個鐘頭，非常不安，對她那位可憐的朋友充滿了深深的同情，不知道她現在的情況怎麼樣，她等著那位生氣的將軍把她也叫到他的房間去，可是並沒有人來叫她。最後，她看見一輛馬車駛到寺院前，她壯起膽子走下樓，仗著客人的遮護去見將軍。客人一到，早餐廳裡變得熱鬧起來。將軍向客人介紹說，莫蘭小姐是他女兒的朋友，一副恭恭敬敬的神態，完全掩飾了滿腹怒火，凱薩琳覺得自己的性命至少目前是安全的。而艾莉諾，為了維護她父親的尊嚴，也掩飾得很好，一有機會她就對凱薩琳說：「我父親只是叫我回來回覆一張便條。」這時，凱薩琳希望將軍如果真的沒看見她，或從某種策略考慮，讓她自己如此認為。就因為有這樣的想法，等客人告辭後她仍敢留在將軍面前，而且再也沒有發生其他的事。

這一天上午，經過考慮後，凱薩琳決定下次單獨闖那道禁門。從各個方面來看，事情最好不要讓艾莉諾知道，以免讓她捲入被再次發現的危險，讓她走進一間讓她心酸的房間，否則就太不夠朋友了。將軍對她再怎麼惱怒，總不會像對他女兒一樣。再說，要是沒人陪著，探查起來一定會更安心。她不可能對艾莉諾說出她的猜疑，因為她可能直到今天也沒有過這樣的想法。所以，在這種情況下，她不可能當著她的面去搜查將軍冷酷無情的證據。這些證據雖然到現在為止還沒被發現，但她有信心在某處找到一本日記，裡頭斷斷續續地一直寫到生命的最後一刻。她現在已經很熟悉去那間屋子的路了，她也知道亨利明天就要回來，她希望趕在亨利回來前把這件事搞清楚，所以不能再耽擱了。今天天氣晴朗，她也充滿了勇氣。四點鐘時，離太陽下山還有兩個鐘頭。如果此刻就行動，別人還會以為她只是比平時早半個鐘頭去換衣服。

立即行動！鐘還沒敲完她就獨自一人來到了走廊。現在不是思考的時候，她匆忙地往前走，穿過折門時，儘量不弄出半點聲音。她沒停下來望一望或喘口氣，就朝著那扇門衝了過去。她手一擰，鎖打開了，而且沒發出可以驚動人的可怕聲音。她踮著腳尖走進屋子，房間就在她眼前了。可是她有好幾分鐘都無法向前走一步，因為眼前的情景讓她驚呆了、嚇傻了。她看到的是一間又大又方正的房間，一張華麗的床上掛著提花布幄帳，鋪著緹花布被子，女僕細心地把床鋪得像是沒人用過一樣，一個明亮的巴思火爐，幾個桃花木衣櫥，幾把油漆得很光潔的椅子，夕陽和煦的光線射進兩扇窗子，明亮地照在椅子上。凱薩琳早就料到會情緒激動，而此刻果真激動了起來。她先是感到驚訝和懷疑，而隨之而來的是一種很正常的羞愧，除了不可能弄錯房間，其他所有的事都錯得很離譜！她既誤解了蒂爾尼小姐的意思，又做出了錯誤的判斷，她原本以為這房間經歷了那麼長的時間，也經歷了許多可怕情事，可是卻只是將軍的父親對房屋修建的一部分。房間裡還有兩道門，大概是通向化妝室，但是她不想打開。既然別的管道都被堵住了，蒂爾尼夫人最後散步時所戴的面紗或最後閱讀的書籍，會不會留下來提供點線索呢？不管將軍犯下的是什麼樣的罪行，他心性狡猾，當然不會留下任何破綻。凱薩琳探索得有些膩了，只想安全地待在自己的房間裡，讓自己知道幹過什麼樣的傻事。她正要像剛才進來時那樣輕手輕腳地走出去時，不知道從什麼地方傳來一陣腳步聲，嚇得她顫抖著停了下來。讓人看見她在這裡，即使是讓一個僕人看見了，那也將是很讓人尷尬的事，如果讓將軍看見了（他似乎總是在最不需要他出現時出現），那就更糟糕！她仔細地聽著那腳步聲，竟然停了。她決定不浪費時間，直接走出門去，然後關上門。剛好就在這時，樓下傳來了急促的開門聲，似乎有人正迅速上樓來，而凱薩琳偏偏卻還要經過這個樓梯口，才能到達走廊。她無法再往前走了，她帶著一種難以言表的恐懼，目光直盯著樓梯。過了一會兒，亨利出現在她的眼前。「蒂爾尼先生！」她帶著驚訝的語氣喊到。而蒂爾尼先生看起來也同樣非常驚訝。「天啊！」她沒有注意到對方在跟她打招呼，「你怎麼到這裡來了？你怎麼從這個樓梯上來？」

「我怎麼從這個樓梯上來！」亨利非常驚訝地回答說：「因為從馬廄到我的房間，這條路最近了，我為什麼不能從這裡上來？」

凱薩琳讓自己鎮定下來，滿臉通紅，再也說不出話來。亨利似乎在看她，想要從她的表情得到從她的嘴裡得不到的解釋，凱薩琳朝著走廊走去。亨利一邊推開那扇折疊門，一邊說：

「現在是不是該輪到我了，我該問問妳為什麼到這裡來。從早餐廳要回妳的房間，走這裡應該不是正常路線，就像從馬廄到我房間，這個樓梯也不在正常的路徑之內。」

凱薩琳垂下了眼睛，說：「我是想看一看你母親的房間。」

「我母親的房間！那裡面有什麼值得一看的東西嗎？」

「什麼也沒有。我還以為你明天才會回來。」

「我離開時，也沒有想到會這麼快回來。可是三個小時之前我發現，已經沒有什麼事可以讓我再留在那裡了。妳看起來臉色很蒼白，是不是我上樓時跑得太快，讓妳受驚了。也許妳還不知道這樓梯是從公用下人房通上來的。」

「我不知道，今天對你來說，是一個騎馬的好日子吧！」

「非常好。艾莉諾是不是放著妳不管，讓妳自己一個人在各個房間裡走動？」

「哦，不是，星期六那天她就帶著我把大部分地方都看過了，我們也正好走到這些房間，只不過——」她壓低了聲音：「你父親和我們在一起。」

「所以就阻止了妳，妳看過這個走廊裡的所有房間了嗎？」亨利真誠地看著她說。

「沒有，我只是想看，現在會不會太晚了，我該走了，去換衣服了。」

他看了看錶，說到：「現在才四點十五分，妳現在不是在巴思，不需要像去戲院或舞廳那樣打扮。在諾桑覺寺，半個小時就夠了。」

凱薩琳並沒有反駁，所以只好強忍著留在那裡，很怕他繼續追問下去。這是在他們認識之後第一次，她想要離開他。他們沿著走廊慢慢地走著。「我走了之後，妳有沒有接到從巴思寄來的信？」

「沒有。我就覺得非常奇怪，伊莎貝拉曾經很忠實地答應了我，說要馬上寫信給我的。」

「忠實的承諾，忠實的承諾！這就讓我迷惑不解了。我聽說過忠實的行為，可是忠實的諾言嘛——是不值得讓人知道的一種能力，因為它會欺騙你，讓你痛苦。我母親的房間非常寬敞，是吧？看起來又大又舒服，化妝室的布置也非常講究。我總覺得，這是全樓最舒適的房間。我覺得很奇怪，艾莉諾為什麼不住進去。我想，是她要妳來看的吧？」

「不是。」

「那是妳自己想這麼做了？」凱薩琳沒有說話。在一陣短暫的沉默之後，亨利仔細地觀察了她一會兒，然後說：「既然房間裡沒有什麼可好奇的，那一定是因為妳崇拜我母親的個性才這樣做的。就像艾莉諾對妳所說的那樣，讓人一想到她就充滿敬意。我相信，在這個世界上，沒有比她更好的女人了。但是，美德無法引起像這樣的興趣。一個家庭婦女默默地表現出樸實的美德，並無法激起如此炙熱的崇敬之情，讓別人像妳這樣去看她的屋子。我想，艾莉諾談過很多關於我母親的情況吧？」

「談了很多。不，不是太多，可是她所說的真的非常有趣。她去世得太突然了。（她說這話時速度慢了下來，而且有一點吞吞吐吐的）你們——你們沒有一個人在家，而且你父親，我想，也許他並不喜歡她。」

他的眼睛定定地看著她，回答說：「從這些情況來看，妳可能推斷這裡面也許有什麼疏忽，有一些……」（凱薩琳不由自主地搖了搖頭）「或也許，是一種不可饒恕的罪過吧！」她抬起頭看著他，她的眼睛從來沒有睜得那麼大過。「我母親的病——」他繼續說：「導致她去世的那次發作的確很突然。她很常得這種病——膽汁熱，發病和她的體質有關。總之，在第三天時，經過勸說，我們請了一個內科醫生來幫她檢查，這醫生是個非常有名望的人，我母親一直非常信任他。根據他的判斷認為我母親的病情危急，第二天又叫來了兩個人，二十四個小時日夜不停地照護她。第五天時，她去世了。她得病期間，我和弗雷德里克都在家，我們常去探望她。根據我們親眼所見，可以證明我母親受到周圍人們充滿深情的各種關照，或說受到她的社會地位所得到的一切照料。可憐的艾莉諾的確不在家，她離家太遠了，趕回來時母親已經入殮了。」

凱薩琳說：「可是，你父親難過嗎？」

「有一段時間他非常難過。妳以為他不愛我母親，但我相信，他是愛她的，至少是盡可能地在愛她。妳知道，人並不都是溫柔體貼的，雖然我父親的脾氣常惹她傷心，我也不敢說我母親在世時不需經常忍氣吞聲，但他從沒虧待過她，他很重視她，雖然沒有持續很久，但我父親真的為母親的死悲傷至極。」

凱薩琳說：「我對此感到欣慰，不然那就太可怕了。」

「如果我沒誤解，妳應該是猜測到了一種可怕的情況，我幾乎說不出口。親愛的莫蘭小姐，妳那可怕的疑神疑鬼是多麼恐怖啊！妳是根據什麼判斷的？妳要記住我們生活的國家和時代，請記住我們是英國人，是基督教徒。請妳分析一下，想想可不可能，看看周圍的實際情況。我們受的教養允許我們犯下這種暴行嗎？我們的法律能容忍這樣的暴行嗎？在我們這個社會文化交流如此發達的國家裡，每個人周圍都有自動監視他的人，加上有公路和報紙傳遞消息，什麼事情都能公布於眾，如果犯下這種暴行怎麼可能不宣揚出去呢？親愛的莫蘭小姐，妳在想什麼啊？」

他們來到了走廊盡頭，凱薩琳含著羞愧的淚水，跑回自己的房間。

25

富有傳奇色彩的冒險故事結束了。凱薩琳完全清醒了，亨利的話雖然簡短，可是卻比前幾次的失敗更具震撼，讓她徹底認清自己最近的想像有多荒謬。她羞愧得無地自容、痛苦，且非常傷心。這不僅讓她覺得丟臉，而且還讓亨利看不起她。她的愚蠢甚至是犯罪行為，都已暴露在他面前了，他一定永遠看不起她了。她竟然敢那麼失禮地把她父親的人格想得那麼壞，他會原諒這一點嗎？他們會忘記她那荒謬的好奇心和恐懼感嗎？此刻的她無法形容對自己的恨意。在這致命的早晨到來之前，亨利曾經有一兩次對她表示過好感，但是現在——她盡可能地把自己折磨了半個小時，當時鐘敲響五點時，才帶著一顆破碎的心下了樓，當艾莉諾問她身體可好時，她幾乎連話都說不出來了。在她進屋後不久，可怕的亨利也跟著進來了，他態度上唯一的變化，就是對她比平時更殷勤了。現在的凱薩琳最需要的是安慰，而他好像意識到了這一點。

夜晚慢慢地過去了，亨利一直保持著讓人感到安慰、溫文有禮的態度，凱薩琳總算慢慢平靜了下來，但她不會因此忘記過去，也不會為過去辯解，她只希望這件事不要聲張出去，不要讓她完全失去亨利對她的好感。她仍然聚精會神地思考著她懷著無端的恐懼所產生的錯覺，所做出來的傻事，所以很快就明白了，這完全是她想入非非、主觀臆測的結果。因為決定想要嘗一嘗心驚肉跳的滋味，芝麻一點大的小事也想像得很誇張，在心裡認定了一個目標之後，所有的事情都一定要扯上關係。其實，在沒來到這個寺院之前，她就一直渴望要冒一下險。她回憶起當初準備瞭解諾桑覺寺時，自己是懷著什麼樣的心情。她發現，早在離開巴思之前，她心裡就著了迷、埋下了禍根。追本溯源，這一切似乎都是受了她在巴思閱讀的小說所影響。

雖然拉德克利夫夫人的作品讓人著迷，甚至就連那些模仿她的作品也很吸引人，但是這些書裡看不到人性，至少看不到在英格蘭中部的幾個郡能看到的那種人性。這些作品中對阿爾卑斯山（Alps）和庇里牛斯山（Pyrenees）松樹林裡發生的罪惡行為的描寫，也許是真實的。在義大利、瑞士和法國南部或許也像書裡所描寫的那樣，充滿了恐怖活動。凱薩琳不敢懷疑在她們的國家以外的事情，即使是本國的事情，如果逼問得太緊了，她也只承認在最北面和最西面也許有這樣的事情。可是在英格蘭中部，即使是一個不受寵的妻子，因為有國家法律和時代風氣保護，也一定能確保人身安全。謀殺是無法容忍的，僕人不是奴隸，不管是毒藥還是安眠藥都不是大黃（長得像西洋芹，根部可作為瀉藥之用，在英國很常見，到處都買得到），不是每個藥店都能買得到。在阿爾卑斯山和庇里牛斯山上，或許沒有雙重個性的人。在那裡，只要不是像天使般潔白無暇的人，個性就會像魔鬼一樣。但在英國就不同了。她相信，英國人的感情和習慣一般都是綜合型的，雖然善惡不對等，基於這一信念，將來即使發現亨利和艾莉諾身上有些微小缺陷，她也不會訝異。同樣基於這樣的信念，她不需要害怕承認他們父親的個性上有些真正的缺點。對他而言她以前對他的懷疑是莫大的侮辱，將會讓她羞愧終身。懷疑雖然澄清了，但仔細一想，她覺得將軍實在不是個非常和藹可親的人。

凱薩琳在把這幾點弄清楚之後，就下定了決心，以後不管是做什麼事情或下什麼判斷都要保持理智。而在那之後，她除了原諒自己和表現得比以前更快樂之外，就無事可做了。憐憫的時間幫了她很大的忙，讓她在第二天就感覺到沒有那麼痛苦了。亨利的行為寬容且高尚得讓人驚訝，對於過去的事情他一個字也沒有提過，這就給了凱薩琳很大的幫助。當她剛開始苦惱，正覺得無可解脫時，卻突然愉快起來，而且和以前一樣，愈聽亨利說話就愈高興。但她相信，還有幾樣東西是不能提的，比如箱子和立櫃，一提起，心裡就要打顫。她還討厭見到任何形狀的漆器，不過連她也承認，偶爾想想過去做的傻事，雖然痛苦但也不是完全沒好處。

沒多久，日常生活中的焦慮感就取代了傳奇故事的恐懼感。她一天比一天更急切地希望收到伊莎貝拉的來信。她迫不及待地想知道巴思的情況，和舞廳裡的故事。她特別想聽說她們分別時，她一心想讓伊莎貝拉配的細綢子線已經配好了，聽說伊莎貝拉和詹姆斯仍十分要好。她現在唯一的消息來源就靠伊莎貝拉了。詹姆斯說過，在回牛津之前不會寫信給她，而且也不可能期望艾倫夫人在回到富勒頓之前會有來信。可是伊莎貝拉答應過她，凡是她答應的事情，她總會很謹慎地辦到的。所以這就更加奇怪了！

在接下來的九個早晨，凱薩琳都非常失望，而且一天比一天更失望。在第十天時，當她一走進早餐廳，亨利很高興地遞給她一封信，凱薩琳由衷地對他表示感謝，就像這封信是他寫的一樣。「這封信是詹姆斯寫的。」她看了看地址和姓名，打開了信。信是從牛津寄來的，內容是這樣的：

「親愛的凱薩琳：上帝都知道我並不喜歡寫信，但是我覺得我還是有責任要告訴妳每一件事。我和索普小姐徹底結束了。我昨天離開了她，離開了巴思，永遠也不想再看到那個人，再回到那個地方了。我不想說得太詳細，因為那樣只會讓妳更痛苦。妳很快就會知道事情的真相，知道錯在哪裡。我希望妳相信，你哥哥除了愚蠢地相信了她會真誠地回報我的感情之外，沒其他的錯。感謝上帝！我總算及時醒悟過來。可是，這是一個沉重的打擊。在我們父親那麼善良地同意了我們的婚事之後，我不甚麼都不用再多說了，此刻她會讓我一輩子都很可憐的。快一點回信吧，我親愛的凱薩琳，妳是我唯一的朋友，我只能期望著妳的愛了。我希望妳能在蒂爾尼上尉宣布訂婚之前結束對諾桑覺寺的拜訪，不然妳就會處在一個非常尷尬的環境中。可憐的索普還在城裡，我怕看到他，因為像他這麼一個誠實的人，一定會非常難過的。我已經寫信給他和父親了。她的口是心非是最讓我受傷。直到最後，當我和她評理時，她還聲稱她就像以前一樣愛我，而且還嘲笑我多慮了。我一想到我對此容忍了多久，就覺得很羞愧。不過，要是有一個男人確定他曾經被愛過的話，那這個人就是我了。直到現在我也搞不清楚她到底在幹什麼，即使想要得到蒂爾尼，那也用不著玩弄我啊！到最後，我們兩個人都同意分手，真希望我們從來沒認識過！我希望我永遠也不要再認識另外一個像這樣的女人。我最親愛的凱薩琳，要當心不要愛錯人。相信我……」

凱薩琳還沒有看完前三行信，臉色就突然全變了。她悲哀地發出短暫的驚歎聲，表示說她接到了不好的消息。而亨利，在她讀信期間，一直著急地看著她，明顯地看出了信末並不比開頭好。不過，當他父親走進來時，他還沒表現出驚訝的樣子。他們直接去吃早餐，可是凱薩琳吃不下東西。她眼裡全是淚水，甚至就在她坐下時，淚水就沿著她的臉頰滑落下來。那封信有時在她的手裡，一會兒又落在她的大腿上，一會兒又被放進她的口袋裡。而將軍，一邊看報紙，一邊喝可樂，沒時間注意她，其他兩個人都看得出來她很痛苦。當她一有機會離開餐桌，她就趕緊跑回房間，可是女僕正在裡面忙著，她只得再次下樓。她為了不受干擾，獨自一個人走進休息室，可是亨利和艾莉諾也躲在那裡，正在專心地商量關於她的事情。她說了一聲請他們原諒就退了出來，可是卻被他們輕輕地拉了回去。艾莉諾親切地表示說希望能夠幫助她或安慰她一下，然後那兩個人就出去了。

凱薩琳很自在地盡情憂傷著、沉思了大概半個小時，她覺得可以見見她的朋友了，但是否需要把苦惱告訴他們，還得考慮考慮。他們要是特意問起，她也許可以只說個大概，只是隱隱約約地暗示一下，不能多說。因為要是說了就是去揭一個朋友的底，揭一個像伊莎貝拉這樣和她要好的朋友的底，而且這件事與這兄妹倆的哥哥還有密切的牽連！她覺得乾脆什麼也不要說。早餐廳裡只有亨利和艾莉諾兩個人，看到她走了進去，兩個人都緊盯著她。凱薩琳在桌旁坐了下來，在一陣短暫的沉默後，艾莉諾說：「我希望，不會是來自富勒頓的壞消息吧？莫蘭先生和莫蘭夫人，妳的兄弟姐妹們，我希望他們沒人生病了吧？」

「謝謝妳。（凱薩琳一邊歎氣一邊說）他們都很好。這封信是我哥哥從牛津寄來的。」

在那之後，大家又沉默了幾分鐘，然後，凱薩琳含著眼淚，說：「我真希望永遠也不要再收到信了。」

亨利闔上了他剛剛才打開的書，說：「我很抱歉，我要是能猜到信裡有什麼不好的內容，就會帶著另外一種完全不一樣的心情把信給妳了。」

「信裡不好的內容超出任何人的想像，可憐的詹姆斯真是不幸！你們很快就會知道為什麼了。」

亨利熱烈地回答說：「有妳這樣一個心地善良又很親密的妹妹，不管他處在什麼樣的悲傷中，對他來說都是莫大的安慰。」

「我要求你們一件事，」凱薩琳在他說了不久後，很激動地說：「那就是，如果你們的哥哥要來這裡，你們一定要通知我，我好離開。」

「我們的哥哥！弗雷德里克！」

「是的。這麼快就要離開你們，我真的感到非常抱歉，可是現在發生了一些事情，讓我很害怕和蒂爾尼上尉待在同一間屋子裡。」

艾莉諾愈來愈驚訝地凝視著她，她停下手邊正在進行的事。亨利猜出了一些端倪，就開口說了話，話裡夾著索普小姐的名字。

凱薩琳喊著：「你的腦袋轉得真是快啊！你已經猜到了！可是，當我們在巴思談論這件事時，你完全沒想到結局會是這樣。難怪到現在都沒收到伊莎貝拉的信，伊莎貝拉拋棄了我哥哥，就要嫁給你們的哥哥了！你們想得到世界上居然有這樣反覆無常變化多端的事嗎？你們相信世界上居然有這麼糟糕的事嗎？」

「我希望，那些有關我哥哥的消息，都是錯誤消息。我希望莫蘭先生的失戀和他沒關係。

他不可能和索普小姐結婚的，我想，妳一定弄錯了！我為莫蘭先生的事感到非常抱歉，為妳所愛的人遭到不幸而感到抱歉。可是，這件事讓我感到最驚訝的是，弗雷德里克居然要娶索普小姐。」

「這是真的！妳可以看一看詹姆斯的信。等一下，有一部分……」她想到最後那一行話，不禁臉紅了。

「可不可以請妳把有關於我哥哥的那一段念給我們聽？」

「不，你自己看吧！」凱薩琳仔細地想了一下後，心裡就很清楚了，喊到：「我都不知道自己在想什麼。（想到剛才的臉紅，她的臉又紅了。）詹姆斯只不過是給我一個建議。」

亨利很高興地接過信，非常仔細地從頭到尾把信讀了一遍，然後把信還給了凱薩琳，說到：「哦，如果事實真的是這樣，那我只能說，我很抱歉。弗雷德里克並不是第一個非理智選擇妻子的人，不過這一點還是讓我們很訝異。我一點兒也不嫉妒他的地位，不管是作為兒子還是情人。」

蒂爾尼小姐也受到了凱薩琳的邀請，把信看了一遍，她也表達了她的關心和驚訝，然後問到索普小姐的家庭關係和財產情況。

「她母親是一個非常好的女人。」凱薩琳回答說。

「那她父親呢？」

「我想應該是一個律師吧！他們住在普特尼。」

「他們是一個富裕家庭嗎？」

「不是很有錢。我認為，伊莎貝拉可能一點財產都沒有，可是你們家不在乎這一點啊！你們的父親是那麼的慷慨！他那天告訴我說，他之所以那麼在乎錢，是因為錢可以讓他的孩子獲得幸福。」那兄妹倆互相看了對方一眼。「可是，」艾莉諾停了一會兒之後，說：「讓他和那樣一個女孩子結婚，可以增加他的幸福嗎？她真的是一個很沒有道德的人，否則她不會那樣對待妳哥哥。而且，對於弗雷德里克來說，真是太奇怪了，他竟然會迷上這樣的人！他親眼看到這個女孩毀掉了她和另外一個男人自願定下的婚約啊！亨利，你不覺這太難以置信了嗎？而且弗雷德里克一直都是非常驕傲的，他從不覺得哪一個女孩是值得他愛的。」

「這就太糟糕了！其他人對他不會有好觀感的。想一想他過去說的那些話，我認為他沒救了。而且，我對索普小姐還是有好印象，我認為她會謹慎的，不會為了一個還沒把握的男人放棄了之前的男人。弗雷德里克是徹底地完蛋了！他完蛋了！完全失去了理智！艾莉諾，準備迎接妳嫂子吧！有這樣一個嫂子，妳一定會覺得非常高興！開放、坦率、樸實、正直、感情強烈！但是她很單純，不驕傲，也不做作。」

「亨利，我會為這樣一個嫂子感到高興！」艾莉諾笑著說。

凱薩琳說：「雖然她的行為對我們家很不好，可是她也許會對你們好一點。現在她真的找到了自己所愛的人，也許不會變了。」

亨利回答說：「說真的，我真擔心她會——我擔心她會保持不變，直到她遇到了一位準男爵，那就是弗雷德里克唯一的機會了。我要去找一份巴思的報紙，看一看最近都去了什麼人。」

「那麼，你認為這些完全是為了名利嗎？說實話，有些事情看起來真的很像。我不會忘記，當她第一次聽說我父親會給他們多少財產時，她看起來似乎很失望，因為那數目不大。在我的一生中，從來沒有被人這樣蒙蔽過。」

「妳從來沒有被妳熟悉和了解過的那些人蒙蔽？」

「我對她的失望和損失感到非常遺憾。可是，那個可憐的詹姆斯，我想他可能永遠也恢復不過來了。」

「目前妳哥哥當然很值得同情。可是，我們不能只關心他的感受，而不關心妳的感受。我敢說，妳失去了伊莎貝拉，就像失去了半個自己一樣。妳覺得心靈空虛，不管是什麼也填補不了，跟人來往就覺得厭倦。一想起沒有她，就連過去妳們倆常常在巴思一起分享的那些消遣也變得討厭了。比如說，妳現在說什麼也不想參加舞會了。妳覺得連一個可以暢所欲言的朋友都沒有了，妳覺得自己無依無靠，沒人關心；有了困難也沒人可以商量。妳有沒有這樣的感覺？」

「沒有！」凱薩琳想了一下後，說：「我沒有，我應該有嗎？說實話，雖然我受到傷害，也很傷心，因為我不能再繼續愛她了，也不可能再收到她的信了，也許永遠也不會再見到她了，可是我並沒有像大家想像的那樣痛苦。」

「妳和大部分人一樣，這樣的感情應該好好研究一下，看看是怎麼回事。」

凱薩琳也不知為何，突然發現這一番談話讓她心情變得輕鬆起來。真是不可思議，她怎麼說著、說著就把事情說了出去，不過，她不後悔。

之後，三個年輕人經常談論此事。凱薩琳驚訝地發現，她的兩位年輕朋友一致認為：伊莎貝拉既沒地位，又沒財產，她很難嫁給他們的哥哥。他們認為，就算不看她的人格，僅憑這一點，將軍就會反對這門婚事。凱薩琳聽了之後，不禁為自己驚慌起來。因為她和伊莎貝拉一樣微不足道，也許還跟她一樣沒財產。如果蒂爾尼家族的財產繼承人嫌自己不夠威武，不夠富足，那麼，他弟弟要價會有多高啊！這樣一想，她覺得萬分痛苦。唯一令她感到安慰的是，將軍對她的偏愛可能會幫她加分，因為自從認識將軍那天開始，在他的言談舉止中看得出來，她有幸博得了他的歡心。而將軍對金錢的態度也讓她放心許多，因為她不只一次聽他說，他對金錢是慷慨無私的。一想起這些話，她就覺得他的孩子一定誤解了他對這些事情所持有的態度。

他們都深信，他們的哥哥絕對沒有勇氣親自來徵求他們父親的同意。他們一再向她保證，說他們的哥哥目前不會回到諾桑覺寺，這才讓她放下心來，讓她不再想著要突然離開了。不過她又想，蒂爾尼上尉將來徵求他父親同意時，是不會把伊莎貝拉的行為如實說出來的，所以最好讓亨利把整個事情原原本本地告訴將軍，這樣他就可以有個公正的看法，準備一個正大光明的理由來拒絕他，別只說門不當戶不對。於是她把這些話告訴了亨利，誰知道亨利對這個主意並不像她期望的那麼認同，他說：「不，不要再火上澆油了。弗雷德里克幹的荒唐事不需別人去說，他應該自己說。」

「可是他只會說出事情的一半。」

「說出四分之一就已足夠了。」

就這樣過了一兩天，並沒有蒂爾尼上尉的消息。他的弟弟和妹妹也不知道是怎麼一回事。大家懷疑他之所以沒消息，是因為他已經訂婚的關係，可是有時又覺得和訂婚沒關係。在此期間，將軍雖然每天早晨都為弗雷德里克懶得寫信而生氣，但他並不是真的為他著急。他最關心的倒是凱薩琳在諾桑覺寺是不是過得快樂。他經常對此表示不安，擔心家裡每天就這麼幾個人，做的事情又那麼單調，會讓她厭倦這個地方。希望弗雷澤斯（Frasers）夫人能在鄉下，還常說要舉辦大宴會，有一、兩次甚至統計過附近有多少能跳舞的年輕人，可惜目前正是淡季，野禽獵物都沒有，弗雷澤斯夫人也不在鄉下。最後，他終於想出了一個辦法，有一天早晨他對亨利說，他下次再去伍德斯頓時，會在某天出乎意料地到他那裡吃頓飯。亨利感到非常榮幸，非常高興，凱薩琳也很喜歡這個主意。「那麼，先生，你認為我什麼時候能有那樣的榮幸呢？我星期一必須回伍德斯頓去參加一個教區會議，可能會待個兩、三天。」

「好，我們會趁這幾天去一趟，可是不要把時間綁死了。你也不用麻煩，家裡有什麼就吃什麼好了，年輕的女士們是不會挑剔一個單身漢的飯菜的。讓我想一想，星期一你會很忙，我們不會星期一去。星期二我又有事，上午我的檢查員要從布羅克漢（Brockham）帶報告來給我，為了面子問題，我要到俱樂部去一趟。我要是現在走，以後就真的沒臉見朋友了，因為大家都知道我在鄉下，如果就這樣走掉會讓人覺得奇怪。莫蘭小姐，我有個規矩，只要犧牲點時間、花費點精力能避免的事，我就絕不得罪任何鄰居，因為他們都是一些很體面的人，每年諾桑覺寺都會賞給他們兩次半隻鹿，我一有空，就會和他們一起吃飯，所以，星期二我們也不能去。亨利，我想星期三你就可以見到我們了，我們會一早就到你那裡，這樣就有時間到處看看了。我想，兩個小時四十五分鐘就可以趕到伍德斯頓，我們會在十點鐘坐馬車出發，所以，星期三中午一點十五分你就可以看到我們了。」

凱薩琳非常想去看一看伍德斯頓，覺得辦舞會都沒有這一趟旅行有意思。大概一個鐘頭後，亨利一進來時，她高興得心噗通直跳。亨利穿著靴子、大衣，走進她和艾莉諾坐著的屋子，說：「年輕的女士們，我是來說教的。在這個世界上，要得到快樂得要付出代價，而且經常要吃大虧，犧牲唾手可得的真正幸福，去換取一張未來的支票，也許是一張不能兌現的支票。看看我現在吧！因為我想星期三在伍德斯頓見到你們，所以必須立刻動身，比原定計劃早兩天，要是碰上壞天氣或其他原因，你們可能就來不成了。」

凱薩琳拉長了臉，說：「你要走了！為什麼？」

「為什麼？妳怎麼會這樣問呢？因為我沒有時間了，我要馬上回去把我的老管家嚇得魂飛魄散，因為我必須回去為你們準備用餐。」

「哦！你不是認真的吧！」

「是真的，而且我很難過，因為我非常想留在這裡。」

「可是，將軍不是說過了，你怎麼還想這樣做呢？他不是特別說，你不需要麻煩，因為我們可以有什麼吃什麼啊！」

亨利只是笑了一下。「你真的不要為你妹妹和我特意準備什麼，將軍也說你不用特意準備什麼。而且，即使他沒有明說，他在家總是吃好的，偶爾一天吃差一些也沒關係。」

「我真希望能像妳所想的那樣，這樣對我和對他都有好處。艾莉諾，再見了，明天就是星期天了，我暫時就不回來了。」

他走了。要讓凱薩琳懷疑自己的見解總比讓她懷疑亨利的見解容易得多，所以，儘管她不願意讓他走，但很快她就會相信他這樣做是對的。她心裡總想著將軍令人費解的行為，經過觀察，她早就發現將軍對吃特別講究，但又為何總是嘴裡說得如此肯定，心裡卻是另一套呢？真讓人莫名其妙！若依此況，如何才能理解一個人呢？除了亨利，誰還能明白他父親的用意呢？

從星期六到下個星期三，他們都無法和亨利在一起了，凱薩琳一想起來就難過。當他不在時，蒂爾尼上尉就一定會來信的，她也確定星期三會下雨。過去、現在和將來全都籠罩在陰影裡。她哥哥如此不幸，她自己又為失去伊莎貝拉而感到如此沉痛。亨利一走，總會牽動艾莉諾的情緒！還有什麼可以引起她的興致呢？對她來說，此時的諾桑覺寺也跟別的房子沒有什麼區別了，而一想到這房子曾滋養了她、助長她去做那樣的傻事，她就覺得非常痛苦。她在想法上發生了多大的變化啊！她以前一心渴望要到寺院來的，可是現在，在她的想像裡什麼東西也比不上一座簡樸舒適、居住方便的牧師住宅更讓人神往。就像富勒頓的那樣，不過要更好一些。富勒頓還有不足之處，伍德斯頓可能就沒有。但願星期三快點到來！

星期三到了，而且就如他們所期待的那樣來了。天氣很好，凱薩琳高興得如在雲端。十點鐘時，那輛四匹馬的輕便馬車載著她們兩人離開了寺院。在經過將近二十英里的愉快旅程後，她們進入一個環境優美、人口稠密的大村子，這就是伍德斯頓。凱薩琳不好意思說她覺得這地方很美，因為將軍似乎要對這裡地勢的平坦和村子的大小表示歉意。不過凱薩琳覺得這裡比她到過的任何地方都好，欽羨不已地看著那些比農舍高一級的整潔住宅和路過的一家家小雜貨鋪。牧師宅位於村子盡頭，和其他房子有一點距離。這是一所新蓋的、堅固的石頭房子，還有一個半圓形通道和綠色大門。馬車在門口停了下來，亨利帶著他獨居的夥伴——一隻個頭很大的紐芬蘭狗和兩、三隻小狗正等著歡迎和好好款待他們。

當凱薩琳進屋時，她興致高昂，顧不上多看看、多說話，直到將軍要她說一說對房子的看法時她才發現，她對於所在的房間沒有一點概念。她環顧四周後，發現這房間舒適極了。可是，她很小心翼翼，並沒有說出口，只是冷冷地稱讚了幾句，而這讓將軍有些失望。

他說：「我們不認為這是很好的房間，無法把它和富勒頓或諾桑覺寺相比，它只是牧師宅。房子小、不夠寬敞，但還算體面，還能住人，總之不比一般房子差。我相信，在英格蘭沒有幾座鄉下牧師住宅有它一半好。不過，這房子還有改進空間，我絕對沒有不改進的意思，只要改得合理，比如加一個弓形窗戶。我私下跟妳說，我很討厭補上去的弓形窗戶。」

凱薩琳沒有把這一番話聽完整，她並不明白其中深意，所以也沒有受到傷害。亨利故意說起了另外的事情，而且一直說不停。於此同時，有一個僕人端了一盤滿滿的點心進來，將軍很快又恢復一副滿足的樣子，而凱薩琳也像她平常一樣，表現得很自在。

這間屋子非常寬敞、格局方正、裝飾華麗的餐廳。出了餐廳遊覽庭院時，凱薩琳被帶去參觀一間比較小的房間，是屋主人的房間，收拾得特別整齊。之後，大家走進未來的客廳，雖然還沒布置，凱薩琳卻很喜歡，這一點也讓將軍非常滿意。那是一間形狀很別致的房間，有落地窗，窗外雖只是一片綠草地，可是卻很賞心悅目。凱薩琳直接而真誠地表達了她對這房間的喜愛之情。「噢，蒂爾尼先生，你為什麼不把這個房間布置一下呢？真是太可惜了！這是我所見過最漂亮的一個房間！是這個世界上最漂亮的一個房間！」

將軍帶著非常滿意的笑容說：「我相信，這房間很快就會動手布置了，就看它的女主人喜歡什麼樣的風格。」

「哦，如果這是我的房間，我絕不會坐在其他地方。噢！樹林裡那間小屋真是太可愛了！而且還有蘋果樹！小屋真漂亮！」

「妳喜歡它，願意把它留作景色，那就太好了。亨利，你記得跟魯濱遜說一聲，小屋要留下。」

將軍這番恭維話讓凱薩琳非常不安，她頓時又安靜了。雖然將軍特意問她最喜歡什麼顏色的壁紙和帷幔，她就是不願說出意見。但是，新鮮景物和新鮮空氣幫了她的大忙，沖散了那些讓人難為情的聯想。來到屋子四周的裝飾場地時，凱薩琳又恢復了平靜。這裡有一塊環繞著小路的草地，大概在半年前亨利開始進行他富有天賦的修整，雖然草坪上的矮樹叢不高，可是凱薩琳卻覺得從沒有見過這麼漂亮的場地。

他們到另一片草地散步，穿過村子的一角，來到了馬廄，看了看某些修繕，還和一窩非常有趣的、剛會打滾的小狗玩了一下子，不知不覺就四點了，凱薩琳還以為不到三點呢！他們準備四點鐘吃飯，六點鐘動身回家。這一天過得真是飛快啊！

凱薩琳注意到將軍對這一頓豐盛的晚餐似乎並不驚訝，還望著旁邊的桌子尋找冷肉，而他的兒子和女兒看到的情況就不一樣了。他們發現，將軍除了在自己家外，很少吃得這麼痛快，因為他們從沒有看到過他對塗滿奶油的酥融乳酪這樣不在乎過。

六點鐘時，將軍喝完了咖啡，馬車來接他們了。在整個訪問過程中，他很開心，他希望凱薩琳明白，如果對他兒子的希望也能如此有把握，她離別時，就不至於憂慮以後如何，或什麼時候才能再一次來到伍德斯頓。

第二天早上，凱薩琳意外地收到一封伊莎貝拉寄來的信。內容是這樣的：

「巴思，四月。我最親愛的凱薩琳，我帶著極大的喜悅收到兩封妳好心寄來的信，可是我要對妳說一千個抱歉，因為我沒有及時回信。我真為我的懶惰感到非常羞愧，可是在這麼一個讓人討厭的地方，做什麼事都沒有時間。自從妳離開巴思之後，我幾乎每天都拿著筆要寫信給妳，卻總被一些愚蠢的閒事所耽誤。請妳馬上回信給我，直接寄到我家來，因為我們明天就要離開這個讓人討厭的地方了。自從妳走了之後，我在這裡就再也不覺得快樂了，因為這裡到處是塵土，所有我喜歡的人都離開了。如果我可以再見到妳，其他所有的一切都會被我拋到腦後，因為誰也想像不到妳對我來說有多親密。我真為妳親愛的哥哥擔心，自從他到牛津去之後，我就再也沒有他的消息，我擔心是不是有什麼誤會，所以想請妳好心地從中協調，把誤會解開。妳哥哥是我唯一愛過的男人，我相信妳會讓他知道這一點的。已經有一部分春裝上市了，那些帽子難看得超出想像。我希望妳過得愉快，我擔心妳從來沒有想過我。我不想說很多關於和妳在一起的那一家人的壞話，因為我並不是心胸狹窄的人，或是讓妳討厭妳所尊敬的人。要知道誰才是真正可以信任的人，是一件很難的事。而年輕男人的想法通常在兩天之後就會改變。我非常高興地告訴妳，我最討厭的那個年輕人，已經離開巴思了。根據我的描述妳應該知道我指的是蒂爾尼上尉。妳應該還記得，在妳離開之前，他總是癡心妄想地想要追求我、誘惑我，他愈來愈壞，簡直成了我的影子。我想很多女孩子一定會上他的當，因為他實在太會獻殷勤了，但我對男人在感情上的浮躁太清楚了，他兩天前回部隊去了，我也不用再受到他的折磨了。他是我所見過的最誇張的花花公子，真是太讓人討厭了。最後兩天他又纏上了夏洛特·大衛斯（Charlotte Davis），我可憐他的眼光，但沒理會他。我最後一次遇見他是在巴思街，為了不想跟他說話，我鑽進了一家商店，我甚至都沒去看他，後來他又走進了礦泉廳，我無論如何也不願跟著他進去。他這樣的行為和妳哥哥形成了鮮明的對比，請來信跟我說說妳哥哥的最新情況，他離開時似乎很不舒服，可能是感冒了，也可能是情緒上受到了刺激。我本來想寫信給他的，可是我把地址弄丟了，而且，我也擔心他誤會我的行為。請把所有的事情跟他做個滿意的解釋吧！如果他仍然懷疑，就讓他自己寫信來問我，或在他下一次進城時，到普特尼來一趟，我可以把一切解釋清楚。在這段時間，我一直沒去舞廳，也沒去戲院，只有昨天晚上在霍奇家看了一場半價的鬧劇。是他們引誘我去的，我也不想讓他們說我在蒂爾尼一走就不再出門了。我們剛好坐在米切爾一家的旁邊，他們看到我都非常驚訝，我知道他們不懷好意，雖然他們曾對我很不客氣，可是現在都對我很友善。但我不是傻瓜，絕不會上他們的當的，妳知道我一向都是很聰明的。安妮•米切爾上星期看我在音樂廳時戴著一塊頭巾，也找來一塊戴上，真是難看。我相信，那塊頭巾剛好適合我這張古怪的臉龐，至少蒂爾尼當時是這麼對我說的，他還說所有的目光都在看我，可是他是我在這個世界上最不相信的男人。我現在只穿紫色的衣服，我知道我穿紫色很難看，可是那有什麼關係呢？因為我知道這是妳哥哥最喜歡的顏色。不要再浪費時間了，我最親愛的、最可愛的凱薩琳，請立刻寫信給妳的哥哥和我。永遠忠於妳的……」

這樣虛假淺薄的把戲連凱薩琳也騙不了的，凱薩琳從一開始就覺得信的內容前後矛盾，假話連篇。她為伊莎貝拉感到羞恥，而且為她自己曾愛過她感到羞恥。她那些親熱的表白現在看來空洞得讓人厭惡，而她的行為又是那麼厚顏無恥。「為了她好，寫信給詹姆斯！不！我絕不會再在詹姆斯面前提到伊莎貝拉！」

亨利從伍德斯頓一回來，她就把弗雷德里克安然無恙的消息告訴了他和艾莉諾，真心實意地向他們表示祝賀，然後很生氣地把信裡最重要的幾段話高聲念了一遍。念完之後，就嚷到：「夠了，伊莎貝拉！我們的友誼到此結束了！她一定認為我是傻瓜，不然不會寫這樣的信給我，也許這封信可以幫助我更清楚認識她的個性。我已經看清楚她是怎樣的一個人了，她是一個愛賣弄風情的女人。她的詭計沒有得逞，我相信她從來沒有把我和詹姆斯放在心上，我只希望我從來也沒有認識過她。」

「妳很快就會像從來不認識她一樣了。」亨利說。

「可是，這裡面還有一件事我不明白。我知道她想勾引蒂爾尼上尉，可是沒有成功，我不明白蒂爾尼上尉這一段時間都在幹什麼？他既然殷勤追求她，讓她和我哥哥吵架了，為什麼又走掉了呢？」

「我也不知道弗雷德里克的動機是什麼，我也只能猜測。他和索普小姐一樣愛慕虛榮，但兩個人最大的不同在於，弗雷德里克頭腦清醒，他到現在還沒有受到傷害。如果妳認為他這樣的行為是不正確的，我們就最好不要再探求原因了。」

「那妳認為他一直沒有真的愛上索普小姐嗎？」

「我相信他從來沒愛過她。」

「他假裝喜歡她，是為了惡作劇嗎？」

亨利點了點頭表示同意。

「我必須告訴妳，我一點也不喜歡他。雖然事情的結果對我們來說不是很壞，可是我一點也不喜歡他。而這一次的事雖然沒有造成很嚴重的傷害，因為我相信伊莎貝拉沒有真的愛上他，可是，如果伊莎貝拉真的愛上他了呢？」

「我們必須要先假設，伊莎貝拉會真心愛上他，所以，那是一個完全不一樣的人，而在這樣的情況下，她也一定會得到這樣的待遇。」

「你當然會站在你哥哥那一邊。」

「如果妳站在你哥哥那一邊，妳就不會為索普小姐的失望感到痛苦了。可是，妳心裡早就有人人應該誠實的看法，所以妳就不認為自家人應該互相庇護，也不可能產生報復念頭。」

凱薩琳聽了這樣的恭維話，也就打消了心中的怨恨，亨利既然這樣和藹可親，弗雷德里克也就不可能犯下不可寬恕的罪行。她決定不回信給伊莎貝拉，而且也不再想這件事。

之後不久，將軍因為有事，得到倫敦一個星期，在臨走時，他非常真誠地表示，哪怕需要離開莫蘭小姐一個小時，他也感到非常抱歉。他還殷切地囑託他的孩子，要他們在他離開之後，把照料莫蘭小姐的舒適和娛樂當成主要任務。他的離開讓凱薩琳第一次體驗到一個信念：事情有時有失也有得。現在他們過得非常快樂，所有的娛樂活動都是自發性的，每當想笑時就放聲大笑，每一頓飯都吃得輕鬆愉快，想到哪裡散步就到哪裡散步。他們掌握自己的時間、快樂和疲倦，所以她完全體認到，將軍在家時的確束縛了他們，她開心地感到此刻終於解脫了。這些安適和樂趣讓她一天比一天更喜歡這個地方，喜歡這裡的人。要不是因為煩惱不久後就要離開艾莉諾，要不是因為擔心亨利不像自己愛他那樣愛自己，她每天都會時時刻刻感到幸福。可是，現在已經是她來拜訪的第四個星期了，在將軍回家前，第四個星期就要過去了。如果她繼續待在這裡，也許就有一點像是賴著不走了。只要她一考慮到這個問題，就覺得非常痛苦。因為急著想擺脫心裡的大石頭，凱薩琳很快就下定決心要和艾莉諾好好談一次，先提出要走的想法，聽聽艾莉諾的看法再說。

凱薩琳也意識到這種讓人不愉快的事拖得愈久就愈難開口，於是她抓住第一次單獨和艾莉諾在一起的機會，趁著艾莉諾在說別的事說到一半時，突然說出她打算即將離開。艾莉諾不管是從表情上還是嘴上，都說她非常關心這個事情。她說：「我本來很高興地希望能在一起多待一些日子的，也許是誤會了（因為她自己是這樣希望的），我相信，莫蘭先生和夫人要是知道妳在這裡有多快樂，就不會這麼急著催妳回去了。」凱薩琳喊著：「哦，說到這一點，我父母是一點也不著急，只要我過得開心，他們就很滿意。」

「那麼，我就要問一下了，妳為什麼要急著走呢？」

「哦，因為我在這裡已經住很久了啊！」

「哦，如果妳這麼認為，那我就不勉強妳了。如果妳認為已經很久了……」

「哦，我不是那個意思。要是只顧及自己的快樂，我還想繼續和妳在一起。」於是兩個人就商量好了，凱薩琳要是不住滿四個星期，就不要再提離開的事。她很高興地剷除了不安的根源，另外一件事也就不那麼讓她擔心了。艾莉諾挽留她時，態度和善、誠懇，亨利一聽說她決定不走了，臉上立刻露出快樂的表情，這都說明他們非常重視她，讓她心裡僅僅剩下一點點憂慮，而少了這一點點憂慮，人心還是會不舒服呢！她相信亨利愛她，而且相信他的父親和妹妹也很愛她，都希望她成為他們家的人。既然有這樣的信念，再懷疑和不安就只是瞎擔心了。

亨利沒辦法按照他父親的指示行事，在他去倫敦期間，一直待在諾桑覺寺，這樣才能方便照顧兩位小姐。原來，他在伍德斯頓的副牧師找他有事，不得不離開兩天，就在星期六走了。現在缺了他，跟將軍在家時缺了他可不一樣，兩位小姐雖然少了幾分樂趣，但仍然感到非常自在。這兩個女孩的愛好一致，關係也愈來愈親密，所以也覺得只是兩個人在一起也很好，在亨利出發的那一天，她們兩人在餐廳一直待到十一點才離開，這在諾桑覺寺已經是非常晚的時間了。她們剛走到樓梯頂上，似乎聽見隔著厚厚的牆壁傳來馬車駛到門口的聲音，一會兒就傳來響亮的門鈴聲，證實她們沒有聽錯。艾莉諾非常驚慌地喊了一聲：「天啊！發生什麼事？」之後，她就立刻斷定來者是她大哥，他雖然沒這麼晚回來過，但是常回來得非常突然，艾莉諾趕緊下樓迎接他。

凱薩琳朝著自己的房間走去，好不容易才下定決心，想要再去見識一下這位蒂爾尼上尉，因為她對蒂爾尼上尉的所作所為印象不好，又覺得像他這樣時髦的紳士是看不起她的，但讓她感到安慰的是，他們相見時那些會讓她感到萬分痛苦的情況已不復存在。她相信他絕不會提到索普小姐，再說蒂爾尼上尉現在對自己過去的所做所為一定會感到很慚愧，所以肯定不會有這種危險的。她覺得只要不提巴思的情景，她就能對他客客氣氣的。時間就在她思考時過去了。艾莉諾高興地去見她大哥，有很多話跟他說，一定是很喜歡他，因為他已經到了快半個小時了，也沒有看到艾莉諾上樓來。

就在這個時候，凱薩琳聽到走廊上傳來腳步聲，於是側耳細聽，但聲音又消失了。就在她以為是自己的錯覺時，突然又聽見有東西向她門口靠了過來，把她嚇了一跳，似乎有人在摸她的門，轉瞬間，門鎖輕輕動了一下，證明有人想把它打開。一想到有人偷偷摸摸地走來，她有點不寒而慄，但她決定不再讓那些區區小事嚇倒，也不再受到幻想的影響，於是她悄悄走上前，一把將門打開。是艾莉諾，只有艾莉諾站在那裡。但凱薩琳只平靜了一會兒，因為她看到艾莉諾雙頰蒼白，神情局促不安。她一定是想進來，但似乎又很費勁，進門後，說起話來似乎更吃力。凱薩琳以為她是因為蒂爾尼上尉而感到不安，所以只能默默然地對她表示關注。她逼著她坐下來，用薰衣草香水擦著她的鬢角，帶著親切關注的神情俯身望著她。「我親愛的凱薩琳，妳不要！妳真的不要——」這是艾莉諾說的前幾個字。「我很好。妳這樣好心地關心我，真讓我受不了，我來找妳沒好事。」

「妳有事！找我？」

「我該怎麼跟妳說呢？我該怎麼跟妳說呢？」

凱薩琳的腦子裡突然迸出一個新念頭，她的臉色一下子就變得和她朋友的臉一樣蒼白，然後喊到：「是從伍德斯頓來了信嗎？」

艾莉諾非常同情地看著她，說：「不是，不是有人從伍德斯頓來了，是我父親回來了。」她提到她父親名字時，支支吾吾的，目光垂看著地面。他的突然回來已夠讓凱薩琳沮喪的了，她認為不可能還有比這更糟糕的消息。她沒有說話。艾莉諾盡力鎮靜了一下，想把話說得更堅決一些。不久她又繼續說，眼睛仍然垂視著。「我知道妳是一個很好的人，不會因為我迫不得已做出這樣的事而看不起我，我真的很不願意來當這個報訊人。我們最近才商量好，說妳要多待些日子，我多高興啊！我多高興啊！在妳願意多待幾個星期之後，我怎能告訴妳，妳的好意不能被接受了，妳和我們在一起給我們帶來了多少快樂啊，可是得到的回報卻是——我都無法說出口了。親愛的凱薩琳，我們就要分開了，我父親想起了一個約會，星期一我們全家都要走。我們要到赫里福德附近的朗敦勳爵家住兩個星期。這件事我沒法向妳解釋和道歉。」

「我親愛的艾莉諾！」凱薩琳努力控制自己的感情，喊到：「不要這麼難過了。我為我們的分開感到非常的抱歉，而且這麼快，這麼突然，但我並不覺得被冒犯了，真的沒有。妳是知道的，我可以隨時結束我在這裡的拜訪。或者我希望妳會來拜訪我，妳可以從那位勳爵家回來之後到富勒頓去嗎？」

「這不是我能決定的，凱薩琳。」

「那麼，在妳能來的時候來吧！」

艾莉諾沒有回答。凱薩琳想到了能讓她感興趣的事，所以就自言自語地說：「星期一，星期一，這麼快啊！你們都會走。哦，我相信──不過，我還有時間和你們話別，我只需要在你們離開前離開就行了。不要難過，艾莉諾，我可以星期一走。我父母沒有事先得到通知我要回去也沒有關係。我想，將軍一定會派個僕人把我送到半路，那麼，我很快就可以到達索爾茲伯裡了，離我家只有九英里。」

「噢！凱薩琳！如果真的可以這樣的話，那還稍微讓人安心一點，雖然我們對妳的照顧還沒到我們該做的一半，可是，我該怎麼跟妳說呢？已經決定了，妳明天早上就得離開我們，甚至連幾點鐘也不是妳自己能決定的，馬車已經為妳準備好了，應該是在七點鐘，而且也不會有僕人跟著妳。」

凱薩琳坐了下來，氣喘吁吁地說不出話來。「當我聽到這個消息時，簡直無法相信，不管妳現在有多不高興、多氣憤，也比不上妳的訝異，不過，我不該談論我的情緒。哦，但願我能為妳提出一點情有可原的措辭！天啊！妳父親和母親會怎麼說呢？是我們讓妳離開真正的朋友的關照，結果落到現在這種地步，離家幾乎比原來遠了一倍，還不近人情，不顧禮貌地把妳趕出去！親愛的，親愛的凱薩琳，我傳達了這個命令，覺得就像是我自己侮辱了妳。但我相信妳會原諒我的，因為妳在我們家已經住了一段時間了，妳知道，我只是名義上的主婦，完全沒有實權的。」

「我是不是得罪將軍了？」凱薩琳支支吾吾地說。

「唉！就我身為一個女兒所知道的事情中，我可以向你保證，他沒有任何正當的理由生妳的氣，但他真的非常心煩意亂，我以前很少看到他氣惱到這個樣子，他的情緒很糟，他有一點失望，有一點煩惱，此刻的他似乎把這件事看得很重。但我怎麼也想不到這和妳有什麼關係，因為這怎麼可能呢？」

凱薩琳痛苦得說不出話來。只是看在艾莉諾的份上，她才勉強說了幾句，她說：「如果是我冒犯了他，那我非常抱歉，我絕不是故意的。妳別難過，艾莉諾，既然約好了就應該去的。唯一遺憾的是，沒有早點想起這件事，不然我就可以給家裡寫封信，不過，這也沒有多大關係。」

「我希望，我真心地希望，這不會影響到妳的安全。但在其他方面，比如說舒適、面子和禮儀，妳家人和世人方面卻有很大關係。如果妳的朋友艾倫夫婦還在巴思，妳去找他們還比較容易一些，幾個鐘頭就到了。可是現在，妳要坐著驛馬車走七十英里啊，妳年紀這麼小，又沒有人陪！」

「旅途對我來說不算什麼。妳不要再想這個問題了。妳是知道的，反正也是要分手的，早幾個小時和晚幾個小時也沒有什麼區別。我會在七點鐘之前準備好的，你們叫我吧！」艾莉諾看得出來她想一個人冷靜一下，她也相信再這樣談下去對她們兩個人都沒有好處，所以說了一聲「明天早上見」就離開了。

凱薩琳有滿肚子的委屈要發洩。艾莉諾在時，友誼和自尊遏制住了她的淚水，可是艾莉諾一走，她的眼淚就像泉水一樣湧了出來。被人家趕走，而且竟然還用這樣的方式！用這樣急促、粗暴的方式，甚至蠻橫的態度對待她，沒有任何正當理由，也不表示任何歉意。亨利遠在別處，甚至都無法跟他告別。對他的一切希望、一切期待，都得暫時擱置了，但誰知道要擱置多久呢？誰知道他們什麼時候才能再見面呢？蒂爾尼將軍本來是彬彬有禮的，那麼的有教養，一直是那麼的寵愛她，誰知道他會這樣做呢！真讓人既傷心，又無法理解。事情究竟是怎麼引起的？結果又會怎麼樣？這兩個問題真讓人困惑、害怕。這樣的做法實在太不客氣了，既不考慮她是不是方便，也不給她面子，讓她自己選擇什麼時候出發、怎麼樣走，竟然匆匆忙忙地攆她走。本來還有兩天的時間，偏偏安排她第一天就離開，而且又是第一天的一大早，似乎是決定要讓她在將軍起身前離開，以免再和她碰面。這樣做是什麼意思？不是故意要侮辱她嗎？不管是基於什麼原因，她認為她一定是得罪將軍了。艾莉諾是不願意讓她產生這麼痛苦的想法，可是凱薩琳相信，不管將軍遇到了什麼樣的麻煩和困難，如果這件事和她無關，或至少別人認為和她無關，那麼將軍是不會這樣生她的氣的。

這一夜真是難熬啊！剛到這裡時，她在屋子裡因為胡思亂想而受盡了折磨，現在她又在這個屋裡忐忑不安地輾轉反側。但這次不安的原因和之前完全不一樣，不過這次比上次更讓人傷心！她的不安是有根據的，她的憂慮也是建立在可能的基礎上。她因為滿腦子都想著這些真實且自然的惡劣行徑，所以對她那孤單的處境、對漆黑的屋子和古老的建築也就完全無動於衷了。雖然風很大，颳得樓裡常常發出奇怪的響聲，但她並不好奇或害怕，她只是清醒地躺著，一個小時一個小時地熬下去。

才過了六點鐘，艾莉諾就走進了她的房間，著急地想對她表示一點關心，或盡可能地給她一點幫助，可是她留在房間裡能做的事很少。而凱薩琳也沒有偷懶，她已經穿好了，行李也差不多收拾好了。在艾莉諾進屋時，凱薩琳突然想到有可能是將軍派他的女兒來和解的。當一個人的怒氣消失，接著就要後悔了，還有什麼比這更自然的？她只想知道，發生了這些不愉快後，她要怎樣接受對方的道歉才能不失尊嚴呢？但是，即使她有這種想法，在這裡也是沒有用，而且也不需要，她既無法表示寬懷大度，也無法顯示尊嚴，因為艾莉諾不是來傳話的。兩個人見面後沒有說什麼話，雙方都覺得不說話是最安全的，所以在樓上只說了幾句無關緊要的話。凱薩琳趕緊把衣服穿好，而艾莉諾雖然沒有經驗，但是基於一番好意，正專心地裝箱。一切整頓好後，兩人走出房間，凱薩琳只比她的朋友晚了半分鐘，把自己所熟悉、所喜歡的東西最後又看了一眼，就跟著下樓了，來到了早餐廳時，早餐已經準備好了。她勉強吃著，一方面免得痛苦地聽別人勸她，另一方面也好安慰一下她的朋友。無奈她又吃不下，根本沒嚥下幾口。想起昨天，她們也在同樣的一間早餐廳裡吃早餐，就又憑添苦痛，讓她更討厭眼前的所有景物。二十四小時之前，她們還在這同樣的一間餐廳吃飯，可是情況卻是天壤之別。當時她的心情多輕鬆，多高興，多快樂啊！雖然這樣的感覺有可能是假的，可是那時發生在她周圍的所有事都是讓人愉快的，一點兒也不需要為未來擔心，除了亨利要到伍德斯頓去之外。快樂！快樂的早餐！因為當時亨利也在場，他就坐在她旁邊，還幫她夾菜。她沉緬於這些回憶之中許久，一直沒有受打擾，因為艾莉諾也像她一樣，也一言不發地坐在那裡沉思。馬車來到時才把她們驚醒，讓她們回到現實中來。凱薩琳一看到馬車，頓時漲紅了臉。她現在所受的侮辱真是讓她心如刀絞啊，只覺得非常氣憤。此刻的艾莉諾實在迫不得已，下定決心要說話了。

她喊著：「妳必須寫信給我，凱薩琳，妳必須儘快讓我知道妳的消息，要是我不知道妳已經安全到家了，我一刻鐘也不會安心的。我求妳無論如何也要來一封信，讓我知道妳已經平安回到了富勒頓，知道家裡的人一切都好。我請求和妳通信，在獲得許可之前我只期望妳來一封信，把信寄到朗敦勳爵家，請務必寫上艾莉諾收。」

「艾莉諾，如果有人不允許妳收到我的信，那我最好不要寫信，我一定會安全到家的。」

艾莉諾只是回答：「妳有這樣的感受我並不訝異，也不會強求妳。當我遠離妳時，我相信妳也會好好的。」可是她這句話和她說這句話時的悲傷表情，讓凱薩琳驕傲的自尊頓時軟了下來，她立刻說：「艾莉諾，我一定會寫信給妳的。」

蒂爾尼小姐還有一件事急著要解決，雖然有一點不好意思開口。她想凱薩琳離家這麼久了，身上的錢可能不夠在路上花的，於是就提醒了她一句，並且十分親切地要借錢給她，結果事情正如她所想的一樣。到現在為止，凱薩琳都還沒有想過這個問題，一查錢包後發現如果不是朋友好意地提醒，她被趕出去以後連回家的錢都沒有了。臨別之前，她們幾乎沒再多說一句話，兩人心裡只想著如果路上沒錢可能遇到什麼麻煩，但幸好這段時間很短，僕人很快就進來報告說，馬車已經準備好了。凱薩琳立刻站了起來，兩人用長時間的熱烈擁抱代替了告別的話語。她們走進門廳時，凱薩琳覺得她們兩人一直沒有說起一個人的名字，她不能一聲不提就走掉，於是停下了腳步，嘴裡哆哆嗦嗦地、讓人勉強能聽得懂地說到：「請妳代我向家裡不在場的朋友問好。」可是沒有想到她還沒有提到他的名字，她就再也壓抑不住自己的感情了。她用手絹使勁地蒙住臉，一溜煙地穿過門廳，跳上馬車，馬車轉眼駛出了大門。

29

凱薩琳因為過於傷心，也顧不得害怕了。旅行本身倒沒有什麼可怕的，她出發時，既沒有害怕路程的遙遠，也不覺旅途寂寞。她靠在馬車的一角，淚如泉湧，直到馬車駛出寺院好幾英里，她才抬起頭，直到寺院的最高點差不多被遮住了，才回過頭望了一望。不幸的是，她現在所走的這條路剛好是她十天前興高采烈地往返伍德斯頓時所走的路。這一路十四英里，上一次是帶著完全不同的心情目睹過的那些景物，這次看起來，讓她心裡更加難受。每當她靠近伍德斯頓一英里，她心裡的痛苦就增加一分。當她經過離伍德斯頓只有五英里的那個岔路口時，一想到亨利就在附近，但卻被蒙在鼓裡，真讓她焦急萬分，非常難過。

她在伍德斯頓度過的那一天，是她一生中最快樂的一天。就是在那裡，就是在那天，將軍說到亨利和她時，用了那樣的字眼，連說話的神情都讓她百分之百地確信，將軍確實希望他們能結成姻緣。是的，僅僅十天前，他那顯而易見的好感還是讓她為之歡欣鼓舞呢！他還用那句意味深長的暗示，讓她心慌意亂！可是現在，她究竟做了什麼事，或忽略了什麼事，才讓他改變了態度呢？

她覺得自己只冒犯了將軍一次，但是這件事不太可能傳進他耳裡。她對他那些駭人聽聞的疑神疑鬼，只有亨利和她自己知道，她相信亨利會像她自己一樣嚴守祕密的，至少亨利不會故意地出賣她。如果真的出現那種不幸，如果將軍真的知道她那些大膽的想像和探索，知道她那些無稽的幻想和有傷顏面的檢查，那麼不管他再怎麼生氣，凱薩琳也不會訝異的。如果將軍知道她曾經把他看成是殺人兇手，他即使把她驅逐出門，她也不會詫異。但是她相信，這件讓她十分痛苦的事，將軍是不會知道的。

她雖然很著急地在這件事上猜測著，但這件事並不是她考慮得最多的事情，她還有個更深入的想法，一個更急迫、更強烈的念頭。亨利明天回到諾桑覺寺聽說她走了之後，會有什麼想法？什麼感覺？又會是什麼表情呢？這是個重要又很有趣的問題，比其他所有的問題都來得重要，而且一直縈繞在她的腦海裡，讓她又煩惱，又感到安慰。有時她害怕他會不聲不響地表示默認，有時又高興地相信他一定會感到悔恨和氣憤。當然，他不敢責備將軍，但有關她的事有什麼不能跟艾莉諾說的呢？

凱薩琳不停地反覆懷疑著、自問著，每個問題都讓她不得安寧。時間就這麼過去了，她沒想到一路上會這麼順利，走得這麼快。馬車駛過伍德斯頓附近後，滿腦子的焦慮、懸念讓她無法欣賞眼前的景物，也讓她無法關注旅途的進程。路邊的景物雖然引不起她片刻的注意，但她始終也不覺得厭倦。她之所以沒有這樣的感覺，還有另外一個原因：她並不急於要到達目的地，因為她雖然離開家已有十一個星期之久了，但這樣回到富勒頓，根本不可能開心地和親人團聚。她該說什麼才能讓自己不覺丟臉，不讓家人痛苦呢？如果她說實話，就一定會更悲傷，無盡地擴大她的怨恨，也許還會不分青紅皂白地把有過、無過的人糾纏在一起。她永遠也說不完亨利和艾莉諾對她的好，因為她對此有非常強烈的感覺，幾乎無法用言語形容。如果有人因為他們父親的關係而討厭他們、憎惡他們，那她一定會為此傷透心。

帶著這些感情，她並不期望看見那個表示她離家只有二十英里的塔尖，相反的，她很害怕看到它。她之前只知道，自己出了諾桑覺寺後，下面就是索爾茲伯里了，但是第一段旅程走完後，多虧了驛站長把一個個的地名告訴她，她才知道怎麼通向索爾茲伯里。不過，她沒遇到什麼麻煩和恐懼，因為她很年輕，待人客氣，出手大方，所以一路上受到許多照顧。馬車除了換馬外，都沒有停下來，接連走了十一個小時，也沒發生意外或危險。傍晚六、七點左右，就駛進了富勒頓。

女主角回來了，在結束了她的旅途生涯之後，回到了她生活的家鄉，而且順利地挽回了她所有的名聲，帶著伯爵夫人的尊貴，回到了她的鄉村，後面跟著一長串的貴族親戚，分別坐在好幾輛四輪敞篷馬車裡，還有一輛四匹馬拉的旅行馬車，裡面坐著三位侍女。這是作家們慣常的寫法，這樣的寫法為故事結局增添了光彩，寫書人可以這樣大方地下筆，自己也一定沾了不少光。但我的故事卻大不相同。我讓我的女主角孤孤單單、面目無光地回到家鄉，所以我也提不起精神來詳細敘述了。讓女主角坐在出租的驛車上，實在很不風光，再怎麼描寫壯觀或悲愴場面，也挽回不了聲譽。所以，車夫要把車子趕得飛快，在星期日一群群人的眾目睽睽之下，一溜煙地駛進村莊，女主角也要飛快地跳下馬車。

可是，在凱薩琳就這樣向牧師宅前進時，不管她心裡有多痛苦，她的出現卻給家人帶來了非同尋常的喜悅。馬車出現了！她本人也出現了！旅行馬車在富勒頓並不常見，全家人立刻跑到窗前張望，看見馬車停在大門口，每個人都非常高興，腦子裡也充滿了各種幻想。除了兩個小傢伙，誰也沒想到會有這樣的喜事，而那兩個小傢伙呢，一個男孩六歲，一個女孩四歲，每次看見馬車都盼望是哥哥、姊姊回來了。第一個發現凱薩琳的會有多麼高興啊！報告這一發現的聲音有多興奮啊！但這個快樂究竟屬於喬治還是屬於哈理特，卻沒人知道了。

凱薩琳的父親、母親、莎拉、喬治和哈理特全都站在門口，親切熱情地歡迎她，凱薩琳看到這樣的情況，由衷地感到高興。她跨下了馬車，給了每個人一個擁抱，她沒想到自已會這麼輕鬆。大家圍著她，撫慰她，讓她感到很幸福！因為沉浸在親人團聚的喜悅之中，所有的悲傷都暫時被壓抑了下去。大家一看到凱薩琳都很高興，也顧不得平心靜氣地盤問，就圍著茶桌邊上坐下來。莫蘭太太急急忙忙地沏好茶，讓遠道而歸的可憐女兒解解渴。沒過多久，還沒等有人直截了當地向凱薩琳提出任何需要明確作答的問題，她的母親就注意到了，女兒臉色蒼白，神情疲憊。

凱薩琳很不情願地，猶猶豫豫地開始說話了，而那些聽她說話的人，在聽了半個小時候之後，都客氣地把她的那些話稱為是解釋。在此其間，他們完全沒有聽明白她為什麼會突然回來，也沒有弄清楚事情的詳細細節。他們這一家人絕不是愛發火的人，即使被人侮辱了，反應也是很遲鈍的，更不會恨之入骨。但是，凱薩琳把整個事情說明後，他們覺得這樣的侮辱是不容忽視的，而且在剛開始的半個鐘頭還覺得不能輕易寬恕。莫蘭夫婦想到女兒這一趟漫長孤單的旅行時，雖然沒有因為胡思亂想而擔驚受怕，但也不由得的認為這樣會造成女兒多大的痛苦，他們絕不願受這種罪。蒂爾尼將軍把他們的女兒逼成這樣，實在是失禮，又狠心，既不像一個紳士，也不像一個做父親的人該有的作為。他為什麼會這樣做呢？是什麼事情讓他這樣傲慢地對待客人呢？他本來非常寵愛他們的女兒，為什麼突然變得這麼反感了呢？對於這些問題他們也和凱薩琳一樣莫名其妙。不過，他們並沒有為此而苦惱多久，胡亂猜測了一陣子之後，他們就這樣說：「這件事情太讓人驚訝了，他一定是一個非常奇怪的人。」這句話也足以表達出他們全部的氣憤和驚訝。但莎拉仍然浸在甜蜜的莫名其妙之中，以年輕人的熱情大聲驚叫著，猜測著。最後她的母親說：「親愛的，妳不要煩惱了，就放心吧，這件事不值得再想了。」

莎拉說：「當他想起還有另外的約會時，他希望凱薩琳離開，是可以理解的，可是，為什麼要那麼沒有禮貌呢？」

她的母親回答說：「我為那兩個年輕人難過，他們一定很傷心。至於說別的事情嘛，現在就不要再管了。凱薩琳已經平安到家，我們的生活是不是舒適又不靠蒂爾尼將軍來決定。」凱薩琳歎了一口氣。「噢！」她們那位很寬大的母親繼續說：「還好我當時不知道妳在旅途上，但是現在所有的事情都結束了，也許，這並沒有多大壞處，年輕人自己闖一闖總是好的。我親愛的凱薩琳，妳一向是一個浮浮躁躁的小可憐蟲，這一次在路上換了那麼多次車，妳就得變機靈一點了，希望妳沒把東西丟在車上。」

凱薩琳也希望是這樣，並且試圖對自己的進步更感興趣一點，誰知道她已經完全精疲力竭了，她唯一的希望是想獨自清靜一下，當母親勸她早點去休息時，她立刻就答應了。她父母認為，她面容憔悴和心情不安是因為受到屈辱，也是因為旅途過分勞頓的關係，相信她睡一覺就會好的。第二天早晨大家見面時，雖然她沒有恢復到他們希望的程度，可是他們絲毫也不懷疑還會有什麼更深的禍恨。一個十七歲的大姑娘，第一次出遠門歸來，做父母的居然都沒有想到她的心情，真是一件奇怪的事啊！

在早餐後，她就坐了下來履行她的承諾，寫信給蒂爾尼小姐了。蒂爾尼小姐相信，時間和距離會改變這位朋友的心情，現在她這信念果真得到了應驗，因為凱薩琳已經在責怪自己和艾莉諾分開時表現得太冷漠了。她還責怪自己對艾莉諾的優點和感情一直都不是很重視，因為昨天看她那麼痛苦時，自己卻沒有半點同情之心。感情的力量並沒助她下筆成文，她以前動筆從來沒有像此刻這麼困難。這封信既要恰如其分地表達出她的感情，又要恰當地說出她的處境，要能表達感激而不卑不亢，要謹慎而不冷淡，要真誠而不怨恨；要讓艾莉諾看了這封信不痛苦，尤其重要的是，如果碰巧被亨利看到，她自己也不會臉紅。這一切嚇得她不敢動筆，不知所措地思考了半天，最後才終於決定，只有寫得十分簡短才能確保不出差錯。於是，她把艾莉諾墊的錢裝進信封後，只寫了幾句表示感謝和衷心祝福的話。

在凱薩琳寫完信之後，莫蘭夫人說：「你們這樣太奇怪了，認識得太快，結束得也太快！發生這樣的事情讓我很難過，因為艾倫夫人都說他們是很漂亮、很好的年輕人，讓人太難過了，妳和妳的伊莎貝拉一樣不幸。哦！可憐的詹姆斯！好了，我們必須活一輩子學一輩子，我希望妳以後能認識更值得來往的新朋友。」

凱薩琳紅著臉熱烈地回答說：「還有誰會比艾莉諾更值得交往呢？」

「親愛的，如果是那樣，我相信你們遲早會再見面的，不要心神不寧了。在幾年之後你們一定會相遇的，妳就開心一點吧！」

莫蘭太太安慰得很不恰當。她希望他們幾年內再見面，這只會讓凱薩琳聯想到：這幾年內發生的變化也許會讓她怕再見到他們，但她永遠也忘不了亨利・蒂爾尼，她將永遠像現在這樣溫柔多情地想念他，可是他會把她忘記，一想到要在這種情況下見面，凱薩琳眼眶裡不覺又充滿了淚水。做母親的意識到自己的婉言勸解無效，又想出一個恢復精神的權宜之計，她提議一起去拜訪艾倫太太。

兩家人只隔了四分之一英里遠。當她們走過去時，莫蘭夫人就急著說出她對詹姆斯失戀的看法，她說：「我們都為他難過，不過，這門婚事告吹也沒什麼不好，一個素不相識的姑娘，一點嫁妝也沒有，和她訂婚不是件讓人滿意的事。再說她又做出這種事，我們壓根兒就看不起她。可憐的詹姆斯現在一定很難過，但不會難過太久。我敢說，他第一次傻乎乎選錯了人，以後一輩子都會更謹慎的。」

凱薩琳努力聽完母親對這件事的簡要看法，但她如果再多說一句話，凱薩琳可能會失控，而無法理智地回答，因為她的思緒隨即憶起過往。大約三個月前，她還欣喜若狂地滿懷著希望，每天在這條路上來來回回地跑了十幾趟，每次都輕鬆愉快，無拘無束，一心期待著那些從來沒有嘗試過的純真無瑕的樂趣，絲毫不怕惡運，也不知道什麼叫惡運。三個月前她還是這個樣子，可是現在呢？回來後簡直判若兩人，她在心情和精神上發生了極大的變化。

艾倫夫婦向來都很疼她，現在又突然見她不期而來，自然要親切倍至地接待她。他們聽了凱薩琳的遭遇，不僅大吃一驚，也非常氣憤，雖然莫蘭太太說話時並沒有加油添醋，也沒有故意要讓他們生氣。「昨天晚上凱薩琳真的讓我們大吃一驚，她是自己回來的，而且到星期六晚上才知道要離開。因為，也不知道蒂爾尼將軍是怎麼了，突然很厭煩她待在那裡，差一點就要把她趕出門了，真是太不夠朋友了，他一定是個非常奇怪的人。當她回到家，我們非常高興，她竟然可以聰明地處理這些問題，而不像一個可憐的孩子，我們感到很欣慰。」

在這種情況下，艾倫先生也恰當地表達了他的憤怒，以顯示他是一個很理智的朋友。艾倫太太覺得丈夫的措詞非常合適，立即就跟著重複了一遍，然後又把他的驚奇、推測和解釋都一一照說了一遍，偶爾接不上話時，她會加上這麼一句話：「我真的很受不了那位將軍。」以表示自己的意見。艾倫先生走出屋後，她把這話又說了兩遍，當時氣還沒消，談話也沒有太離題，等說到第三遍時，她的話題就扯得比較遠了。說第四遍時，她就立即說：「親愛的孩子，我離開巴思前居然補好了我最喜歡的梅赫倫花邊上那一大塊綻線的地方，補得非常好，完全看不出來補在什麼地方，改天我一定要拿給妳看。凱薩琳，巴思是個好地方，說實話，我真不想回來。在那裡索普太太給了我們很多方便，是不是？我們兩個剛開始時孤苦伶仃的，實在非常可憐。」

「是的，可是那一段時間並不是很長。」凱薩琳一想起她們剛到巴思的日子，瞬間眼睛為之一亮。

「沒錯，我們很快就遇到了索普夫人，然後就什麼也不缺了。親愛的孩子，妳不認為我這一雙手套非常好看嗎？我們第一次去下舞廳時我第一次戴，後來又戴了好多次。妳記得那天晚上嗎？」

「我當然記得！哦！真是太棒了！」

「真是太讓人高興了，不是嗎？蒂爾尼先生跟我們一起喝茶，我始終認為有他參加真有意思，他很討人喜歡。我好像記得妳跟他跳舞了，不過不太肯定。我記得我穿著我最喜愛的長裙。」凱薩琳無法回答。艾倫太太在說了另外幾個話題後，又回過頭說：「我實在受不了那位將軍！看他的樣子，像是個討人喜歡、值得器重的人啊！莫蘭夫人，我想妳一輩子都沒見過像他那樣有教養的人。凱薩琳，他走了以後，那座房子就被人租走了。這也難怪，妳知道吧，米爾薩姆街。」

當她們再一次走回家時，莫蘭夫人努力想讓她的女兒意識到，她能交上艾倫夫婦這樣好心又可靠的朋友真是太幸運了，既然她還能得到這些老朋友的器重和疼愛，像蒂爾尼家那種交情很淺又怠慢無禮的人，她就不該放在心上。這些話說得很有見識，但人的思想在某些情況下是不受理智支配的。莫蘭夫人幾乎每提出一個看法，都會觸動凱薩琳的情緒。但目前她的全部幸福就取決於這些交情很淺的朋友對她的態度。就在莫蘭太太以公正的陳述成功地印證自己的見解時，凱薩琳卻默默想著：亨利現在一定回到了諾桑覺寺，他現在一定聽說她走了，也許他們現在已經動身到赫里福德去了。

凱薩琳向來不是一個喜歡久坐的人，也不是非常勤快，她母親此刻察覺凱薩琳的這些缺點更嚴重了。不管是靜坐著也好，做事也好，她連十分鐘都受不了，總是在花園、果園裡閒晃，好像除了走動，什麼也不想做。她似乎寧願繞著房子到處亂轉，也不肯在客廳裡老老實實地待上一會兒。相較以往，她似乎更消沉了。閒逛和懶散只是她的老毛病，但沉默和憂鬱卻和她以前的個性完全不一樣。

剛開始的兩天，莫蘭夫人都隨她高興，沒說半句話。在過了第三天晚上的休息後，凱薩琳還沒恢復興致，仍不願做一點正事，也不想做針線活兒，莫蘭太太再也忍不住了，就溫和地責備了女兒幾句：「我親愛的凱薩琳，我擔心妳快變成嬌縱的小姐了。要是可憐的理查只有你一個親人，我真不知道他的圍巾什麼時候才能織好。妳總是想著巴思，但你不能一直這樣啊，有時候可以跳跳舞，看看戲，有時候也該做一點事。妳自由自在的時間夠久了，現在該做點正經事了。」

凱薩琳立刻拿起針線盒，沮喪地說：「我沒有老是想著巴思！」

「那麼，妳是為蒂爾尼將軍煩惱嗎？妳太單純了，妳不會再見到他了。妳不需要再為這些事煩惱。」在一陣短暫的沉默後，她說：「我希望，妳不要因為家裡不如諾桑覺寺氣派，就嫌家裡不好。要是這樣，妳這一趟出門就沒意義了。無論在什麼地方，都應該知足，尤其是在自己家裡，因為妳必須在家裡度過你的大部分時間。吃早餐時，妳說了那麼多諾桑覺寺的法式麵包，我就不太想聽。」

「我對那種麵包並不感興趣，對我來說，吃什麼都一樣。」

「樓上有一本書，書裡有一篇很好的文章，說到一些年輕姑娘因為交了有錢的朋友，就嫌棄自己的家。我想是《明鏡》雜誌，改天我找出來給妳看，對妳一定會有好處的。」

凱薩琳沒再多說，她努力地想做一些正確的事情，於是就埋頭做事。但過了幾分鐘，不知不覺地又無精打采了，因為疲憊煩躁，身子不停地在椅子上移動，次數比動針的次數還多。莫蘭夫人看著女兒老毛病又犯了。她發現，凱薩琳那種精神不濟的神情完全證實了自己的看法，認為她的悶悶不樂正是因為不能安享貧困，於是她趕忙離開房間去拿那本書，迫不及待地要把這個可怕的病症馬上治好。她費了很大的勁才找到書，又被其他家事給絆住了，一刻鐘後才帶著她寄以厚望的書下樓來。她上樓去忙時弄得聲音很大，完全聽不見樓下的動靜，所以也不知道在最後幾分鐘裡來了一位客人。她剛進屋就一眼看到一位她從沒見過的年輕男人。這男人立刻恭敬地站了起來，女兒忸忸怩怩地介紹說：「這位是亨利・蒂爾尼先生。」蒂爾尼先生帶著非常敏感又很尷尬的表情，解釋起自己的來意。他承認，因為發生了那樣的事情，所以根本不期待自己在富勒頓會受到歡迎，他之所以冒昧趕來，是因為急於想知道莫蘭小姐是不是已平安到家。幸好聽他講話的樣子不是一個很喜歡結冤的人，莫蘭太太並沒有把亨利和他妹妹，跟他們父親的惡劣行徑混為一談，始終對這兄妹倆有好感。她對亨利的外表很滿意，立刻就帶著純樸而真摯的感情，很善良地接待了他，感謝他關心自己的女兒，還請他放心，只要是她孩子的朋友，到家裡來是不會不受歡迎的，她還請客人不要再提過去的事了。

亨利欣然地接受建議，莫蘭太太的寬大雖然讓他輕鬆不少，但對之前發生的事情他的確很難啟齒。所以，他一聲不響地回到座位，很有禮貌地回答著莫蘭夫人關於天氣和道路的家常問候。這時，凱薩琳焦急、激動、快樂、興奮，一句話也沒說。但一見到她那緋紅的面頰和晶亮的眼睛，做母親的相信這次善意的訪問至少可以讓她女兒恢復平靜，所以，她高高興興地放下《明鏡》雜誌，打算日後再說。

莫蘭太太看到客人因為他父親的關係而感到窘迫，心裡很過意不去。她希望莫蘭先生能來幫幫忙，一方面跟客人說說話，另一方面也可以鼓勵鼓勵他，所以她很快就打發一個孩子去找丈夫。不巧的是，莫蘭先生不在家，莫蘭太太是孤立無援的，才一刻鐘就無話可說了。連續沉默了兩分鐘後，亨利把臉轉向凱薩琳，這是莫蘭太太進屋後他第一次轉向她，他突然問她，艾倫夫婦目前是不是住在富勒頓，本來只需一個字就能回答的問題，凱薩琳卻含含糊糊地說了好幾句，亨利揣摹出話的意思，當即表示想去拜訪艾倫夫婦，然後紅著臉問凱薩琳，是不是可以請她帶路。「你可以從這個窗戶看到他們的房子。」莎拉說，而那位紳士只是點了點頭表示感謝，而那位母親也對著莎拉點了點頭，要她不要開口。因為，莫蘭夫人想了一下，客人之所以想去拜訪一下他們的鄰居，也許是想要解釋一下他父親的行為，覺得單獨跟凱薩琳談談比較方便，所以她無論如何也必須讓凱薩琳陪他去。他們兩個人出發了，莫蘭太太並沒有完全誤會亨利的意圖，他是要解釋一下他父親的行為，但他的首要目的還是替自己解釋。還沒走到艾倫先生的院子，他已經解釋得很明白了，凱薩琳覺得那話真教人百聽不厭。亨利向她表達了愛意，也向她求了婚，其實他們兩人都很清楚，她的一顆心早就屬於他了。雖然亨利現在對凱薩琳一片鍾情，也清楚並喜愛她個性上的許多優點，真心真意地喜歡和她在一起，但我必須坦白地說，他的愛只是出自一片感激之情。換句話說，他只是因為知道對方喜愛自己，才開始認真考慮她的。這種情況在傳奇小說裡是看不到的，而且也實在有損女主角的尊嚴，但如果這種情形在日常生活中也絕對沒有的話，我至少可以落得個喜歡幻想的美名。

他們在艾倫夫人家裡短暫地拜訪了一下，亨利隨意說了一些既沒有意義又沒有關聯的話，而凱薩琳只顧想著自己心裡那無法言喻的喜悅，幾乎沒開口說話。告別後，他們又心醉神迷地親密交談起來，談話還沒結束，凱薩琳就看出蒂爾尼將軍對兒子這次前來求婚所抱的態度。兩天前，亨利從伍德斯頓回來，在寺院附近遇見他那焦躁不安的父親。父親急忙氣衝衝地把莫蘭小姐離去的消息告訴了他，並且責令他日後再也不能想她。

亨利就是在被禁止的情況下來向她求婚的。凱薩琳帶著驚恐不安的心情聽完了他這一番話，她簡直嚇壞了。讓她感到高興的是，多虧亨利想得周到，他是在求完婚後才提起這件事，否則凱薩琳還得謹慎地加以拒絕。當亨利繼續說著詳細情況，解釋他父親這樣做的目的時，她的感情頓時堅定了起來，甚至有種勝利的喜悅。因為將軍沒什麼好責備她的，只是說她不由自主地、在不知情的情況下成了別人欺騙的工具。將軍受到欺騙，這是他的自尊心所無法饒恕的，如果他的自尊心再強一點，他還會恥於承認受騙。凱薩琳唯一的錯就是沒有將軍想像的那樣有錢。在巴思時，將軍誤信謊話，以為她非常有錢，所以就懇求她到諾桑覺寺去做客，希望她能成為他的媳婦。當他發現被騙之後，為了表示他對凱薩琳的憤怒和對她家人的鄙視，他覺得最好的辦法就是把她趕走，雖然他心裡覺得這樣做還不夠解恨。

約翰·索普是第一個騙他的人。有一天晚上，將軍在戲院裡發現他兒子向莫蘭小姐獻殷勤，就向約翰·索普詢問她的家世。索普一向最喜歡和蒂爾尼將軍這樣的顯赫人物攀談，於是就得意洋洋地吹噓了起來。當時，詹姆斯每天都有可能和伊莎貝拉訂婚，而他自己又下定決心要娶凱薩琳為妻，所以他的虛榮心就誘使他把莫蘭家形容得非常有錢，比他的虛榮心和貪婪心所能想像的還要有錢。他就是這樣的人，不管和誰有關係或認識誰，為了抬高自己的身價總會誇大對方的身分，和哪個人交往愈深，那個人的財產就會不斷地增加。所以雖然從一開始他就高估了他朋友詹姆斯將要繼承的財產，自從詹姆斯認識伊莎貝拉後，他的財產一直在逐步增加。當時，為了說起來稱頭好聽，他只把這家人的資產抬高了兩倍，他把詹姆斯的收入提高了一倍，把他的私產增加了兩倍，又給了他們一個有錢的姑媽，還把孩子的數目減去了一半，經過他這樣一說，這家人在將軍看來就非常體面了。索普知道，凱薩琳是將軍詢問的目標，也是他追逐的對象，所以特別替她多說了一點：除了要繼承艾倫先生的家產，她父親還會給她一萬或一萬五千鎊，這也算是一筆可觀的額外收入。而且他看到凱薩琳和艾倫家關係密切，就一口斷定她會從那裡繼承一大筆財產，當然就把她說成富勒頓呼聲最高的繼承人。將軍就根據這個消息而開始行動了起來，因為他從不懷疑這消息是否可信。索普對這家人的興趣所在，一是他妹妹馬上就要和其中一個成員成親，二是他自己又看中了另一個成員（他同樣公開地誇耀這件事），這似乎可以充分保證他說的都是實話。而且，再加上艾倫夫婦有錢又沒有子女，莫蘭小姐又歸他們照管，跟他們相識後，他就覺得他們對她就像親生父母一樣，這些都是鐵一樣的事實。於是他很快就下定了決心，因為他早就從兒子的臉上看出他喜歡莫蘭小姐。也算感謝索普先生通報消息吧，他立刻就決定要不遺餘力地挫挫他所誇耀的那個熱勁，打消他的癡心妄想。當這一切發生時，凱薩琳和將軍的兩個孩子一樣，全都被蒙在鼓裡。亨利和艾莉諾看不出凱薩琳的條件有什麼特別之處，值得他們父親特別青睞，之後又看到他們的父親對她突然關心起來，而且一直都是無微不至，都感到非常驚訝。後來，將軍曾經向兒子暗示，幾乎是以命令的語氣，要他盡力去親近凱薩琳，所以亨利認為他父親一定認為這門親事有利可圖。直到最近在諾桑覺寺把事情解釋清楚前，他們完全沒有想到父親是受了錯誤算計的驅使，才急於求成的。將軍進城時，剛好又遇到之前向他通報情況的索普，索普親口告訴他那些情況都是假的。當時索普的心情和上一次完全相反，他因為遭到凱薩琳的拒絕而非常生氣，特別是最近試圖讓詹姆斯和伊莎貝拉言歸於好的努力又失敗了，認為他們是永遠分手了，於是他就拋棄了無利可圖的友誼，把以前吹捧莫蘭家的話全盤推翻了。他承認，他對他們的家境和人品的看法完全是錯誤的，他誤信了他那位朋友的自吹自擂，以為他父親是個有錢有勢、德高望重的人，但最近兩、三個星期和他來往的結果證明，事實並非如此。第一次向兩家提親時，莫蘭先生趕緊答應了，還提出不少慷慨建議，但當說話人機警地逼迫他談到實際問題時，他只好承認他無法提供給這對年輕人足以應付生活開銷的生活費，因為他們家不但很窮，而且子女很多。最近，索普還發現，這家人根本不受鄰居的敬重。儘管經濟能力並不允許，他們還是很講究生活排場，還準備高攀幾門有錢的親家來改善家裡的狀況。這家人真不要臉，愛說大話，愛耍詭計。

將軍一聽嚇壞了，然後就帶著詢問的表情提到了艾倫先生的名字。索普說，關於這件事情他也弄錯了。據他所知，艾倫一家和他們做了多年鄰居，早就知道他們的底細。而且，他還認識那個將來要繼承富勒頓產業的年輕人。將軍已經不需要再聽下去了，除了自己，他對每個人都生氣，於是第二天就動身回到諾桑覺寺，而他在那裡的所作所為，我們也都見識過了。

我認為，我可以把一些問題留給讀者判斷，比如說，當時亨利會把這些情況告訴凱薩琳多少，他又從他父親那裡聽到多少，又有哪些問題是他自己判斷出來的，還有哪些部分需要詹姆斯來信才能知道？為了讓讀者看起來方便，我把這些材料串到了一起，請讀者把它們拆開吧！但不管如何，凱薩琳聽到的情況夠多了，她覺得自己先前猜疑將軍謀殺或監禁他的妻子，實在沒有侮辱他的人格，也沒有誇大他的殘暴。

而亨利，他在說他父親的這些事情時，就像當初他聽到這些事時一樣令人可憐。當他迫不得已暴露了他父親的那句器量狹窄的勸告時，他不由得羞紅了臉。他們父子倆在諾桑覺寺的談話是很不客氣的。亨利聽說凱薩琳受到了虧待，也知道了他父親的意圖，還被逼著表示贊成，這時他大膽地表示了自己的憤慨。本來，家裡的一切事情，一直都是將軍說了算，他只以為別人最多會在心裡不同意他的話，從來沒有想到有人敢把違抗的意願說出來。他兒子的反抗由於受到理智和良心的驅使，變得十分堅決，真讓他無法容忍。在這件事上，將軍的發怒雖然一定會讓亨利感到震驚，但卻嚇不倒他，而他之所以能這樣堅定不移，那是因為他相信自己是正確的。他覺得無論在道義上還是在感情上，他對莫蘭小姐都是有責任的。他還相信，他父親指示他贏取的那顆心現在已經屬於他的了，用拙劣的手段取消默許過的事，因為無理的惱怒而撤回命令，這些都動搖不了他對凱薩琳的忠誠，也不會影響他因為忠誠而立定的決心。

亨利斷然拒絕陪他的父親到赫里福德郡去，因為這個約會是為了趕走凱薩琳而臨時訂的。亨利還毅然地宣布，他要向凱薩琳求婚。將軍氣得大發雷霆，兩人在前所未有的爭執中不歡而散。亨利內心十分激動，本來要幾個鐘頭才能鎮定下來，但他馬上回到伍德斯頓，第二天下午就動身前往富勒頓了。

當蒂爾尼先生向莫蘭夫婦請求，要和他們的女兒結婚時，他們剛開始都感到非常的驚訝。他們沒想到這兩個人會相愛，不過，凱薩琳被人愛上是極為自然的事情了，所以他們很快就產生了一種得意的自豪感，心裡十分高興，十分激動。就他們來說，完全不反對這門親事。亨利舉止可愛，富有見識，這些都是很明顯的優點。他們從來沒聽見有人說過他的壞話，也不認為有人會說他的壞話。雖然他們與他從沒相處過，但不需要什麼證明，只憑好感便相信他的人格。「凱薩琳很隨性，不善於持家。」這是她母親很有預見性的評價，可是跟著又安慰說，常做就能上手了。

總而言之，現在只有一個障礙了，這個障礙如果不除掉，莫蘭夫婦是不會答應他們訂婚的。他們的脾氣是溫和的，但在原則上卻是堅定不移的。亨利的父親既然明確放話反對兩家結親，他們也就不能鼓勵這門親事。他們沒有多高尚，不會裝模作樣地要求將軍非得親自出來求親，或誠心誠意地表示贊成，但對方必須給個正式的同意，他們相信將軍不會永遠拒絕下去，一旦取得了他的同意，他們馬上就會答應這門婚事。他們只要求將軍能表示一個同意，他們不奢望，也沒有權利要他的錢。根據結婚分授財產的規定，他兒子最後會得到一筆十分可觀的財產，但他目前的收入也夠他們生活了，而且還能過得很舒適。所以，不管從哪一個經濟上的角度來看，他們的女兒都攀上了一門有錢的親事。

這兩個年輕人對這樣的決定並不訝異，他們只是傷心，卻不能怨恨。他們暫時分開，努力地希望將軍能改變看法，可是這樣的信念幾乎是不可能的，他們只希望他們的關係可以儘快確定下來，拋開一切雜念再次聚首在一起。亨利又回到了他的家，現在是他唯一的家了。看守著他年輕的領地，希望能給她帶來更多的好處。而凱薩琳繼續留在富勒頓哭泣，他們未能聚首的痛苦可以透過私下的通信來緩解，這一點我們就不必再問了，莫蘭夫婦也從來不過問，他們只是期待能有一個準確的答覆。而且，他們知道那段時間凱薩琳經常收到信，可是他們總是裝作不知情。

在他們的戀愛關係確定的情況下，亨利和凱薩琳對他們的喜事也非常著急，凡是愛他們的人也一定非常著急。但是，這種焦慮恐怕不會傳染到讀者們的心裡，大家一看故事就剩下最後這麼幾頁了，就明白我們正在一起向著皆大歡喜的目標邁進。唯一的疑問就是：他們怎樣才能早日結婚？將軍那樣的脾氣，什麼情況才能讓他回心轉意？原來，促成兩個年輕人結合的，主要是這一件事：那年夏天，將軍的女兒嫁給了一個有錢有勢的男人。將軍遇到了這樣一門可以提升尊嚴的婚事，表現得非常高興，艾莉諾就請求他原諒亨利，請求他讓亨利「去做傻瓜願意做的事吧！」

自從亨利被趕出去後，諾桑覺寺這個家變得更加不幸了，艾莉諾．蒂爾尼的婚姻讓她離開了家，可以住到自己心愛的家，和自己心愛的人在一起，我想這件事一定會使所有認識她的人都感到滿意，我也由衷的感到高興。艾莉諾樸實賢慧，當然應該得到幸福；而她長期忍受痛苦，一旦獲得幸福，自然會飛馳快樂。她對這位先生的鍾愛不是最近才開始的，那位先生僅僅因為身世卑微，所以一直不敢向她求婚，後來他意想不到地承襲了爵位和財產，所有的困難就解決了。當將軍第一次尊稱女兒是「子爵夫人」時，心裡對她有說不出的疼愛。艾莉諾長年陪伴在她父親的身邊，替他做這做那，耐心地忍受著，還從來沒有被他像這樣喜歡過。她丈夫的確值得她鍾愛，且不說他的爵位、財產和一片癡情，他本人還是個天下最最可愛的年輕人。他的優點長處就不需要一一細說了，一說他是個天下最最可愛的年輕人，大家就能立即想像到他是個怎樣的人。關於這位先生，我只準備再說一件事，因為我知道，作文規則不允許我把一個與本書無關的人物牽扯進來，這位先生在諾桑覺寺住過很長的時間，那一卷洗衣單就是他的一個馬虎的僕人遺落的，結果害得我的女主角捲入了一場可怕的冒險行動。

子爵和子爵夫人幫助亨利進行斡旋，讓將軍正確瞭解莫蘭先生的家境，的確幫了很大的忙。原來，在將軍能聽得進話時，他們立刻把莫蘭家的境況告訴了他。他這才明白，自己兩次都被索普騙了，那個傢伙先是誇大了莫蘭一家的財產，後來又惡毒地把自己的話全部推翻。其實，莫蘭家一點也不窮，凱薩琳還有三千鎊的嫁妝。這件事大大改變了他的看法，讓他那受到傷害的自尊心得到很大的安慰。他私下也費了很大的勁才打聽到，富勒頓的產業全部屬於目前的業主自由支配，所以很容易引起某些人的覬覦之心，而這個消息對他也絕不是絲毫沒影響。

就在艾莉諾結婚後不久，將軍把兒子叫到了諾桑覺寺，讓他帶一封同意結婚的信給莫蘭先生，信上用詞非常有禮貌，內容卻很空洞。他在信裡表示同意很快就辦理他們的婚事。亨利和凱薩琳就這樣結婚了，教堂裡響起了鐘聲，每一個人都笑容滿面。從他們兩個人第一天認識到結婚，整整十二個月，將軍的殘忍雖然延遲了他們的結合，卻不可怕，也沒有對他們造成實質傷害。他們兩個人，一個二十六歲，一個十八歲，這樣的結合真的非常幸福。我相信，將軍的阻撓並沒有對他們的幸福造成影響，甚至還發揮了增溫作用，讓他們更加瞭解對方，增進倆人的感情，這一點是可以確定的。至於本書內容，究竟是鼓勵父母反對兒女的婚姻，還是鼓勵孩子違抗父母，關於這一點就值得大家好好思考了。

延伸閱讀

《理性與感性》（Sense and Sensibility 一八一一）

諾蘭莊園有個傳統——家族財產不能拆開，因此莊園的主人過世後，由其兒子約翰順理成章繼承了財產，其三個女兒和妻子僅得到極少的生活費。約翰在妻子芬妮的慫恿下，逐步趕走了母親和妹妹。芬妮的弟弟愛德華在莊園留住期間，對大女兒埃莉諾產生了愛慕之情，可是卻遭到芬妮的諸多阻撓，她想盡辦法破壞他們，還將愛德華送到倫敦去。母女四人被趕出莊園後，住在租來的一間小屋裡，鄰居詹寧斯夫人是個熱心的人，她為瑪麗安娜作媒，介紹她認識了布蘭登上校。布蘭登上校曾經有個戀人伊萊莎，卻被迫分離，最後找到時，她早已淪為妓女而香消玉殞。可是，瑪麗安娜卻為英俊的威洛比癡迷，而對上校非常冷淡。威洛比敵視上校，沒多久就去了倫敦。這時，一個叫露西的女人突然出現在埃莉諾面前，並告訴她，愛德華和她早已相互愛慕並私定了終身。

姊妹倆感情都受到了創傷，一起來到倫敦，瑪麗安娜碰到了威洛比，可是威洛比對她十分冷漠。布蘭登上校對埃莉諾講述了威洛比的為人——輕浮惡毒，到處惡意造謠伊萊莎死後留下私生女。這事激怒了他姨媽，截斷了他的經濟來源，所以，他是絕對不會真心愛上瑪麗安娜這麼沒錢又沒地位的小姐。瑪麗安娜失魂落魄，獨自一人在雨中漫無目的地行走，後來在山坡上昏倒了，幸好布蘭登上校經過救了她。

愛德華向埃莉諾求愛，但是埃莉諾十分理智地控制住感情，堅持不想當他和露西之間的第三者。可是，沒想到這件事被發現了，愛德華也因此失去了繼承權。也正因為這樣，他和埃莉諾之間的愛情出現了新的轉機……

《傲慢與偏見》（Pride and Prejudice 一八一三）

透過描寫四對男女的戀愛婚姻，表達了女性和男性在思想感情的交流與溝通上是平等的，都有選擇自己喜愛的人的自由，都有追求幸福的權利。

女主人翁伊莉莎白聰明伶俐、知書達禮、幽默機智、善良活潑，她對愛情與婚姻有著自己的見解。有身分有地位並且將來會繼承一大筆遺產的柯林斯向她求婚，但伊莉莎白果斷地拒絕了，因為她並不愛他，認為這樣的婚姻是不可能有幸福的。年輕英俊的貴族達西富有而傲慢，被伊莉莎白的卓越見識所吸引而向她求婚。因為門第觀念作祟，達西認為自己向伊莉莎白求婚是對她的抬舉，應該被愉快地接受，不料卻遭到伊莉莎白的堅決拒絕，因為在伊莉莎白看來，達西十分傲慢，他們之間的婚姻必然是建立在不平等、不尊重的基礎上，而這樣的婚姻一定不可能幸福的。後來，達西和伊莉莎白兩人透過不斷的相處，逐漸瞭解、體諒了對方，達西拋棄了自己的傲慢，彼此欣賞、彼此理解，最後結婚了，而且是世上最幸福、最美滿的婚姻。

《勸導》（Persuasion 一八一八）

安妮．伊里亞德是個貴族小姐，出身高貴，她與一名叫溫特沃思的青年軍官相互愛戀，而且訂下婚約。但是安妮勢利的父親沃爾特爵士和她的教母拉塞爾夫人，都覺得溫特沃思出身低微又沒什麼錢，是個貧賤的人，配不上安妮，因此以門戶不相當的理由反對這門婚事。

安妮的教母經常勸導她離開溫特沃思，經過慎重考慮後，她十分痛苦地與戀人解除了婚約。

八年過後，溫特沃思升官當了上校，帶著在戰爭中賺來的錢財退役回到家鄉，並跟隨他姊姊和姊夫做了沃爾特爵士的門客。雖然他仍然怨恨安妮當年的絕情，可還是對她念念不忘，安妮也是如此，最後他們終於跨過重重阻礙，締結了美好的姻緣。

《艾瑪》（Emma 一八一六）

在亂點鴛鴦的愛情輕喜劇裡，有著更深刻的人性刻劃！

《艾瑪》是珍．奧斯汀後期的作品，當時她的寫作技巧已達相當水準，在看似平淡的敘述中，卻撞擊出一個又一個的火花，牽引著讀者思緒。

《艾瑪》延續了奧斯汀的一貫風格，故事發展圍繞著女主角對伴侶的選擇展開，並從側面反映了當時英國的社會現實。當時女性的擇偶標準不是以感情來衡量，而是以尋求未來的經濟保障、提高社會地位為目的。

但女主角艾瑪卻想擺脫世俗標準，力圖與男子在思想、情感上有平等的理解與溝通，堅持自由選擇伴侶的權利，無異刻畫出奧斯汀內心要求社會地位平等的吶喊。而內容獨具匠心，穿插了諸多喜劇元素，使作品樸實幽默而不拘謹，引人入勝。

《曼斯菲爾莊園》（Mansfield park 一八一四）

《曼斯菲爾莊園》是珍・奧斯汀後期的作品，創作於一八一一年，完成於一八一三年；與其他作品一樣，這部小說仍是以戀愛婚姻為題材。珍・奧斯汀本人曾寫道：「赫登先生正在第一次讀《曼斯菲爾莊園》，他認為這本小說比《傲慢與偏見》好。」

在小說中，珍・奧斯汀主要表達了傳統美德的重要性，認為愛情要以理智為基礎，要重視心靈美，這也正是《曼斯菲爾莊園》獲得好評的原因之一。

《曼斯菲爾莊園》敘述了一個發生在曼斯菲爾莊園的愛情故事。芬妮・普萊斯雖然身處艱難的環境，卻始終有一顆溫柔親切的心，與想要表現得體的強烈願望；她善良、性情好、品德端正，而且頭腦清醒，是非分明。

與作者的其他作品相比較，本書的情節較為複雜，在突發事件中社會諷刺意味也更加濃重。奧斯汀的研究者認為，《曼斯菲爾莊園》在心理描寫和敘事技巧上都有重大突破，是英國小說發展史的一個重要的「里程碑」。

定價：249元

定價：249元

定價：300元

定價：350元

定價：320元

定價：350元

國家圖書館出版品預行編目資料

諾桑覺寺 / 珍.奧斯汀(Jane Austen)作. -- 初版.
-- 臺北縣板橋市 : 雅書堂文化, 2010.03
面； 公分. -- (文學菁選 ; 25)
譯自 : Northanger Abbey
ISBN 978-986-6277-10-8(精裝)

873.57 97017134

文學菁選 25

諾桑覺寺

作　　者／珍・奧斯汀（Jane Austen）
譯　　者／張瑋玲
總 編 輯／蔡麗玲
副總編輯／劉信宏
編　　輯／方嘉鈴・謝美玲
校　　對／鄭惟騰
封面設計／林佩樺
內頁設計／KC's Friends
出 版 者／雅書堂文化事業有限公司
發 行 者／雅書堂文化事業有限公司
地　　址／台北縣板橋市板新路206號3樓
郵政劃撥帳號／18225950　戶名：雅書堂文化事業有限公司
電　　話／(02)8952-4078　傳　　真／(02)8952-4084
網　　址／www.elegantbooks.com.tw
電子郵件／elegant.books@msa.hinet.net

2010年03月初版
定價 320元

總經銷／朝日文化事業有限公司
進退貨地址／235台北縣中和市橋安街15巷1號7樓
電話／Tel：02-2249-7714　傳真／Fax：02-8249-8715